인류 2화

인류애

최재영

장편소설

민음사

1974년 11월 24일, 에티오피아의 하다르 계곡에서 한 화석이 발견된다. 연구팀은 화석의 주인공이 약 300만 년 전 인류의 직계 조상임을 밝혀낸다. 인류 진화사의 놀라운 발견이었다. 여성으로 추정되는 이 화석은 처음으로 직립 보행한 유인원으로 판단됐고, 그 명예 속에서 '최초의 여성'이라는 칭호를 받는다.

당시 연구팀은 발견에 들떠 비틀즈의 노래 「Lucy in the Sky with Diamonds」를 듣고 있었다. 그때 누군가가 말했다.

"잠깐. 저 최초의 여성에게 루시(Lucy)라는 이름을 지어 주면 어때?"

「Lucy in the Sky with Diamonds」의 노랫말을 딴 것이었다.

찬란하고 아름다운 여성, 루시.

그렇게 인간은 최초의 인간에게 이름을 붙였다.

1 감자 원숭이에 대하여

호모 사피엔스의 특징 첫 번째, 다른 종을 괴롭힌다. 두 번째, 같은 종도 괴롭힌다. 세 번째, 세 번째는 음…… 이건 좀 더 생각해 봐야겠다.

아무튼 확실한 건 나는 호모 사피엔스의 세상과는 맞지 않는 사람이라는 거다. 아니 동물이라는 거다.

일단 나는 이 세상에 항상 배신당한다. 예를 들면 이런 식이다. 저쪽에서 주먹이 나올 걸 기대하고 내가 보를 내면 정작 가위가 나오고, 가위가 나올 걸 기대하고 주먹을 내면 보가 나온다. 일부러 날 놀리는 것처럼 항상 내 기대를 배반한다. 정반대의 반응으로 나를 실망시킨다. 사랑을 기대하면, 미움을 준다. 그래서 한번은 미움을 기대해 봤는데, 그땐 또 미움을 줬다…….

게다가 오해도 받는다. 내가 말을 하면 사람들은 노래를 한다고 생각한다. 그러고서는 신기하다며 계속 노래해 보라고 한다. 하지만 나는 노래하는 게 아니다. 말하는 거다. 그런데 자기들 귀에 노래처럼 들린다고, 그걸 노래라고 한다. 정말이지 화가 나는 일이다. 하긴 사람들은 새들이 짹짹거리며 말하는 걸 가지고도 자기들 멋대로 노래하는 거라고 믿지.

그게 싫어서 나는 웬만하면 말을 하지 않으려 한다. 사람들 앞에서 아예 입 다물고 있다. 대신 마음속으로 말한다. 누구에게도 들리지 않게. 그럴 때면 꼭 혼자 동굴에 있는 것만 같다. 나는 상상한다. 홀로 동굴 안에 앉아, 밖으로 보이는 캄캄한 밤하늘 위에 나의 말을 꾹꾹 새기는 상상을. 상상 속에서 내 말들은 어디로 새어 나가지 않고 밤하늘의 별자리로 남는다. 별자리는 내게 이야기를 들려준다. 배신당하지도 실망하지도 않는 이야기를. 사랑을 주면 사랑을 받는 이야기를.

하지만 그렇게 마음속으로 하는 말들이 항상 아름다운 건 아니다. 그중 많은 것들은 사실 이 세상 사람들을 저주하는 내용이다. 이건 나만 알고 있는 건데, 실은 나는 저주의 대가다. 고수다. 노래처럼 들린다고 하는 나의 말이 마음속에선 아주

능수능란하게 사람들을 저주한다. 무시무시한 욕도 한다. 심지어 어떤 때는 죽이기까지 한다. 특히나 나를 감자 원숭이라고 부르는 사람들을 나는 아주 끔찍한 말로 죽인다.

물론 나는 감자도 원숭이도 아니다. 나도 엄연히 따지면 인류 종에 속한다. 근데 감자 원숭이라니!

그렇지만 거울을 보면 나는 꼭 감자 같긴 하다. 원숭이 같기도 하다. 감자도 원숭이도 아니지만.

그러니까 감자처럼 생긴 원숭이처럼, 나는 생긴 것이다. 감자 중에서도 울퉁불퉁 못생긴 감자. 그런 감자 위의 흠집처럼 초라한 눈, 코, 입이 올망졸망 달려 있다. 거기다 팔다리는 또 짤막해서 꼭 통통한 소시지 같다. 감자 같은 머리를 이고 아장아장 걸어 다니는 털 없는 원숭이. 뚱딴지처럼 생겨 먹은 꼬리 없는 유인원. 그게 나다.

난 대체 왜 이렇게 생긴 걸까. 거울을 볼 때면 시무룩해진다. 할 수만 있다면 누구라도 마구 탓하고 싶다. 부모라든가 조상이라든가. 하지만 그럴 수 없다. 이 세상에 나 같은 종은 나 하나니까. 나 같은 건, 나밖에 없으니까.

아무튼 확실한 건 나는 호모 사피엔스의 세상과는 맞지 않는 동물이라는 거다. 비록 나도 인류라고는 하지만 말이다.

2 이름에 대하여

나를 감자 원숭이라고 부르는 것은 싫지만 그렇다고 날 뭐
라 불러야 할지 나도 알지 못한다.

이름이 왜 필요할까. 사람들은 누군가를 사랑하기 위해 이
름을 붙인다고 한다. 이름을 붙이면 사랑하게 된다고.

근데 나에겐 제대로 된 이름이 없다.

나는 신이 잘못 보낸 소포처럼 이 세상에 덜컥 도착해 버린
셈이다. 이름표도 미처 붙이기 전에.

그리고 아무도 이 소포를 주문하지 않았다.

*

　얼마 전까지만 해도 호모 사피엔스들은 지구상에서 자기들만이 유일한 인류라고 생각해 왔다. 몇만 년 전엔 네안데르탈인이나 호모 플로레시엔시스 같은 고생인류와 공존했지만 결국 다 멸종하고 오늘날엔 자기들만 살아남았다고 말이다. 호모 사피엔스의 ‘종특’ 중 하나가 살아남았다는 건 우월하다는 뜻이고 우월해야만 살아남는다고 믿는다는 점이다. 그들은 미개한 과거를 딛고 일어선 우월한 본인들을 자랑스러워했다.

　그런데 아뿔싸, 내가 발견되고 만 것이다. 21세기에 뜬금없이, 아프리카 에티오피아에서 생생하게 살아 있는 모습으로!

　처음 사람들은 내가 호모 사피엔스이긴 한데 어떤 장애를 가진 줄 알았다고 한다. 장애를 가진 호모 사피엔스. 세상에서 한 번도 보지 못한 유인원을 대하는 그들의 첫 태도가 그랬다. 내가 이렇게 (감자처럼) 이상하게 생겨 먹은 이유는 기형이거나 돌연변이라서 그렇다고. 즉 무언가가 잘못된 나머지 정상적인 인간이 못 된 거라고(지들도 지구상의 다른 유인원들 기준으로 보면 독보적으로 이상하게 생긴 주제에……).

　그래서 사람들은 병명을 고려해 내 이름을 지어 주려 했다. 내가 무슨 병을 앓고 있나 검사를 했고, 관련 질환들도 조사했다. 그러고 보면 호모 사피엔스들은 특히 무언가가 잘못되었다고 생각되는 동족에게 이름 붙이기를 참 좋아한다. 옛날 서양인들이 다운증후군을 가진 아이를 몽골인이라고 불렀던 것처럼 말이다.

어쩌면 사람들은 누군갈 미워하기 위해 이름을 붙이는 건지도 모르겠다.

그런데 유전자 검사 결과가 나오자 사태가 복잡해지고 말았다. 현대의 생물 계통 체계에 따르면 나는 호모(Homo)라고 불리는 사람속으로 분류되었다. 호모 사피엔스의 그 호모긴 했다. 하지만 엄연히 호모 사피엔스와는 다른 종이었다. 유인원 계통을 나무로 비유하자면, 호모 사피엔스와 나는 나무 꼭대기까지 함께 올라간 가장 가까운 친척이긴 하지만 끝에 가선 서로 다른 나뭇가지로 나뉘어졌던 것이다.

나를 호모 하이델베르겐시스, 호모 데니소반스처럼 이미 멸종한 근연종과 비교하기도 했다. 심지어 몇백만 년 전 멸종한 오스트랄로피테쿠스와도 비교했다. 그러나 그런 고인류들에 비해 나는 호모 사피엔스에 훨씬 더 가까운 종이었다. 허나 그렇다고 해서 또 호모 사피엔스는 아니었다. 나는 분명 그들처럼 이족보행을 하고, 털이나 꼬리도 없으며, 얼핏 보면 동글동글하니 요상하게 생긴 인간 꼬맹이 같지만, 가까이서 보면 확실히 그들과는 달랐다. 외모도 그렇지만 울음소리라고 할까, 입에서 내는 소리도 달랐다.

말하자면 나는 그들에게 신인류였던 것이다.

나의 발견에 전 세계가 뒤집혔다. 그리고 그들은 약속이라도 한 것처럼 제일 먼저 하나의 일에 열광했다. 무슨 일이냐고? 내가 누군지 나의 근원에 대해 공부하고 탐구하는 일이었냐고? 천만에. 여기서 호모 사피엔스의 또 다른 '종특'이 나온다.

전 세계엔 대작명(大作名)의 시대가 펼쳐졌다. 즉 '호모 사피엔스'의 '사피엔스'처럼, 그들은 '호모'라는 학명 뒤에 따라올 나의 이름을 짓기 위해 혈안이 되었다. 나를 뭐라고 부를지 정하지 않으면 큰일이라도 나는 듯이. 내가 누구인지 알기도 전에 말이다. 마치 이름을 지어야만 나를 알 수 있다는 것처럼.

수많은 사람들이 새로 펼쳐진 미지의 바다를 향해 항해의 서막을 올렸다. 전 세계의 고고학자, 형질 인류학자, 문화 인류학자, 비교 문화 인류학자, 생물학자, 생태학자, 민족학자, 민속학자, 철학자, 생태 철학자, 생태 문화 철학자, 생태 문화 민족 민속 철학자 등은 말할 것도 없고, 소설가, 시인, 카피라이터, 글짓기 교실의 원장, 작명소 사장, 공모전을 노리는 대학교 취업 준비생, 낄 데만 있으면 낄 데 안 낄 데 구분 못 하는 백수들, 아마추어 산악회 회원들, 외계인 숭배 단체와 성경 올바르게 읽기 모임, 동물 사랑 실천 연대 및 해당 단체와 교류가 있던 야생화 사랑 실천 연대 등등……

하지만 모두 실패했다. 그들이 낸 아이디어는 합의되지 못했다. 내 이름은 마치 오리다 만 색종이처럼 '호모……' 이후로는 결정되지 못한 채 미완의 상태로 나풀거렸다. 물론 나는 이 얘기를 다 나중에야 듣게 됐다.

꼴좋다, 흥. 나에 대해 알지도 못하면서. 근데 나는 꼴좋다, 놀리다가도 문득 그게 나를 향하는 거 같아서 기분이 안 좋아지곤 했다. 꼴…… 좋다…….

*

이후 학계에선 나를 임시적으로 부를 말로 '인류 2호'라는 표현을 썼다. 인류 2호라니. 날 무슨 인조인간으로 생각하나. 반면 학자가 아닌 보통 사람들은 나를 '감자 원숭이'라는 별명으로 불렀다.

인류 2호와 감자 원숭이. 둘 다 박빙으로 최악인 이름이다.

하지만 나는 할 수 있는 게 없었다. 나에겐 발언권이 없으니까 말이다. 원래 이름이란 당사자는 무시하고 지어지는 거니까 말이다.

그렇지만 가끔 쓸쓸해지는 건 어쩔 수 없나 보다. 사람들은 누군가를 사랑하기 위해 또 누군가를 미워하기 위해 이름을 붙인다고 한다.

그런 점에서 보면 난 아직 아무것도 아닌 것이다. 아무것도 아닌 나는 쓸쓸해지면 마음의 동굴로 들어간다. 그리곤 혼자서 말을 한다. 나만 듣는 내 이야기를 만든다. 물론 저주도 하고.

그런데 말이다. 나를 '감자'라는, 마음에 안 들긴 하지만 그래도 그나마 이름 같은 이름으로 부르는 몇몇 이들이 있다. 그 사람들을 나의 가족이라고 할 수 있을지는 모르겠다. 다만 그들은 '호모'나 '원숭이' 같은 말을 쓰지 않고 나를 불러 준 유일한 사람들이었다.

3 가족에 대하여

나는 동물원에 산다.

동물원 이름은 '정글북 파크'다. 당연히도 정글에 있지는 않다. 이름처럼 실제로도 촌스러운 이 정글북 파크 동물원은 대한민국의 경기도 외곽 외딴 곳에 위치해 있다고 한다. 하지만 나는 경기도가 어떤 곳인지 모르니까 그냥 그렇구나 할 뿐이다. 내 일상은 이 동물원 근방을 벗어나지 않기 때문이다.

하지만 오해하지 마라. 내가 동물원 우리에 갇혀 산다는 건 아니다.

나는 동물원 가장 깊숙한 곳에 따로 마련된 숙소에 산다.

동물원의 담장 너머로 펼쳐진 무성한 숲을 헤치고 가다 보면 숨겨져 있던 초원이 등장한다. 풀이 내 발목을 살랑살랑 간지럽히는 높이로 자라 있는데 밟으면 포스슥 포스슥 소리 나는 게 재미있다. 그리고 그 초원의 풀들 위로 덩그러니 놓인, 길쭉하고 네모난 회색 컨테이너가 바로 나의 집인 것이다.

컨테이너 뒤로는 커다란 산이 버티고 서 있다. 그래서 앞문으로 나오면 초원이, 뒷문으로 나오면 산이 보인다. 나는 혼자 있을 땐 주로 뒷문으로 나와 거기 있는 의자에 앉아서 산을 올려다보곤 한다. 다리가 짧아 의자에 앉으면 발이 바닥에 닿지 않는다. 두 다리를 허공에 살랑거리며 봄날의 햇볕을 맞으면 기분이 좋다. 거기서 종종 해바라기 씨를 까먹기도 한다. 난 사람들에게 발견된 이후 1년 동안은 해바라기 씨를 빼곤 거의 아무것도 먹지 못했다. 씨 알맹이를 먹고 껍데기를 후루룩 뱉어 내는 재미가 좋았다. 껍데기를 뱉은 자리에 해바라기 꽃이 피는 상상을 하면 행복했다.

이따금 숲속의 새들이 깡총거리며 내게 다가왔다. 산에서 다람쥐나 노루 같은 동물들이 내려오기도 했다. 녀석들은 겁도 없이 내 주위를 서성였다. 나는 내가 만만해 보이는가 싶어 자존심이 상했다. 그래서 의자에서 폴짝 뛰어내린 뒤 녀석들 쪽으로 우다다 뛰어들면서 겁을 줬다. 용맹하게 소리도 질렀다.

우아아아아!

그러나 새와 다람쥐와 노루 녀석들은 겁을 먹기는커녕 더 폴짝이며 내게 가까이 왔다. 나는 다시 시도해 봤다. 겁을 먹거라 녀석들아.

우와아아아!

그러자 이번엔 그 새와 다람쥐와 노루 녀석들이 친구들까지 데려왔다. 내 주위에서 신나게 뛰어다녔다. 막 룰루 놀았다.

나는 잠시 우뚝 선 채로 고민했다. 결국은 짧은 다리로 총총 뒷걸음질 쳐서 다시 의자에 올라가 앉았다. 역시 이 세상은 나를 배신하는구나. 이후로 나는 심심할 때면 거기서 우와아아아 소리를 질렀다. 그러면 녀석들이 날 찾아왔다. 같이 놀았다.

그렇게 의자에 앉아 산을 볼 땐 마음속으로 말할 필요가 없었다. 그냥 밖으로 말했다. 새와 다람쥐와 노루 녀석들한텐 내 말이 어떻게 들릴지 신경 쓰지 않아도 되기 때문이다. 사람들한테랑은 다르다. 나는 숨겨진 수다쟁이의 면모를 녀석들한테 남김없이 보여 준다. 대부분 오늘 유치원과 학교에서 있었던 일들에 대한 것이다.

그렇지만 난 유치원도 학교도 다니지 않는다. 지금 입고 있는 옷은 어느 유치원의 원복을 받아 온 것이다. 그마저도 길이를 좀 자른 것이었지만. 나는 유치원생도 학생도 될 수 없다.

대신 내가 평범한 호모 사피엔스였다면 경험했을 법한 이야기들을 떠든다. 상상 속 유치원과 학교에서의 일들을 진짜처럼 지어내는 것이다. 새와 다람쥐와 노루 녀석들이 귀담아듣는지는 모르겠다.

그러다 문득 시선이 내 앞을 우뚝 가로막은 산으로 향한다. 쪼그만 내게 그 커다란 산은 이 세상의 전부 같다. 저 산 너머엔 아무것도 없을 것 같다. 그래선지 산은 무시무시하지만 온갖 상상을 하게 해 준다. 나는 산속에 각종 괴물들이 사는 상상을 한다. 예를 들면 호모 사피엔스보다 몇 배는 큰 거대 고릴라처럼, 나보다 훨씬 더 괴상한 괴물들 말이다. 허무맹랑해도 괜찮다. 어차피 이야기가 다 허무맹랑한 거다.

다만 실제로 산으로 들어설 엄두는 내지 못한다. 특히 벌레가 세상에서 제일 무섭기에 더 그렇다. 게다가 길이라도 잃으면 어떡하나. 물론 난 절대로 겁쟁이는 아니다. 그냥 신중한 것뿐이다. 그러자 역시 안전한 우리 집이 최고라는 생각이 든다.

생각이 거기에 미치면, 갑자기 나는 여기가 언제부터 '우리 집'이었는지 의문을 가지게 된다. 그러다 보면 가슴이 쿵 내려앉으며 다음과 같은 말이 떠오른다.

나는 여기서 태어난 게 아닌데.

그래. 나는 여기서 태어나지 않았다. 그런 내가 여기, 이 정글북 파크 동물원에 살게 된 과정은 내가 꾸며 내는 그 어떤 상상 속 이야기보다도 더 허무맹랑할지 모르겠다. 그건 내가 두 명의 호모 사피엔스와 가족처럼 함께 살게 된 이야기이기도 하다.

*

나는 내가 처음 발견되었던 때를 기억한다.

하지만 이 '발견되었다'는 표현은 적절하지 않을지 모른다. 나는 발견된 것이기도 하지만, 한편으론 내가 발견한 것이기도 하기 때문이다.

내가 발견, 했다. 뭐를?

정말이지 해괴망측하게 생긴 동물이었다. 어떻게 이렇게 생겨 먹을 수 있을까 싶었다. 아직까지 그때가 강렬하게 기억나는 이유는 다름 아닌 그 동물을 발견한 순간이 내 기억의 첫 장면이기 때문이다. 내 인생의 이야기는 딱 그 시점부터 존재한다. 그 이전은 이상하게도 기억에 없다. 희미한 느낌만으로 대략 이랬겠지 짐작할 뿐 꿈속 일처럼 흐릿하다. 마치 아직 별자리가 생기기 전의 밤하늘처럼 캄캄하다. 그러니 발견한 것이든 발견된 것이든, 어쨌든 그 순간이 이 모든 것의 시작이라고 해야겠다.

그 동물은 말 그대로 하늘에서 뚝 떨어졌다.

당시 내가 살던 곳은 사면이 높은 절벽으로 둘러싸인 숲이었다. 나무와 식물들이 풍부했지만 어쨌든 고립된 곳이었다. 나는 그 절벽 한쪽에 있던 동굴 속에서 혼자 살아가고 있었다. 가족도 없이. 아마도 그랬던 것 같다. 그랬던 것 같다는 건, 그땐 나도 나의 존재를 인식하지 못했기 때문이겠지. 나조차도 나를 모르는 채로, 캄캄한 세상에서 살고 있었다. 어쩌면 별다른 문제 없이 그렇게 계속 살아갈 수도 있었을 것이다.

그런데 어느 날이었다. 하늘에서 공포스러운 비명이 들려왔다. 으아악! 절벽 위에서 뭔가가 추락하고 있었다. 그것은 절벽의 바위며 나뭇가지 등에 통통 부딪히며 으엑 억 우악 옥 힉 소리를 내더니 바닥에 철푸덕 떨어졌다. 나는 조심스레 그것에 다가갔다. 그리곤 생전 처음 보는 낯선 동물을 마주하게 된 것이었다. 우왓! 나는 그 동물이 너무 못생긴 나머지 깜짝 놀라 비명을 질렀다. 쓰러져 있는 동물은 입 밖으로 신음을 냈지만 정신을 차리진 못하고 있었다.

나는 그 동물을 놔두고 동굴로 돌아갈 수도 있었다. 캄캄하지만 안전한 암흑 속에 머물 수도 있었다.

하지만 그러지 않았다. 어째서였을까. 동물이 걱정돼서 그랬을까. 당시 나에게 이미 죽음이라는 개념이 있어서, 저 동물이 혼자 죽을지도 모른다고 생각했기 때문일까. 나는 쓰러진 동물의 곁을 지켰다. 조금이지만 돌보기도 했다. 못생긴 얼굴이 신기해 주물주물하면서 볼을 잡아당겨 보는 것도 돌봄의 영역에 속한다면.

한참을 그렇게 볼을 잡아당겨 보고 코를 쿡쿡 찌르자 그 동물이 스르륵 눈을 떴다. 그런데 동물의 첫 반응이 매우 기분 나빴다. 우왓! 그 동물도 나를 보더니 꽥 비명을 지르는 것이었다. 내가 그 동물을 처음 봤을 때랑 비슷하게. 그 동물은 몸을 일으키더니 재빨리 내게서 도망치려 했다. 하지만 다리가 다쳤는지 몇 걸음 가지도 못하고 곧 아이고오 하면서 무릎을 움켜쥐며 쓰러졌다. 나는 멀뚱히 그 동물을 바라보다가 뒤돌아 동굴로 돌아갔다. 말했다시피 기분이 좀 나빴다. 내가 자기처럼 못생기기라도 하단 거야 뭐야.

다음날 동굴에서 나왔을 때에도 그 동물은 여전히 제자리에 있었다. 다리가 다쳐 움직이지 못하는 모양이었다. 그런 주제에 나를 보자 어제처럼 비명을 질렀다. 하지만 내가 신경도 쓰지 않고 곁을 쓱 지나치자 곧 소리가 잦아들었다. 눈을 데굴데굴 굴리는 게 혼란스러워하는 듯했다. 나는 그 동물과 조금 떨어진 곳에서 열매를 먹었다.

열매를 맛나게 먹고 있는데 누가 쳐다보는 것 같았다. 시선이 느껴지는 쪽을 보니 그 동물이 나를 바라보고 있었다.

우린 서로 눈을 마주쳤다.

하지만 아주 잠깐이었다. 곧 흠칫한 우린 눈을 피했다. 그리고 딴청을 피웠다. 서로를 전혀 의식하지 않는 것처럼.

나는 계속해서 열매를 먹었다. 잠시 후 뭔가 이상하게 시선이 느껴졌다. 눈을 돌리니 그 동물이 또 나를 보고 있었다. 우린 다시 눈을 마주쳤다.

하지만 흠칫. 또 눈을 피했다.

그걸 몇 번 반복했다. 눈을 마주쳤다가 다시 눈을 피하고. 또 눈을 마주쳤다가 피하고. 우린 너무 뭐랄까…… 어색했다. 서로의 존재가 불편했다. 서로를 어떻게 대해야 할지 알 수 없었다. 그게 내 마음을 답답하게 만들었다.

견디다 못한 내가 시선을 피한 채 열매를 동물 쪽으로 툭툭 던졌다. 그러자 허겁지겁 열매를 먹는 소리가 났다. 나는 한참 뒤에야 동물 쪽을 쓱 보았다. 그 동물이 나를 바라보고 있었다.

이번엔 눈을 피하지 않고 서로를 지그시 보았다. 그게 우리의 첫 교감이었다.

나는 그 동물과 함께 지내게 됐다. 절벽으로 둘러싸인 그곳에서 우린 함께 고립되어 있는 셈이었다.

동물은 다리가 다쳐 혼자 움직이지도 못했다. 그래서 내가 돌봐 줘야만 했다. 움직일 땐 딱 달라붙어서 한 몸처럼 기대야 했다. 처음엔 낯설었는데 시간이 갈수록 마치 아주 오래 전부터 그랬던 것처럼 당연하게 느껴졌다. 서로의 얼굴만 봐도 우앗! 하고 놀랐던 것도 곧 괜찮아졌다. 나중엔 서로 히히 비웃었다. 뭐 저렇게 생겼나.

　함께 있는 게 적응되자 동물은 나를 향해 입으로 이상한 소리를 내기 시작했다. 돌이켜 보니 그건 내게 말을 걸려고 한 것이었다. 하지만 당시의 나에겐 그 소리가 귀를 긁는 듯이 끔찍하게만 들렸다. 꼭 어떤 짐승이 포식자를 쫓을 때 내는 소리처럼 듣기 싫었다. 그래서 얼굴을 찡그리곤 귀를 막았다. 동물은 내 반응에 당황했는지 다신 말을 걸려고 시도를 하지 않았다.

　얼마 뒤 동물은 양팔을 흔들고 제자리에서 폴짝폴짝 뛰는 등 몸을 움직여 보았다. 역시나 일종의 의사소통을 시도한 것이었다. 몸으로 말해 보려는 의도였겠지만 당시의 나에겐 그 동작이 춤 같았다. 춤이라면 나도 알고 있었다. 머리가 아니라 몸으로 알고 있었다. 나도 흥이 겨워 양팔을 흔들고 제자리에서 폴짝폴짝 뛰었다. 동물은 고개를 가로젓더니 자기와 나를 가리켰다. 나도 흥겹게 고개를 도리도리하며 동물과 나를 가리켰다. 동물이 한숨을 쉬었다. 몇 번 더 시도했지만 마음대로 되지 않았는지 결국 포기했다. 그런데 며칠이 지나자 동물이 슬금슬금 다시금 양팔을 흔들고 제자리에서 폴짝폴짝 뛰기 시작했는데, 이전과 달리 그건 진짜로 춤을 추자는 것이었다.

　우리는 같이 춤을 추었다. 주위는 고요하고 평화로웠다. 알싸한 풀 냄새는 가만히 맡고만 있어도 기분이 좋았다. 절벽 너머에서 해가 고개를 내밀었다가 다시 사라졌다. 어두워지면 동굴에서 함께 잠을 잤다. 꼭 껴안고 잤다. 그건 누가 알려 주지 않아도 알 수 있는 것이었다. 단둘이 있으면 그 둘은 꼭 껴안아야 한다는 건 말이다.

그렇게 아침에 일어나서 열매를 먹고, 춤을 추고, 꼭 껴안고 있다 보면, 그러다 보면 하루가 갔다. 별거 없는 멋진 하루였다.

언젠가부터 나는 그 동물과 함께 사는 것이 당연하게 느껴졌다. 앞으로도 영영 이렇게 살아갈 수 있을 거란 느낌도 들었다. 가끔 동물은 밤하늘을 올려다보며 근심 어린 표정을 짓기도 했지만 그래도 점점 평온을 되찾는 것 같았고 다리도 낫고 있었다. 절벽으로 둘러싸인 그곳에서 우린 고립되어 있다고 느끼지 않았다. 내일 하루도 별거 없을 거라는 생각에 편안했다.

하지만 세상 모든 좋은 것들이 그렇듯 그런 하루도 영원하지 않았다. 그 동물이 하늘에서 뚝 떨어졌던 것처럼 어느 날 아침 우리가 살던 동굴 앞에 다른 동물들이 나타난 것이다. 나는 또다시 놀랐다. 왜냐하면 그들은 나와 함께 지내던 동물과 같은 종족인 듯 똑 닮은 외모였기 때문이다.

그들이 입을 열자 듣기 싫은 그 소리가 터져 나왔다. 내가 귀를 막아도, 그들은 나를 둘러싸고 끔찍한 소리들을 계속 질러댔다. 그게 바로 그들의 언어였다. 나와 함께 지내던 동물은 중간에서 어쩔 줄 몰라 했다.

별 거 없던 멋진 하루가 끝났다. 그렇게 나는 호모 사피엔스들에게 발견되었다.

하지만 그렇게 따지면 반대로 나도 발견한 셈이다. 한 인간을. 나와 함께 지냈던 그는 대한민국 국적을 가지고 있던 일흔 살의 남자, 최동석이었다. 우연인지 운명인지 우습게도 그의 직업은 동물원 사육사였다.

*

살아 있는 화석. 인간과 유사한 지적 능력을 지닌 초유의 유인원. 어쩌면 인간 진화의 비밀을 품고 있을지도 모를 유일무이한 표본. 그게 나였다.

그러니 날 차지하기 위해 전 세계가 싸운 건 당연할지도 모른다. 당장에 내 거처 문제가 화두였다. 소문으로는 미국과 러시아와 중국이 나를 데려가기 위해 첩보 작전까지 펼쳤다고 한다. 심지어 내가 발견된 오지 지역을 영토로 가지고 있던 에티오피아는 아예 국가명까지 바꿀 기세로(내 이름을 국가명으로 한다고 했는데 내 이름이 지어지지 않았기에 다행히 무산되었다) 전 세계적인 캠페인을 하면서 국제 사회에 '새로운 인류가 고향을 잃지 않게 도와주세요!'라며 호소했다.

하지만 엉뚱하게도 나는 대한민국 경기도 외곽의 정글북 파크 동물원에서 지내게 됐다. 그것도 최첨단 연구소나 호화로운 서식지도 아니고, 집이라기보단 임시 숙소 같은 낡은 회색 컨테이너에서 말이다. 대체 무슨 일이 있었던 걸까?

그걸 설명하기 위해선 다른 이야기 하나를 들고 와야 한다. 물론 가짜 이야기다. 그치만 이야기는 원래 가짜가 제맛이다.

이 세상의 많은 것들을 나는 가짜인 이야기를 통해 이해한다. 이야기를 만드는 과정에서 이해하게 된다고 할 수 있겠다. 첫 번째 단계는 먼저 마음속으로 말을 하는 것이다. 우선 나는 상상 속의 그 동굴로 들어간다. 그곳에서 밤하늘에 이야기를 새긴다. 이야기를 들어줄 다른 누군가는 없다. 나는 나에게 이야기를 들려주는 것이다.

참고로 이 이야기 속 주인공은 나처럼 감자 같지 않고 아주 귀엽다.

아주 귀여운 판다 한 마리가 있었다.

그 판다는 동물원에서 탈출했다. 갇혀 있는 생활이 너무나 답답하고 불행했기 때문이다. 판다는 동물원 뒤에 있던 깊은 산속으로 들어간다. 하지만 곧 길을 잃고 뒤뚱뒤뚱 산을 헤맨다. 목도 마르고 배도 고프다. 더 이상 못 걸을 것 같다. 쓰러질 것 같다.

그런데 이런 우연이 있나. 어느 심성 착한 늙은 농부가 판다를 딱 발견한 것이다. 농부는 깊은 산속에 혼자 살고 있었다. 그는 판다의 상태를 보고는 자신의 외딴 오두막으로 데려가 치료해 주고 보살펴 준다. 그러기를 며칠째. 이윽고 판다는 몸이 다 낫게 된다. 농부는 판다에게 말한다.

'자, 이제 몸이 괜찮아졌으니까 잘 가. 행복하게 살아.'

농부는 산을 내려가는 길 초입까지 판다를 데려다주곤 돌아선다. 돌아서서 걸어간다. 뚜벅 뚜벅 뚜벅. 세 걸음쯤? 세 걸음쯤 가다가 농부는 뒤를 돌아본다. 그러자 떠나지 않고 자길 물끄러미 보고 있는 판다가 눈에 들어온다. 둘은 오랫동안 그 자리에서 서로를 눈에 담는다.

그날부로 둘은 함께 살게 된다. 누가 시킨 것도 아닌데 자연스럽게 그렇게 한다. 농부는 판다가 판다인 줄 모른 채 그저 조금 뚱뚱한 개인 줄 안다. 그래서 '점박이'라는 이름도 붙인다. 이름을 붙인 건 물론, 사랑하기 위해서이다. 판다도, 아니 점박이도 농부를 사랑한다. 점박이는 농부가 먹는 밥을 함께 먹는다. 함께 잠을 자고 일도 한다. 둘은 봄날의 풀밭에서 껴안고 데구르르 데구르르 구른다. 그게 그렇게 행복할 수 없다. 데구르르 데구르르. 늙은 농부는 부드러운 털 속에 폭 잠길 수 있는 점박이의 품이 좋다. 점박이는 자길 감싸 주는 농부의 투박하지만 부드러운 손길이 좋다.

그러던 어느 날!!!

세상 사람들이 판다의 존재를 알게 되고 둘을 떼어 놓으려한다. 처음에 농부는 강하게 반발한다.

'점박이를 어디로 데려가겠단 겁니까? 점박이는 단순히 개가 아닌 제 가족입니다!'

하지만 세상 사람들의 대표는 말한다.

'선생님. 참고로 저건 개가 아니라 판다입니다.'

'헛, 판다…….'

'판다는 멸종위기종이에요. 잘 관리해야 합니다. 여기서 이렇게 살게 할 순 없어요. 이건 학대입니다.'

'그렇지만 점박이는…….'

'선생님. 잘 생각해 보세요. 점박이를 위해서 뭐가 더 좋은길일지.'

당황해하던 농부의 눈이 차분해진다. 그는 고개를 떨군다. 하지만 결심한다. 그리고 그날 저녁 점박이에게 말한다.

'가. 더 좋은 곳에서 살아.'

점박이는 받아들이지 않는다.

'우리 집을 두고 어딜 가란 거예요. 대체 왜 그래요?'

'네가 있을 곳으로 가란 말이야.'

'내가 있을 곳은 여기예요.'

농부는 이를 악물고 모질게 소리친다.

‘내가 혼자 살고 싶어서 그래!’

놀란 점박이. 일부러 못되게 말하는 농부.

‘나도 좀 혼자 편하게 살아 보자! 그러니까 가란 말이야!’

점박이의 두 눈에서 눈물이 뚝뚝.

다음날 아침. 점박이를 데리러 온 사람들이 농부의 집에 모인다. 점박이는 순순히 그들의 손에 몸을 맡긴다. 걸음을 옮긴다. 뚜벅 뚜벅 뚜벅. 세 걸음쯤? 세 걸음쯤 가다가 점박이는 뒤를 돌아본다. 그리고 보고야 만다. 몰래 눈물을 훔치고 있는 농부를.

‘그런 거였어!’

점박이는 사람들을 뿌리친다. 뒤뚱뒤뚱 농부에게 달려간다. 농부도 더는 참지 못하고 점박이에게 달려간다. 점박이는 퐁 점프해서 농부의 품에 뛰어든다. 농부도 점박이를 껴안는다. 둘은 더는 헤어지지 않기로 결심한다. 그렇게 꼭 껴안은 채로 언덕을 굴러 내려간다. 데구르르르르.

저 아래로 멀어지는 둘을 보며……. 사람들은 고개를 끄덕이곤 말한다.

‘그래. 저 둘을 헤어지게 할 순 없어.’

봄날의 햇볕이 좋다.

그 뒤 농부와 점박이가 어떻게 살았는지는 굳이 궁금해하지 말자. 귀여운 점박이…….

아무튼 내가 만든 이 이야기가 세상 사람들이 우리를 이해한 방식이었다. 사람들은 최동석이라는 늙은 사육사와 나 감자 원숭이의 관계를 이야기 속 농부와 점박이 관계로 오해한 것이다. 그건 나를 처음 발견한 이가 사육사일뿐더러 무엇보다 내가 사육사에게서 떨어지려 하지 않았기에 그랬다. 내가 세상에 공개되고 여러 절차들이 이어지는 내내, 나는 나무에 매달린 원숭이처럼 양팔 양다리로 사육사의 몸을 꼭 껴안고 있었다. 착 달라붙어서 절대 떨어지지 않았다.

이런 둘을 누가 떼어 낼 수 있을까? 전 세계 사람들은 우리의 모습에 감동했다. 우리를 주인공으로 각색된 이야기가 여기저기 퍼져 나갔다. 이야기의 힘은 강했다. 미국도 러시아도 중국도 또 에티오피아도 그걸 이길 수 없었다. 만약 우릴 떼어 내면 한마디로 천하의 악당이 되는 상황이었다.

이에 나의 발견 이후 급하게 창립된 호모 어쩌구 위원회에서 결단을 내렸다. '인류 2호'와 최동석 씨를 함께 지내게 하자고. 비록 종은 다르지만 둘은 가족이나 마찬가지이고, 가족이란 무릇 헤어지면 안 된다고. 같이 살아야 한다고. 이게 바로 내가 사육사와 그의 아내가 살던 집에 함께 살게 된 연유다. 이곳, 정글북 파크 동물원에서.

전 세계 사람들은 사육사와 내가 스스로 가족이기를 선택했다고 여겼다. 그런데 나는 가끔 헷갈린다. 가족이 정말 선택할 수 있는 종류의 것인가?

내가 뒷산에 가서 우아아아 소리 지르면 새와 다람쥐와 노루 녀석들이 나타나는 것처럼, 서로 좋아서 어딘가에서 약속해서 만나 만들어지는 것, 그런 게 가족인 걸까? 그렇지만 내가 알기로 호모 사피엔스는 안 그러는 거 같은데. 그들에게 가족이란, 선택하는 게 아닌 거 같은데.

실은 세상 사람들이 크게 오해한 게 하나 있다. 이건 비밀인데 말이다. 나는 사육사랑 헤어지기 싫어서 붙어 있었던 게 아니다. 내가 사육사를 가족이라고 생각한 것도 당연히 아니다. 오히려 사육사가 불편했다. 이상한 일이었다. 절벽 사이 동굴에서 둘이 꼭 껴안고 자던 것이 무색하게 갑자기 세상 밖으로 나오자 사육사라는 존재가 껄끄럽게 느껴진 것이다.

그런데 왜 사육사의 품에서 안 떨어지려 한 거냐고? 사실 난 사육사에게 안긴 게 아니었다. 갑자기 나를 둘러싼 이 세상이 너무 무서웠고, 도망치고 싶었는데, 그런데 그 끝에 사육사가 있었던 것뿐이었다. 그러니까 사육사는 내가 도망칠 수 있는 곳의 가장 끝이었다. 막다른 벽 같은 것이었다. 그러니 나로서는 그 벽에 붙어 있을 수밖에 없었다.

그리고 이건 두 번째 비밀인데 말이다. 사육사와 껴안고 있으면서 나는 느꼈다. 사육사도 나와 마찬가지였다는 것을.

확실했다. 그 순간 사육사도 나처럼 뭔가를 무서워하고 있었고, 도망치고 싶어 했으며, 그런데 그 끝에 내가 있었다. 그래서 사육사도 나랑 떨어지려 하지 않았다. 우리 둘은 그래서 서로를 안고 있을 수밖에 없었다. 그럴 수밖에 없었다.

어쩌면 가족이란 그런 걸까? 막다른 길처럼 서로에게 더는 도망칠 데 없는 끝.

그렇게 생각하면 가슴에 뻥 구멍이 뚫린 것처럼 헛헛하다. 이게 뭘까? 슬프다는 말로도 표현할 수 없다. 그래서 나는 뒷산을 향해 우아아아 소리를 지른다. 건방진 새와 다람쥐와 노루 녀석들을 불러낸다. 그러면 그나마 좀 낫다.

가족에 대해서는 웬만하면 깊이 생각하지 않는 게 좋은 거 같다.

4 사육사에 대하여

사육사의 저녁 식사는 동물원에 사는 그 어떤 동물의 식사
보다도 간소하다.

퇴근 후 사육사는 부엌 가스레인지 앞으로 간다. 그 자리에
동상처럼 선 채로 저녁 먹을 준비를 하는데 전체 과정이 10초
도 걸리지 않는다. 가스레인지 위 냄비엔 언제나 된장찌개가
있다. 다른 음식이 있는 걸 본 적이 없다. 비어 있는 걸 본 적도
없다. 항상 된장찌개가 있다. 사육사는 차가운 된장찌개를 데
우지도 않고 국그릇에 옮겨 담는다. 그리고 밥통의 밥을 한 덩
이 푹 퍼서 국그릇에 풍덩 넣는다. 된장찌개와 밥을 만다.

자. 저녁 먹을 준비 끝이다.

반찬은 없다. 사육사는 앉지도 않고 그 자리에 우두커니 서서 밥을 먹는다. 왼손에는 그릇을 들고, 오른손으로는 숟가락을 든 채. 찌개는 차갑지만 밥이 뜨거워서 괜찮다. 식사는 조용하면서도 엄숙하고, 한편으론 쓸쓸하다. 다 먹고 나면 곧바로 옆에 있는 싱크대에서 설거지를 한다. 이 모든 과정에서 불필요한 동작은 하나도 없다.

식사를 마친 사육사는 잘 준비를 한다.

우리가 사는 컨테이너는 사육사의 저녁 식사를 닮아 있다. 건조하지만 군더더기가 없다는 점에서. 혹은 군더더기는 없지만 건조하다는 점에서.

이곳은 모든 게 최소화되어 있다. 부엌은 양팔을 벌린 정도 길이다. 싱크대는 하루라도 설거지가 밀리면 안 될 크기다. 부엌에서 현관까진 걸어서 딱 한 발자국 거리이고, 거실 겸 침실 겸 서재까진 딱 다섯 발자국 거리다. 화장실은 부엌에서 거실 겸 침실 겸 서재를 가로질러 아홉 발자국 가면 있다. 아홉 발자국. 컨테이너 안에선 어디서부터 어디를 가더라도 아홉 발자국을 넘지 않았다. 아홉 발자국이 최대치였다. 그리고 그 아홉 발자국의 공간이야말로 사육사의 세계라고 할 수 있었다.

그런데 나는 이 집이 딱히 답답하다고는 느껴지지 않는다. 오히려 이 조용함이 엄숙함이 또 쓸쓸함이, 이상하게 아늑하다. 어딘가에선 항상 잘 마른 빨래 냄새가 난다. 그 냄새를 맡고 있다 보면 졸리지 않았는데도 잠이 솔솔 온다. 해가 지기 전까진 불을 거의 켜지 않아 어둑한 내부로 창밖 햇살이 비스듬히 들어온다. 그 햇살이 사그라지면 사육사가 퇴근한다.

나는 사육사가 부엌에 서서 저녁을 먹을 때마다 그를 관찰한다. 부엌 조명이 그의 얼굴 위로 떨어지며 그림자가 생긴다. 큰 키에 언제나 구부정한 자세인 그는 마른 몸 때문인지 마치 나무 인간 같다. 얼굴엔 아무 표정도 없다. 슬픔도 기쁨도 분노도 없는, 못생긴 얼굴이다. 나는 사육사를 보며 마음속으로 내 특기인 이야기를 지어내 보려 한다.

그런데 이상하다. 사육사를 보면 어떤 이야기도 떠오르지 않는다.

*

사육사는 사실 사육사가 아니다. 여러 가지 면에서 말이다.

우선 그는 정식으로 사육사라는 직업을 가지고 있지 않다. 자격증도 없다. 단지 그는 은퇴한 중장년층을 대상으로 하는 정부의 직업 교육을 받고 이곳 정글북 파크 동물원에 고용됐을 뿐이다. 하는 일도 직접 동물을 상대하는 게 아니라 입장권을 확인하고 관람로를 청소하며 사료 봉지 등을 정리하는 일이었다. 그러다 예전에 경비원들의 휴게 공간으로 지어진 이곳 컨테이너에 그가 자진해서 살게 된 이후 자연스레 경비 일까지 하게 됐다. 그는 동물원에서 사육사 일을 제외한 나머지 모든 일을 한다. 그러니 그는 동물을 돌보는 일반적인 사육사는 아닌 것이다.

또한 그는 나의 사육사도 아니다. 그는 나를 사육하지 않는다.

사육은커녕 아는 척도 거의 하지 않는다. 한집(아홉 발자국 이내)에 살면서도 딱히 소통하는 일이 없다. 과거 기자들 앞에서 나에 대해 '처음엔 감자인 줄 알았습니다'라고 인터뷰하여 나한테 '감자 원숭이'라는 치욕적인 별명을 안겨 준 주제에 나에게 데면데면한 것이다.

근데 나도 마찬가지긴 하다. 나도 이상하게 사육사를 잘 아는 척 못하겠다. 우리는 지구와 달처럼 곁에서 빙글빙글 돌지만 가까워지진 않는다. 일정한 거리를 유지한 채 각자의 일을 한다. 그가 매일 동물원으로 출근하듯 나도 나름의 할 일을 하는 것이다.

평일 아침이면 컨테이너 앞에 차 한 대가 온다. 나는 그 차를 타고 동물원 근처에 있는 연구소로 간다. 연구소라고 하면 뭔가 대단한 것 같지만 꼭 그렇지만도 않다. 호모 어쩌구 위원회는 처음 연구소를 개설할 때 나를 연구할 특별 시설을 갖추

되, 나의 복지를 위해 내 거처에서 그리 멀지 않은 곳이어야 한다는 조건을 내걸었다. 그 결과 폐교가 된 경기도 외곽의 시골 초등학교를 급하게 개조하여 연구소로 쓰게 된 것이다.

연구소 곳곳엔 아직까지 옛날 애들이 분필로 낙서한 자국들이 선명하고 뜀틀과 정글짐도 그대로며(전 세계에서 온 저명한 학자들은 스트레스 때문인지 때때로 정글짐에 올라가 논다) 그 외에도 이곳이 학교였던 흔적들, 예를 들면 1교시 국어 2교시 사회 같은 팻말들이 여전히 남아 있다. 그래서 나는 연구소에서 학자들을 만나는 일을 흡사 학교에서 수업 듣는 것처럼 멋대로 생각하곤 한다.

인류 2호(감자 원숭이)의 시간표

1교시: 고고학자

2교시: 생물학자

3교시: 언어학자

4교시: 점심 (해바라기 씨)

...

수업은 당연히 지루하고 재미없다. 나는 쉬는 시간이면 빈 교실로 간다. 일부러 가장 구석에 있는 교실을 찾아 간다. 창

너머 멀리 운동장에서 꺄르르거리는 소리가 들려온다. 학자들이 말뚝박기나 짝 피구 하며 내는 소리다. 나름 세계의 석학들이라는 그들은 경기도 외딴 폐교 생활에 금방 적응한 모양이다. 그들은 그들끼리 놀라 하고 나는 홀로 칠판 앞에 선다. 혼자 있는 게 고독하긴 하지만 싫지만은 않다. 원래 고독이 꼭 나쁜 것만은 아니다.

나는 분필을 들고 그림을 그린다. 공기 중에 떠다니는 분필 가루가 햇볕을 반사하는데 마치 별처럼 예쁘다. 하지만 그림은 잘 그려지지 않는다. 내 얼굴을 그리고 싶은데, 항상 인간의 얼굴을 그리게 된다.

포기하고 교실의 빈자리 중 하나에 앉는다. 책상 위엔 굳은 코딱지가 붙어 있다. 음, 더러워라. 그렇게 모두가 떠난 교실에 앉아 있다 보면 이따금 사육사는 지금 이 순간 뭐하고 있을지 궁금해진다. 한때는 그와 꼭 껴안고 잠을 잤다는 게 믿기지 않는다. 한때는 이 교실에 아이들이 가득했던 것처럼. 나는 돌아갈 수 없을 그 과거를 가만히 헤아려 본다.

*

언제부턴가 나는 사육사가 부엌에 서서 저녁을 먹을 때 옆에서 같이 밥을 먹게 됐다. 그의 옆에 나란히 서서, 똑같이 윈

손에는 그릇을 오른손으로는 숟가락을 들고 된장찌개에 만 밥을 먹는다. 음식을 씹고 삼키는 소리가 두 배가 될 뿐 우린 한 마디도 하지 않는다. 식사는 변함없이 조용하고 엄숙하며 쓸쓸하다.

처음 내가 그의 옆에 서서 밥을 먹으려 했을 때, 그는 뭔가 잘못된 걸 보듯 나를 바라봤다. 그리고 곧 얼굴이 창백해졌다. 그는 내가 자기 모습을 따라 한다고 생각한 모양이었다. 애완동물이 주인을 흉내 내듯이. 혹은 아기가 부모를 보고 배우듯이. 그는 내게 무슨 못 할 짓이라도 한 것처럼 황급히 나를 향해 이러지 말라고, 이런 걸 배우면 안 된다고, 비참한 모습으로 떠들었다.

하지만 오래지 않아 그는 알게 됐다. 자신을 빤히 바라보는 내 얼굴을 통해서 깨달았다. 나는 애완동물처럼 그를 흉내 낸 게 아니었다. 아기처럼 그에게서 뭔가를 배운 것도 아니었다. 나는 그냥 그의 옆에 있어 주려 한 것이었다. 그것뿐이었다. 그걸 깨달은 그는 더는 나에게 뭐라 하지 않았다.

때때로 나는 조용히 냉장고를 연다. 그리고 락앤락 통에 든 김치를 꺼낸다. 수납장에서 젓가락 두 짝도 꺼내 우리 둘 사이에 내려놓는다. 그러면 그는 슬그머니 젓가락을 들고 내가 꺼낸 김치를 집어 함께 먹는다. 딱 그 정도. 그 정도가 사육사와 나의 관계다.

사육사는 나를 사육하지 않는다. 나도 사육사를 사육하지 않는다. 분명 아무도 사육하지는 않는다. 그런데 어째서일까. 우리는 서로에게 사육되는 것만 같았다.

그처럼 둘이서 추잡하게 주접떨고 있다 보면 잠자던 사육사의 아내, 정숙 씨가 깰 때가 있다.

"아니 감자랑 감자 아빠! 왜 둘 다 서서 그러고 있어?"

정숙 씨는 안 그래도 땡그란 눈을 더 땡그랗게 뜨고 묻는다. 그러면 절대 웃지 않을 것 같던 그 무뚝뚝한 사육사가 정숙 씨를 향해 환하게 웃는 것이다.

5 말에 대하여

나는 정숙 씨를 통해 인간의 말을 배웠다. 그렇지만 특별히 정숙 씨가 내게 말하는 법을 가르친 건 아니다. 그저 정숙 씨 곁에 있다 보니 자연스럽게 익히게 됐을 뿐이다. 정숙 씨의 수다가 날 그렇게 만든 셈이다.

우선 정숙 씨는 아침에 일어나면 비몽사몽한 와중에도 일단 입부터 열었다. 간밤에 자기가 무슨 꿈을 꿨는지 얘기해 주기 위해서다.

"하늘에서 보름달이 떨어졌어…… 우리 앞으로 달님이 추락…… 했어."

눈을 감은 정숙 씨는 아직도 반은 꿈속에 있는 듯 옹알이하는 아기같이 말한다. 그럼 사육사는 진지한 얼굴로 정숙 씨의 말을 듣는다. 흡사 도청하는 스파이처럼 정숙 씨의 머리맡에 착 엎드려 정숙 씨의 입에 귀를 바짝 들이대는 것이다. 사육사는 깊이 몰입한다. 보름달이 추락했다니, 여간 일이 아니다.

"그래서? 추락해서?"

"추락해서…… 달이 소보로 빵이 됐어."

"소, 소보로?"

사육사가 움찔한다. 반면 정숙 씨는 태연하게 말을 잇는다.

"응. 소보로 빵을 뜯어 먹었는데 달콤했어."

"그래, 달콤했구나……."

"그런데 그때 빵 안에서 악어가 튀어나왔는데……."

"악어?"

정숙 씨의 꿈 이야기가 어떻게 전개될지는 정숙 씨 빼곤 아무도 알 수 없다. 무엇을 상상하든 그 이상의 전개가 정숙 씨 입에서 튀어나온다. 정숙 씨는 그런 사람인 것이다.

정숙 씨의 수다는 특히 바깥 산책을 마치고 집에 돌아왔을 때 가장 활발하다.

"오늘 보니 자숙이가 걷는 폼이 이상한 게 영락없이 치질 걸린 거 같더라. 그 왜 희숙이도 치질 걸려 본 적 있잖아. 그때 희숙이도 많이 힘들어 했거든. 그게 다 편식해서 그래. 섬유질을 많이 먹어야 하는데. 아무튼 자숙이 걔는 평소엔 새초롬하던 애가 엉거주춤 그러고 있는 모습을 보니 웃기기도 하고 안쓰럽고 하고 그러데, 참 인생이 뭔지. 그나저나 희숙이는 요즘 이상해. 얼굴이 안 좋아. 치질도 다 나았는데 말이야. 활짝 핀 개나리를 보면서도 울적한 표정을 짓고 있지 뭐니. 봄이라도 타는 걸까? 하긴 근데 나도 나이가 점점 드니까 봄이 예쁘면서도 마음 한편이 좀 그렇더라. 살랑이는 봄바람을 쐬다 보면 나도 울고 싶어져…… 이건 무슨 감정인지……."

참고로 여기서 자숙이는 정글북 파크 동물원의 생태체험 존 구역에 사는 어느 홍학을 가리키고, 희숙이는 볕이 잘 들지 않는 레이크 존에 살아 평소 우울증을 앓고 있는 어느 너구리를 가리킨다. 물론 자숙이와 희숙이가 그 홍학과 너구리의 진짜 이름일 리는 없다. 그냥 정숙 씨가 그렇게 부를 뿐이다.

"오후엔 노랭이 옆에 한참 동안 앉아 있다 왔어. 예전엔 노랭이랑 둘이서 옛날얘기도 두런두런 많이 했는데, 이젠 걔도 그럴 힘이 없나 봐. 그래서 이제 그만하면 됐다 싶어서 내가 노랭이 걔 허리를 톡, 하고 부러뜨려 왔어. 자, 봐. 내가 여기 노랭이 가져왔잖아. 힘없어 보이지? 아, 허리 부러뜨리기 전에 사과는 했어. 미안해, 노랭아!"

노랭이는 폐쇄된 칠면조 우리 근처에서 자라는 어느 노란 꽃을 가리킨다.

“내 사과에 노랭이가 대답해 주더라고. 괜찮아, 정숙아!”

그 말을 하며 정숙 씨는 꺾어 온 노랭이를 조심스레 쓰다듬는다. 나도 조용히 말해 본다. 노랭아, 미안해. 그러자 정숙 씨가 나를 쓰다듬으며 말한다.

“우리 감자는 둥글둥글 착하기도 하지.”

그럼 나는 내 둥글둥글한 머리를 정숙 씨의 손길에 얌전히 맡기는 것이다.

정숙 씨와 사육사가 어떻게 결혼했는지 참 미스터리다. 둘은 너무나 다르다. 사육사의 세계가 아홉 발자국의 공간이라면, 정숙 씨의 세계는 반짝이는 모자이크로 이루어진 무한한 우주 공간이나 다름없다. 정숙 씨는 그 우주를 자유롭게 헤엄치는 인어 공주와도 같다. 그에 비하면 사육사는 바닷가 마을의 초라한 어부쯤?

인어 공주 정숙 씨는 헤엄치다 아름다운 소라 껍데기를 발견하면 귀를 대고 그 속에서 들려오는 말들에 귀를 기울인다. 그리고 우리에게 자기가 들은 이야기를 전해 준다. 그렇게 우리는 정숙 씨의 뒤죽박죽이지만 아름다운 세계에 초대된다.

이야기들은 반짝이는 모자이크처럼 앞뒤도 위아래도 없다. 바라보는 방향에 따라 그것은 앞이 되기도 하고 뒤가 되기도 한다. 그 세계 속에선 내가 이상한 존재가 아니었다. 특별한 존재이긴 했지만, 그건 다른 것들도 다 마찬가지였다. 나만 특별하지 않았다. 자숙이라는 이름의 홍학도, 희숙이라는 이름의 너구리도, 노랭이도, 또 사육사도, 모두 다 특별했다. 모두 다 특별하기에 사랑하지 않을 수 없다는 것이 정숙 씨의 논리였다.

정숙 씨는 확실히 이상한 사람이었다. 한마디로 괴인이었다. 하지만 도통 미워할 수 없는 사람이기도 했다. 일흔에 가까운 나이에도 판다가 그려진 양산을 쓴 채 매일 동물원을 씩씩하게 산책한다. 아무도 거들떠보지 않아 더는 관리되지 않는 동물들, 심지어 이름 없는 풀에게도 이름을 붙여 주고 다정하게 말을 건다. 그렇게 자숙이와 희숙이와 노랭이 등과 때로는 웃고 때로는 슬퍼하며 때로는 눈물까지 짓다가, 집에 돌아와서 우리에게 끊임없이 수다를 떠는 정숙 씨는, 정말이지 사랑하지 않을 수 없는 사람이었다.

사육사도 정숙 씨 앞에서는 평소와는 전혀 다른 사람 같았다. 아니, 오히려 정숙 씨 앞에서의 모습이 진짜 모습이라는 듯 자연스러웠다. 언제나 경직되고 침울해 보이던 그가 정숙 씨랑 함께면 그렇게 편안해 보일 수 없었다. 그는 정숙 씨의 무한 수다에도 지치지 않고 맞장구를 쳤다. 오, 그래? 저런! 그렇군, 아이쿠! 맙소사, 오 마이 갓. 그때마다 그의 눈은 정숙 씨의 눈 못지않게 빛났다. 식물이 햇빛으로 살아가듯, 그럴 때의 그는 정숙 씨의 말들을 자양분 삼아 살아가는 생물 같았다.

“가만 보면 감자랑 감자 아빠랑 참 닮았어, 그치?”

정숙 씨는 사육사와 나를 아빠와 아들로 대했다. 단순히 아빠와 아들로 취급하는 게 아니라, 정말로 그렇게 생각하는 것 같았다. 그럴 때면 한 번도 서로를 아빠나 아들로 불러 본 적 없는 사육사와 난 어색하게 눈을 마주쳤다가 곧 각자 딴 데를 봤다.

그러다 정숙 씨가 잠이 들어 더는 그 아름다운 말들이 들리지 않는 밤이 되면, 사육사는 정숙 씨의 팔다리를 마사지했다. 정숙 씨가 깨지 않도록 조심하면서 한참을 주물러 줬다. 나는 자는 척하며 그런 그를 지켜보았다. 그때 그는 분명 아무런 말도 하지 않았지만, 어째선지 나는 그가 꼭 말을 하고 있는 것 같았다. 내가 마음속으로 말하듯이. 그런 밤이면 나는 말을 하며 말하는 법과 말을 하지 않으며 말하는 법에 대해 생각했다.

그랬다. 정숙 씨를 통해 말하는 법을 배운 나는 처음엔 말이란 원래 다 그런 건 줄 알았다. 뒤죽박죽이지만 아름다운 무언가.

하지만 그리 오래지 않아 대부분의 호모 사피엔스들에게 말은 정숙 씨의 그것과 완전히 다른 것임을 알게 됐다. 그리고 그들이 정숙 씨를 어떻게 판단하는지도 알게 됐다. 정숙 씨의 말은 병의 증상 중 하나였고, 정숙 씨가 앓고 있는 병은 인간들이 그토록 무서워한다는 치매라는 병이었던 것이다.

나는 종종 후회한다. 인간들 앞에서 말을 하지 말걸 하고 말이다. 저 못된 호모 사피엔스들에게 나에게도 말이 있다는 사실을 들키지 말걸, 그냥 영원히 내 마음속으로만 말할걸, 그래서 동굴 속으로 들어가 혼잣말이나 할걸 하고…….

아닌 게 아니라 내가 인간처럼 말할 수 있다는 사실이 세상에 알려지자 귀찮은 일들이 많이 생겼다. 특히 매일 출근하는 연구소에선 더욱 그랬다.

맨 처음으로 나의 언어 능력을 알게 된 사람은 프랑스에서 온 언어학자 로빈이었다. 봄바람에 하얀 벚꽃 잎이 파르르 날리던 날이었다. 점심시간 이후인 5교시라서 잠이 솔솔 오던 시간이었고 그게 아니더라도 나는 매일같이 학자들을 만나는 일에 지쳐 있었다. 나를 연구하겠다고 모인 각 분야의 학자들은 호모 어쩌구 위원회에서 정한 '인류 2호의 특별 권리 조항'에 어긋나지 않는 선에서 나를 연구했다. 아니 정확히 말하면 연구하려 시도했다. 생물학자, 진화이론학자, 심리학자, 고고학자 등 다양한 학자들이 온갖 방면에서 말이다.

하지만 잘되지 않는 모양이었다. 그들은 날이 갈수록 풀리지 않는 수수께끼를 마주한 듯 한숨을 푹푹 내쉬었다. 그리곤 (물론 내가 말을 알아들을 줄은 꿈에도 모르고) 날 앞에 두고 저마다 궁시렁거리기 일쑤였다. '어렵군 어려워', '젠장, 얘는 대체 어떻게 생겨 먹은 거야', '뭐 이딴 근본 없는 종이?', '혹시 그냥 돌연변이는 아니야?', '그런데 진짜 생긴 건 꼭 감자랑 원숭이랑 섞은 거 같군!', '그러고 보니…… 흠, 찐 감자가 먹고 싶구만 그래'. 나는 천연덕스럽게 가만히 그들의 속마음을 들었다.

그날도 다를 바 없었다. 교실을 개인 연구실로 개조한 곳에서 언어학자 로빈은 날 앉혀 두고 창밖만 바라보며 중얼거렸다.

"보봄인데 왜 나난 어째째서 슬슬플까……."

떨어지는 벚꽃을 보는 그의 눈이 아련했다. 키 작고 배 나온 이 중년의 백인 학자는 언어학자인데도(혹은 언어학자라서?) 말을 더듬었다. 머리는 백발이고 얼굴에 주름도 많았지만 인상이 꼭 소심하고 우울한 아기 돼지를 연상하게 했다. 나는 어째선지 이 소심하고 우울한 아기 돼지 학자가 마음에 들었다.

"여역시 봄은 자자잔인한 계계절인가……."

감상에 빠져 있던 그는 자세를 고쳐 앉다가 윽, 하고 엉덩이를 들었다. 엉거주춤 서서 앉지 못한 채 얼굴이 어떤 특별한 고통으로 물들었다. 나는 단번에 그게 무엇인지 알 수 있었다. 그러면 안 되는 거였는데, 반가운 나머지 나도 모르게 입 밖으로 그 단어를 내뱉었다.

"치질?"

그가 얼굴을 찡그린 채 고개를 끄덕였다. 나는 중얼거렸다.

"희숙이도 자숙이도 그랬다는데…… 섬유질을 먹어야 한다는데요."

"그그그건 나나도 알아."

입을 삐죽이던 그가 멈칫했다. 그리고 물었다.

"바방금 너너너너너가 말하한 거니?"

나는 답했다.

"네."

깜짝 놀란 그는 의자에 털썩 주저앉았다가 짜릿한 통증에 더 깜짝 놀라 다시 폴짝 점프했다.

내가 자기들처럼 말할 수 있다는 사실에 학자들은 고무됐다. 그리고 곧 두 가지 파로 나뉘었다. 나의 지적 능력과 언어 능력이 호모 사피엔스와 거의 흡사하다는 쪽과, 그렇지 않고 단순히 자기들을 흉내 내고 있다는 쪽으로. 그런데 둘 중 압도적으로 후자 쪽이 많았다. 대다수의 학자들이 나의 언행을 모방의 연장선이라고 보았다.

나로선 어이가 없었다. 그들은 내가 말하는 것도 엄밀히 말하면 의사소통 행위가 아니라고 했다. 앵무새의 말과 다를 바 없다고 했다. 그렇게 판단한 이유 중 하나는 내가 말을 하면 그게 말이 아니라 마치 노래를 부르는 것처럼 들린다는 점이었다.

그러나 나는 노래를 부르려던 게 아니고, 나의 의사를 전하려 한 것이었다. 소리를 내서 내가 지금 어떤 감정이고 어떤 생각을 하는지 드러내려 할 뿐이었다. 근데 사람들은 자꾸 그게 노래라고 했다. 반면 나는 노래와 말을 구분하는 인간의 기준을 이해할 수 없었다. 대체 어디까지가 노래고 어디까지가 말이란 말인가.

조사 결과 나의 독특한 말소리는 내 성대 구조가 호모 사피엔스들과 다르기 때문임이 밝혀졌다. 그건 당연할지도 모른다. 개도 개 나름대로 자기만의 방식으로 말하고, 고양이도 고양이 나름대로 자기만의 방식으로 말한다. 그러니 나도 나만의 방식으로 말하는 것이다. 사람들은 내가 말하는 방식이 마치 뮤지컬 같다고 하는데 나는 뮤지컬이 뭔지도 모르고 알고 싶지도 않다. 따지고 보면 뮤지컬이야말로 날 따라 하는 거지 나는 그냥 나대로 사는 것에 지나지 않는다. 하지만 연구소의 학자들이나 다른 사람들은 대체 뭐가 신기하단 건지 나보고 자꾸 말을 해 보라고 요구했다. 그렇지 않으면 노래를 불러 보라고도 요구했다. 진짜 짜증났던 건 그런 무례한 요구를 했던 이들은 다 내가 자기들을 흉내 낸다고 보는 쪽이었다는 점이다.

다만 로빈은 달랐다. 그는 내 말을 혹은 내 노래를 이상하게 생각하지 않았다. 내가 호모 사피엔스를 모방하고 있다고도 보지 않았다. 그런데 그는 다른 학자들에게 무시 받는 외톨이였다. 연구소에서 그와 내가 친구 비슷한 말동무가 된 건 자연스러운 일일지도 모르겠다.

나는 로빈과 있을 때를 제외하면 연구소에서 거의 입을 열지 않게 되었다.

사실 나의 일상은 집 아니면 연구소에 있는 시간이 전부이기에 거의 침묵의 날을 보낸다고 할 수 있었다. 대신에 나는 마음속으로 말하는 것에 점점 더 능숙해졌다. 내가 느끼고 생각하는 대부분의 것들을 나는 밖이 아니라 마음속으로, 내게만 들리게 말을 했다.

내가 입을 꾹 다물고 있자 몇몇 학자들은 또 자기들 멋대로 나를 분석하고 판단했다. 그들은 나를 바보 멍청이 취급하기도 했다. 덜 떨어진 짐승 취급도 했다. 나는 반박하고 부정하고 싶었다. 비록 내가 다리도 짧고 쪼그만 감자 같지만 인간 유치원생들보단 몇 배는 더 똑똑한데 말이다. 하지만 난 입 다물고 꾹 참았다. 그리곤 마음속으로 그들을 저주했다. 나쁜 놈들! 욕을 했다.

그런 자들일수록 말은 또 그럴 듯하게 했다. 그 대표적인 사람이 호모 어쩌구 위원회의 위원장인 고고학자였다. 위원장은 로빈처럼 프랑스 출신이었는데 로빈과는 정반대로 큰 덩치에 거만한 인상이었다. 전 세계에서 나에 대한 처우와 모든 규정을 관리하고 책임지는 자라고 했다. 항상 수준 높은 어휘만 사용해서 정중하고 격식 있게, 친절한 태도로 말하는데도 난 그의 말이 아주 듣기 싫었다.

왜냐하면 정숙 씨가 생각났기 때문이다. 그 위원장 같은 사람들이 우리의 정숙 씨를 잘못됐다고 손가락질하는 것 같았기 때문이다. 정숙 씨처럼 아름답지만 뒤죽박죽으로 말을 하는 건 바보 멍청이나 하는 거라고 욕하는 것 같았기 때문이다.

위원장의 말은 정숙 씨의 말과 다르게 위아래가 있었다. 앞면과 뒷면이 있었다. 그래서 어떤 말이든 뒤집으면 겉과 전혀 다른 의미가 있는 것이었다. 예를 들면 위원장은 종종 교장실을 개조한 위원장실로 나를 불렀다. 그리곤 나를 추켜세우면서 '인류 2호, 너는 인류의 기원이라는 궁극의 수수께끼를 밝힐 열쇠야'라고 말했다. 자기 딴에는 내게 대단한 아량이라도 베푸는 것 같았다. 마치 그 호모 어쩌구 위원회가 나를 평생토록 보살펴 줄 테니 걱정 말라는 듯이 말이다.

하지만 그의 말대로 내가 그 대단한 수수께끼를 밝힐 열쇠라면, 수수께끼를 밝히고 난 뒤 나는 어떻게 되는 건가. 다시 잠글 필요가 없는 문을 열고 나면, 그 문을 연 열쇠는 더 이상

필요하지 않을 텐데. 또는 내가 아예 잘못된 열쇠라면. 그래서 아무것도 열지 못한다면.

그럼 나는 뭐가 되는 걸까.

마음속으로 말을 하는 것의 장점이자 단점은 바로 아무도 대답을 해 주지 않는다는 거다.

그래서 혼잣말들이 밤하늘을 메우고 별자리도 가려 세상이 캄캄해지는 때가 있다. 그럴 때 나는 밤새도록 한숨도 자지 못한다. 하지만 누구의 도움도 받을 수 없다. 내 동굴에는 찾아오는 사람이 없다. 나는 눈을 감고서 그 어둠을 버틸 수밖에 없다. 입을 꾹 다물고서.

그나마 다행인 건, 그런 어둠이 영원하지는 않다. 아침이 되고 햇살이 비치기 시작하면, 정숙 씨의 입이 열린다. 졸린 눈을 뜨지도 못한 정숙 씨는 일단 말부터 내뱉는다.

"빵 안에서 악어가 튀어나왔는데…… 하늘에 보름달이 있던 자리에…… 그 자리에 보름달 대신 감자의 얼굴이 떠 있었어, 감자가 꼭 보름달처럼 생겼잖아…… 밤하늘에서 감자가 우릴 보면서 안녕 인사를 하는데……."

사육사와 나는 정숙 씨 머리맡에 착 엎드려 정숙 씨의 말에 귀를 기울인다. 봄 햇살이 우리 등을 따뜻하게 데운다. 아홉 발자국의 세계도 우주처럼 넓어진다. 그렇게 우리는 하루 중 가장 조용하고 행복한 순간 속을 두둥실 떠다닌다.

6 시선에 대하여

"다 널 위한 거란다."

위원장은 말한다.

"여기 이 연구소의 모든 것들. 학자들, 시설들, 돈들, 다 너를 위한 거야."

그가 다정하게 내 어깨에 손을 올린다. 입으론 달콤한 말을 속삭이지만 나는 그의 눈에서 다른 것을 본다.

나는 알 수 있다. 그는 나에게서 무언가를 기대하고 있다.

"인류 2호. 난 이렇게 생각해. 이 세상에서 너를 맨 처음 발견한 사람은 바로 나라고. 왜냐하면 내가 네 가치를 가장 잘 아는 사람이니까. 알겠니? 내가 널 발견했어, 그 사육사가 아니라…….”

그는 나와 눈을 마주치려 한다. 온화한 표정으로, 네 마음을 다 이해한다는 듯한 그런 눈길로. 네 속을 훤히 꿰뚫고 있다는 그런 시선으로.

호모 사피엔스의 눈은 특별하다. 다른 동물과 비교해 유달리 흰자가 크고, 그래서 눈으로 감정을 잘 전달할 수 있다고 하며 그게 호모 사피엔스만의 우월함이라고 으스대는데, 나는 동의 안 한다. 그들이 눈으로 전달하는 그 모든 감정들이 꼭 좋은 건 아니니까.

위원장의 눈을 보고 있으면 소름이 끼친다. 그는 나를 마치 황금알 낳는 거위 보듯이 바라본다. 잘 먹이고 돌봐 주면 진귀한 황금알을 쑥쑥 낳을 거라는 듯이. 그의 시선은 어쩐지 불길한 상상을 하게 만든다.

그러니깐, 그가 언젠가 내 배를 가르는 상상을 말이다.

하지만 단순히 상상이라곤 할 수 없다. 이건 내가 지어내곤 하는 가짜 이야기들과는 다르다. 현실인 것이다.

인간들이 소와 돼지를 자유롭게 방목하는 건 소와 돼지를 위해서가 아니다. 자기들이 나중에 그 소와 돼지를 맛나게 잡아먹기 위해서다. 넓은 초원을 뛰노는 소들을 흐뭇한 눈길로 바라보지만 결국 마음속으로는 숨통을 끊고 그 고기를 입에

넣을 생각을 하는, 겉과 속이 다른 위선자들. 그게 인간이다.

나를 바라보는 인간들의 눈은 나한테 생각보다 많은 걸 안겨 준다. 잘난 흰자로 전하는 감정 대부분은 나에게 화살처럼 꽂혀 상처로 남는다.

물론 인간들이 나를 잡아먹지는 않을 거다. 나는 맛은 없을 거니까. 차라리 감자가 더 맛있을 거다. 거위도 딱 보면 맛있을 것 같다. 지방도 근육도 별로 없는 내가 맛이 있을 리 없다. 아니 사실은…… 맛이 없기를 바란다. 소와 돼지보다 나 감자 원숭이 고기가 맛이 없기를, 나는 간절히 바란다. 이걸 보면 나도 인간들과 똑같은 위선자일지도 모르겠다. 난 결국 우리의 소와 돼지 동지들이 맛난 고기로 자라서 나 대신 잡아먹혀 주길 바라는 것이니. 미안하다…….

아무튼 인간들이 내게 무언가 다른 꿍꿍이를 가지고 있는 건 분명하다. 호모 어쩌구 위원회가 지금은 복지다 뭐다 하면서 나를 사육사와 정숙 씨랑 자유롭게 살게 해 주고 있지만, 그게 정말 나를 위한 일은 아닐 것이다. '다 너를 위한 거야', '너를 이해해', 이런 말들을 나는 믿지 않는다. 곧이곧대로 믿고 내 마음을 주면 언젠가 배신하는 게 그들이었다.

그 증거로, 그들은 내 주위를 떠나지 않고 24시간 감시하는 특수요원을 두었다. 그가 바로 타이슨이다.

타이슨은 표면적으론 내가 연구소와 집을 오갈 때 타는 차

량의 운전기사였다. 하지만 그가 호모 어쩌구 위원회에서 날 감시하라고 파견한 특수요원임을 모르는 이는 없었다. 자기 딴엔 정체를 숨기고 있다고 믿는 모양인데 그건 혼자만의 생각이었다.

복싱 선수 타이슨을 꼭 닮은 흑인 남자인 그는 항상 검은 정장에 검은 넥타이를 했고 심지어 검은색 선글라스까지 꼈다. 물론 정상적인 운전 기사라면 그렇게 다니지 않는다. 더불어 딱 봐도 우람하게 조각된 몸매에 사이보그 같은 얼굴, 절도 있는 동작. 때때로 몸을 반쯤 돌린 채 품속에서 수첩을 쓱 꺼내 뭔가를 끄적이는 행동까지. 솔직히 이렇게까지 하는데도 그가 평범한 운전기사라고 믿는 사람이 있다면 그 사람이 더 수상하다.

다른 사람들은 타이슨을 무서워했다. 해가 지고 업무가 끝나면 그림자처럼 어둠 속에 묻혀 어디론가 사라지는 그가 꼭 킬러 같다고 하는 이들도 있었다. 하지만 나는 그가 무섭지 않았다. 오히려 그가 날 감시하기 위해 당나귀들이 똥 싸는 지푸라기 밑이나 나무늘보들이 달라붙어 있는 나뭇가지 사이에 엄폐해 있는 모습을 상상하며 킥킥 웃었다.

무엇보다도 나는 그의 눈을 본 적 있다. 조수석에 앉아서 운전을 하고 있는 그의 옆얼굴을 힐긋거리다 선글라스 아래 감춰져 있던 그의 눈을 봤던 것이다. 그러자 그가 왜 항상 험상

궂게 검은 선글라스를 끼고 다니는지 알 것 같았다. 그는 사슴보다 더 예쁜 반짝이는 눈을 하고 있었다!

나는 그런 눈을 가진 사람이 나쁜 놈일 리는 없다고 생각했다. 설령 위원장의 명령에 움직이는 사람이라고 할지라도. 근거는 없지만 그냥 그렇게 믿고 싶었다.

그래서 그런지 그가 무섭지 않았다. 그도 처음엔 나를 무슨 외계인 대하듯이 딱딱하게 거리를 두더니, 내가 생긴 것만 감자 원숭이지 속은 건방진 인간 꼬마랑 비슷하다는 걸 알자 점차 편하게 대하기 시작했다. 나중엔 한국어까지 배워 나에게 말을 걸었다.

"질문이 하나 있는 것이다."

운전하던 그가 물었다.

"한국말 중에서 '은/는'과 '이/가'가 참 헷갈리는 것이다. 다 같이 모여서 음식을 시킬 때, '뭐 먹을래?'라고 물으면 '나는 짜장면인 것이다'라고 해야 하는 것인가? 아님 '내가 짜장면인 것이다'라고 해야 하는 것인가?"

"그것은…… '나는 짜장면인 것이다'라고 해야 하는 것이다."

나는 타이슨이랑 있을 때면 그의 말투를 따라 했다. 그는 꽉 막힌 사람처럼 보이다가도 종이 다른 유인원인 내게 한국어를 배울 만큼 편견이 없는 인간이기도 했다.

내 대답에 그는 고개를 끄덕였다. 그리고 뭔가 생각하는가 싶더니 차가 신호에 걸리자 나를 바라보며 말했다.

"근데 너는 참 신기하게 말하는 것이다."

그리고는 수첩을 꺼내 볼펜으로 진지하게 무언가를 쓰더니 내게 내밀었다.

"너는 말할 때 말 사이사이에 이런 게 있는 것이다."

나는 그의 수첩을 보았다. 소심한 물결 모양 같은 게 하나 그려져 있었다.

나는 타이슨의 진지한 얼굴과 수첩에 그려진 표시를 번갈아 보았다. 이 사람도 다른 사람들처럼 내가 말하는 게 뮤지컬 같다고 시비 거는 건가. 나는 일부러 딱딱하게 물었다.

"그래서 이상하다는 것인가? 문제라는 것인가?"

타이슨은 고개를 갸웃거리더니 말했다.

"그건 아닌 것이다. 전혀 문제가 아닌 것이다."

신호가 다시 바뀌었고 그는 차를 출발하며 말했다.

"저스트…… 마이 여동생도 인류 2호 너랑 비슷한 것이다. 항상 그러는 것이다."

나는 그의 다음 말을 기다렸지만 그는 입을 열지 않았다.

언젠가 미국에 있는 그의 여동생이 아프단 얘기를 들은 적 있었다. 실제 나이는 스무 살이지만 지능은 네 살 수준이라고 했다. 어쩌면 그 여동생도 나처럼 노래하듯 말할지도 몰랐다. 하지만 정상적인 인간이라면 아무 때나 노래 부르거나 춤을 춰서는 안 된다. 그게 내가 배운 인간이라는 종의 규칙이었다.

나는 운전하고 있는 타이슨을 힐긋 보았다. 입을 꾹 다문 그의 옆얼굴이 왠지 쓸쓸해 보였다. 그가 혼잣말하듯 속삭였다. 마치 다짐이라도 하는 것처럼.

"전혀 문제는 아닌 것이다. 데츠 낫 어 프러블럼……."

그때 선글라스 아래 그의 눈가에서 순간 소금 같은 빛이 반짝였다.

인간들의 눈은 나한테 생각보다 많은 걸 안겨 준다. 그중 대부분은 마음에 화살처럼 꽂혀 상처가 되지만, 그렇지 않을 때도 있다. 소중한 걸 안겨 줄 때도 있다. 그럴 때가 있어 나는 그들의 눈을 보는 걸 포기할 수 없다.

다만 그럴 때가 아주 드물다는 게 문제지만.

*

몇몇 학자들 말처럼 나는 학습 능력이 엉망인 유인원인지도 모른다.

인간들에게 그렇게 상처받은 주제에 또다시 누군가 손을 내밀면 그 손을 내치지 못한다. 그래도 처음에는 망설이긴 한다.

그러나 일단 그 사람의 손을 잡아 보기로 결정하면, 그 후엔 그 사람에게 속수무책으로 빠져든다. 사람이면 좋다고 꼬리를 흔들고 다가가는 강아지처럼 무장해제 된다. 나의 맨살을 보인다. 난 혼자서 갖은 상상들을 한다. 밤새 밤하늘에 별자리를 수놓으며 그 사람과 나의 이야기를 써 내려간다.

하지만 결국 그 이야기의 결말은……

연구소에는 학자들의 자식들이 놀러 오곤 했다. 아직 초등학교에 입학할 나이는 아닌 그 애들은 나와 덩치가 비슷했다. 다 같이 뭉쳐서 뛰어놀다가 혼자 있는 나를 발견하면 일제히 얼음처럼 멈춰서 내 쪽을 응시했다. 반은 신기하고 반은 징그럽다는 듯한 눈빛이었다. 부모들이 엄하게 경고했는지 가까이 다가오진 않았다. 하지만 나는 그들이 내게 보내는 그 시선에 상처받기 충분했다.

그러던 어느 날, 그 무리에 처음 보는 남자애가 나타났다. 그 남자애는 리더처럼 아이들을 이끌고 다녔는데 나를 발견하더니 내게 말을 걸었다. 나도 함께 놀자고 했다. 나로선 그 아이들이 꺄륵 꺄륵 소리 지르며 뛰어노는 게 참으로 유치하고 수준이 안 맞는 것 같긴 했지만, 뭐, 그래도 한번 놀아 주기로 했다.

잠시 후 나는 꺄륵 꺄륵 소리 지르며 뛰고 있었다.

그 남자애는 멋진 커피색 피부에 가지런한 흰 치아를 가지고 있었다. 허나 어림없지. 난 이미 착각하지 않기로 단단히 결심한 상태였다. 잘해 준다고 무장해제 되지 말자고, 맨살을 드러내지 말자고. 사랑을 기대하지 말자고. 다 내 착각일 뿐이라고.

하지만 아닌 것 같았다. 이번엔 다른 거 같았다. 그 애가 내게 보내는 친절한 눈빛은 분명 진심이었다.

어쩔 수 없었다. 나는 또 속수무책으로 빠져들었다. 꼬리 흔드는 강아지가 됐다.

그렇게 며칠이 지났을 때 무리 중 몇몇 애들이 나를 따로 불렀다. 그리고 아마 그 남자애를 좋아하는 것 같은 여자애 한 명이 팔짱을 낀 채 나한테 말했다. 같잖고 역겹다는 표정으로.

"야 원숭이. 노래나 불러. 사람 흉내 내지 말고."

푹.

화살이 박혔다. 무장해제 된 맨살에. 깊이깊이 박혔다.

나는 다신 그 아이들과 놀지 않았다. 피가 멎은 뒤에도 흉터는 사라지지 않고 남았다. 상처가 된 건 말보다도 눈이었다.

나를 바라보는 시선들, 강아지마냥 좋다고 뛰어노느라 앞뒤 분간하지 못하던 나를 향한 눈빛, 그 같잖고 역겹다는 눈들이 잊히지 않았다.

“소소속상했겠구나.”

언어학자 로빈이 이 얘길 듣더니 위로했다.

“하하지만 나나를 보보고 위위안 바받아. 나나도 너너처럼 치치친구가 없잖니.”

“…… 크게 위로는 안 되네요.”

“미미안.”

로빈은 소심하고 우울한 아기 돼지처럼 한숨을 쉬었다. 그래도 로빈의 작고 쳐진 두 눈만은 내게 상처가 되지 않았다.

그런 로빈과 위원장이 한때 친구 사이였다는 건 도저히 믿기지 않는다.

로빈과 다르게 커다란 눈을 번뜩이는 위원장은 언제나 야심에 가득 차 보였다. 나를 황금알 낳는 거위 보듯 하는 동시에 더 큰 미래를 꿈꾸는 것 같았다. 고고학자로서 그가 가진 좌우명도 ‘과거를 파헤쳐서 미래를 발굴하자’라고 했다.

한번은 위원장이 로빈에 대해서 말한 적 있다.

“인류 2호. 난 로빈 그 친구를 아주 잘 알지. 그 친구는 아주 비겁한 놈일세.”

나는 눈치 없이 그 말을 또 로빈에게 전했다. 로빈은 시무룩하게 끄덕였다.

"마마맞는 마말이야."

로빈에 따르면 위원장도 엄청난 압박을 받고 있을 거라고 했다. 다름 아닌 나 때문에.

나를 연구하는 데에 전 세계에서 막대한 금액이 투자됐다고 했다. 그리고 그는 호모 어쩌구 위원회의 책임자로서 그 연구의 성과에 대해 책임져야 하는 것이다. 만약 만족할 성과가 나오지 못한다면 그 여파가 상상 이상으로 심각할 거라고도 했다. 이런 사실들을 알게 되자 갑자기 엄청난 부담이 됐다. 할 수만 있다면 나도 힘을 보태고 싶기까지 했다.

그런데 대체 그 성과란 게 과연 무엇이어야 할까?

무엇을 위해 나를 파헤치려 하는 거지? 내 배를 갈라서 무얼 손에 쥐려는 걸까? 예전 위원장이 말한 것처럼 인류의 기원을 발굴해 내려는 걸까? 그래서 '호모……' 이후에 붙을, '인류 2호'보다 더 그럴듯한 내 이름을 지으려는 걸까? 그리고 그게 위원장의 가치관이라는, 과거를 파헤쳐서 미래를 발굴하는 걸까?

가끔 나는 이런 장면을 상상한다. 수많은 눈알들이 나를 구경하고 감시하고 있다. 나는 그들의 시선으로부터 도망칠 수 없다. 나의 의사와는 전혀 별개로, 나는 파헤쳐지고 해부된다.

어쩌면 이게 내 운명일지도 모른다. 이들에게 '발견'된 이상 말이다.

하지만 너무 가혹하단 생각이 든다. 나는 너무 아프다. 나의 맨살로 그 시선을 받아내기에는. 나는 너무 아프다. 그냥 나를 내버려 두면 안 될까. 그럴 리 없다는 건 알지만.

*

사육사만은 나를 똑바로 쳐다보지 못한다. 세상 사람들 다 나를 뻔뻔스럽게 응시하는데, 사육사는 그렇지 않다. 나아가 그는 내가 자길 똑바로 쳐다보는 걸 두려워하는 것 같기도 했다.

그래서 사육사와 나는 웬만하면 서로를 쳐다보지 않는다. 마주 보게 되는 자세도 취하지 않는다. 대신 우리는 양옆으로 나란히 선다. 같은 곳을 바라보면서, 나란히.

한데 타이슨은 그런 사육사가 탐탁지 않은 기색이었다.

"인류 2호, 인간은 다른 좋은 인간에게 보살핌을 받아야만 하는 것이다. 그래야만 좋은 인간으로 자랄 수 있는 것이다."

그 말은 사육사가 날 보살필 좋은 인간이 아니라는 뜻으로 들렸다.

"아직은 네가 어리니까 잘 모를 수도 있지만, 언젠가는……."

타이슨은 말끝을 흐렸다. 나는 그게 어떤 미래를 예고하는 것 같아 괜히 불안해졌다.

하지만 타이슨이 왜 그러는지 알 거 같기도 했다. 타이슨의 유일한 가족이라는 여동생은 지금 미국의 어느 시설에 있다고 한다. 여동생을 홀로 두고 먼 타국의 동물원에서 당나귀와 또 나무늘보와 함께 임무를 수행하고 있는 타이슨은 나를 보면 여동생이 떠오르는 모양이었다. 그러다 보면 사육사가 미워지는 모양이었다. 그건 어쩌면 여동생을 책임지지 못한 자신에 대한 미움일지도 몰랐다.

그러나 타이슨은 선글라스로 자신의 아픔을 감춘다. 그런 점에서 타이슨과 사육사는 어딘가 닮아 있다. 사육사가 날 똑바로 쳐다보지 못하는 것도 또 나의 시선을 피하는 것도 어떤 아픔 때문일 것이다. 그게 정확히 무엇인지는 알지 못하지만.

그래도 두 사람의 아픔이 잠시나마 사라질 때가 있다. 단 한 사람으로 인해서.

"다들 여기 있었네!"

정숙 씨가 우리에게 총총 달려오면 모든 그늘이 사라지는 것 같다. 정숙 씨는 타이슨을 보고는 말한다.

"어머 도련님, 근데 이제 잠복할 시간 아니에요?"

도대체 왜 타이슨을 도련님이라고 부르는지, 그러니까 어째서 타이슨을 사육사의 동생이라고 생각하는진 모르겠지만 아무튼 정숙 씨는 그런다. 타이슨도 굳이 부정하지 않는다. 정숙 씨는 냉혹한 특수요원마저도 무장해제 시키는 능력을 가진 것이다. 그리고 그런 정숙 씨 곁에서는, 우린 맨살을 내보여도 괜찮다. 상처받지 않는다.

해가 진다. 석양빛이 타이슨의 매끈매끈한 대머리에 내리쬔다. 정숙 씨가 까치발로 서서 타이슨의 대머리 위로 판다 양산을 씌워 주며 묻는다.

"굿 이브닝이지요?"

타이슨이 답한다.

"굿 이브닝인 것이다."

나는 미국에서 온 삼촌이 남몰래 얼굴을 붉히며 쑥스럽게 웃는 모습을 발견한다. 하지만 아는 척하진 않기로 한다.

가끔 정숙 씨가 산책을 가서 집에 사육사와 나밖에 없을 때가 있다. 그럼 우리는 밖으로 마중 나간다. 초원 너머에서 정숙 씨가 나타나기를 기다린다. 역시나 나란히 선 자세로 말없이. 그럴 때면 아마 타이슨도 어딘가에 은폐엄폐한 채로 우리처럼 똑같이 있을 것이다. 우리의 시선은 서로를 꿰뚫으려 하지 않는다. 그저 한 곳으로 향해 있다. 똑같이 정숙 씨가 나타날 곳만을 바라본다. 그렇게 정숙 씨를 기다리는 시간이 나는 좋다.

앞으로 이렇게만 살면 좋겠다. 내 안에 황금알 따위 없어도 되니까. 세상 사람들이 나를 사랑해 주지 않아도 되니까.

하지만 그렇게 생각하면서도 이상하게 마음 한구석이 조마조마했다. 지금 이 순간에도 보이지 않는 화살이 나를 향해 시시각각 날아오고 있는 것 같았다.

7 동물원에 대하여

정글북 파크 동물원에 사는 동물 중 가장 연장자는 풍 말리다. 풍 말리는 태국 치앙마이에서 온 아시아코끼리다. 어린 시절 팔려 와 수십 년간 동물원에서만 살았다. 나이가 예순여덟 살이라고 하는데 코끼리가 일흔 살 넘어서까지 사는 경우가 거의 없다고 한다.

그래서 그런지 풍 말리는 언제나 기운이 없다. 바위처럼 갈라져 늘어진 가죽을 이끌고 힘겹게 느릿느릿 움직인다. 어쩐지 다 체념한 거 같다. 비좁은 울타리와 짧은 쇠사슬을 당연하게 여긴다. 사실 꼭 풍 말리뿐만이 아니다. 이곳 정글북 파크 동물원에 사는 동물들은 모두 그렇다. 밥을 주면 먹긴 하지만, 그게 꼭 살려고 먹는 것 같진 않다. 그들은 모두 살아가고 있는 게 아니라 죽음을 기다리고 있는 것 같다.

적자를 면치 못하는 정글북 파크 동물원에도 사람들이 오긴 한다. 그런데 나한텐 그게 마치 동물들의 죽음을 구경하러 오는 것 같다.

물론 모든 사람이 구경꾼이진 않다. 풍 말리의 울타리 앞엔 한 남자가 자주 보인다. 스스로를 쏨차이라고 소개한 그는 풍 말리처럼 태국에서 온 삼십 대 남자다. 헐렁한 청바지를 질질 끌고 다니며 불량스럽게 껌을 짝짝 씹는다. 왠지 허풍쟁이 같다.

"옛날에 우리 할아버지 말이야. 치앙마이의 코끼리 키퍼였어."

쏨차이가 풍 말리에게 시선을 떼지 않고 말한다.

"아무나 코끼리 키퍼가 되지 못해. 오직 좋은 사람만이 코끼리 키퍼가 될 수 있어. 코끼리가 판단하지. 긴 코로 그 사람이 좋은 사람인지 아닌지 알 수 있거든."

내가 말도 안 된단 표정을 짓자 쏨차이는 정색한다.

"정말이야. 농담이 아니야. 코끼리는 알지. 그가 어떤 사람인지."

내가 고개를 끄덕이자 쏨차이는 또 껄렁껄렁하게 웃는다.

"그래서 나는 코끼리 키퍼가 안 된 거야. 그다지 좋은 사람이 되고 싶지 않거든. 더군다나 코끼리 키퍼는 결혼도 하기 힘들어. 왜냐하면 하루 24시간 중 23시간은 코끼리랑 붙어 있어야 하니까. 놀지도 못하고 여자도 못 만나지. 코끼리 키퍼는 단순히 사육사나 조련사와는 달라. 코끼리와 운명을 함께 하는 존재인 거야. 평생 좋은 사람이기를 노력하면서. 끔찍하지?"

쏨차이는 말은 그렇게 하면서도 일이 끝나면 항상 이곳 동물원으로 온다. 놀거나 여자를 만나긴커녕 여가 시간의 대부분을 멍하니 앉아 풍 말리를 지켜보는 데 쓴다.

한번은 쏨차이에게 무슨 일을 하느냐고 물은 적 있다.

"나? 사실 나는 무에타이의 고수다!"

나도 지기 싫었다.

"그래요? 사실 저는 저주하기의 고수지요!"

"그렇군!"

하지만 알고 보니 쏨차이는 근처 주물 공장에서 일하는 노동자였다. 그도 그만의 울타리에 갇혀 하루 12시간 넘게 주물의 고수로 근무한다. 고향을 떠나온 지는 10년도 넘었다고 한다. 고향 얘기만 하면 지겨워 죽겠다며 웃는다. 고개를 절레절레 흔든다. 그러다 웃음이 멎고 고개도 멈추면, 그는 물끄러미 풍 말리만을 보는 것이다. 예순여덟 살의 코끼리 풍 말리는 느릿느릿 코를 들어 올린다. 코로 그를 알아본다.

나에게 쏨차이는 무에타이의 고수도 주물의 고수도 아니다. 코끼리의 고수다. 진정한 코끼리 키퍼다.

어쩌면 나도 풍 말리처럼 이곳 동물원에서 늙어 가게 될지도 모른단 생각을 한다.

다만 풍 말리와 달리 지금 나는 누구도 함부로 구경하지 못하게 철저히 격리되어 있다. 외부인들은 내가 있는 컨테이너의 초원 지대에 절대 들어오지 못하고, 나 또한 절대 허락 없이 나의 영역 밖을 나갈 수 없다. 그 덕분에 나한테 바나나를 던지며 사진 찍는 관람객은 없다. 하지만 반대로 쏨차이처럼 날 찾아와 줄 사람도 없을 것이다. 그건 좀 서운하다.

때때로 나는 내가 폐쇄된 전시관 같다는 생각을 한다.

그나마 일주일에 한 번, 내게도 자유 시간 아닌 자유 시간이 있다.

매주 월요일에 동물원은 휴장한다. 문을 닫고 관람객을 받지 않으며 직원도 출근 안 한다. 그리고 그날 나는 위원회 몰래 나의 영역을 탈출한다. 그래서 사육사, 정숙 씨와 함께 나들이를 간다. 우리의 나들이 장소는 다름 아닌 동물원 안이다.

"동물원 가족, 동물원 가족, 우리는 동물원 가족이다!"

아침부터 정숙 씨는 콧노래를 부르며 신나 한다. 우리 셋은 돗자리와 도시락을 챙기고 컨테이너를 나선다. 고립된 초원을 벗어난다. 동물원 가족의 출격이다.

휴일을 맞이한 동물원에는 말 그대로 동물들만 있다. 동물들도 이날만은 노동자의 탈을 벗는다. 따라서 그들은 우릴 딱히 관람객으로 보지 않는다. 우리도 딱히 그들을 동물원의 동물 취급하지 않는다. 그들이나 우리나 휴일을 맞이한 노동자일 뿐이다. 그들과 우리 사이에는 울타리가 있지만, 그게 누가 누굴 가두기 위해서라는 느낌은 들지 않는다. 그보단 울타리를 사이에 둔 이웃이라는 느낌이 든다. 그들과 우리는 모두 울타리를 통해 맞닿아 있다는, 그래서 만나고 있다는, 그런 느낌이 든다.

나들이 날엔 언제나 햇살이 포근하다. 정숙 씨가 앞장서서 동물원을 돌아다닌다.

"우리는 동물원 가족, 우리는 동물원 가족."

정숙 씨의 노랫말이 봄바람처럼 우리를 감싼다. 정숙 씨는 동물들의 통역사 역할을 해 준다. 그렇게 우리는 희숙이와 자숙이, 노랭이를 만난다. 치통을 앓고 있는 사자도 만나고 장난기 많은 히말라야 원숭이도 만난다. 풍 말리도 만나서 안부를 묻는다. 풍 말리의 울타리 앞엔 물론 여지없이 쏨차이가 있다. 무단침입한 쏨차이를 향해 우리는 이웃처럼 인사를 건넨다. 아무도 우릴 감시하지 않는다. 타이슨은 우리 뒤에서 한가롭게 따라오고 있다. 이날만은 타이슨도 선글라스를 안 쓴다. 외모와 어울리지 않는 그 예쁜 눈으로 동물들을 바라본다.

이윽고 우리는 적당한 데 돗자리를 펴고 자리를 잡는다. 도시락을 먹으며 논다. 그럴 때면 사육사는 일어나서 춤을 춘다. 정숙 씨가 막 박수친다. 흠, 사육사의 춤 실력이 제법이라 나로선 견제된다. 그러다 내 차례가 오면, 나는 비장의 무기를 꺼낸다.

나는 노래를 부른다. 아니, 말을 한다. 나는 마음껏 말을 한다. 그게 곧 노래가 된다. 그 순간만은 나의 말이 노래가 되는 게 싫지 않다. 나는 나의 말이 노래로 퍼져 나가도록 내버려둔다. 평소 마음속으로만 속삭였던 말들을 세상 밖으로 꺼낸다. 혼자서만 수놓았던 별자리, 그 속의 이야기를 모두에게 들려준다. 동물들이 귀를 쫑긋 기울인다. 묘한 울음 소리를 가진 녀석이라는 듯 관심을 보인다.

노래를 부르는 동시에 나는 사람들 흉내를 낸다. 로빈을 흉내 내고, 위원장을 흉내 내며, 타이슨, 나아가 사육사까지 흉내 낸다. 정숙 씨가 막 웃는다. 사육사도 배를 잡고 낄낄거린다. 타이슨은 난 저렇지 않다며 항의한다. 그래도 어쨌든 다 웃는다.

사육사는 춤췄고, 나는 노래 불렀으며, 정숙 씨는 춤추고 노래 불렀다. 동물들도 흥이 나 저마다 울었다. 쏨차이는 풍 말리와 함께 지금은 잊혀진 옛 코끼리 조상들의 춤을 추었다.

나는 일주일에 한 번이라도 이런 휴일만 있으면 괜찮다고 생각했다. 그러면 폐쇄된 전시관 역할을 하는 것도 나쁘지 않을 거라고. 하지만 그건 내 바람일 뿐이었나 보다. 갑자기 찾아온 불청객들은 내게서 이 모든 걸 빼앗아 갔다.

*

언젠가 벌어질 일이었는지도 모른다.

나들이를 마치고 돌아가는 길이었다. 해가 조금씩 기울어 가고 있었다. 우리 셋은 다시 우리의 초원으로, 우리의 울타리 안으로 향하는 중이었다. 갑자기 어디선가 듣기 싫은 소리가 들려왔다. 귀를 긁어대는 짐승의 끔찍한 울음 같았다. 동시에 우르르 뜀박질하는 소리도 들렸다. 그 소리는 순식간에 가까워져 왔다.

사육사와 정숙 씨, 그리고 나는 제자리에 멈춰 섰다. 갑자기 벌어진 상황에 당황했다. 우리 주위를 웬 네 명의 남자들이 에워싸고 있었던 것이다.

그들은 술에 취한 듯 얼굴이 붉었다. 입가를 씰룩이며 히죽거렸다. 나를 구경하려 동물원에 무단으로 침입한 자들이었다. 계획적으로 벌인 일 같지는 않았다. 특별히 나쁜 놈들이라기보단 평범한 인간들이었다. 그저 취기에 충동적으로 일을 저질렀고 그래서 본능적으로 행동하는 것처럼 보였다. 하지만 내겐 그게 더 두려웠다.

평범한 인간의 본능이, 나는 더 두려웠다.

남자들은 나를 손가락질하며 웃어댔다. 카메라를 들이밀었고, 욕을 섞으며 떠들었다. 우끼끼끼 우끼끼 하며 원숭이 흉내를 냈다. 누군가는 내게 과자를 던졌다.

우리 셋은 경직됐다. 남자들에게 명령이라도 받은 것처럼 꼼짝도 할 수 없었다. 분명 우리의 영역에 침입한 건 그들이었다. 그들에겐 저럴 권리가 없었다. 우리를 막 대할 권리가 없었다. 하지만 그들이 그렇게 당당하게 행동하자 반대로 그들의 행동이 왠지 당연한 것처럼 느껴졌다. 왜냐하면 여긴 동물원이니까, 그러니까 저렇게 히죽거리며 구경하는 건 당연한 거고, 내가 구경 당하는 것도 당연한 거라고. 왜냐하면 나는 동물이니까.

그들은 점점 우리에게 가까워졌다. 나는 몸이 점점 떨렸다. 그때였다.

"잠깐!"

쏨차이였다. 쏨차이가 그들과 우리 사이에 뛰어들었다.

"다들 까불지 마라! 나는 무에타이의 고수다!"

쏨차이가 척 자세를 취했다. 남자들은 쏨차이의 정체를 모르기에 긴장했다. 반대로 나는 쏨차이의 정체를 알기에 긴장했다. 쏨차이는 자기 딴에는 포즈를 잡아 보려 했는지 한쪽 다리를 들어 보였다. 이얍. 그런데 중심을 잃고 휘청거렸다.

"아, 아이쿠."

쏨차이는 혼자 쓰러졌다. 3초의 정적이 있었다.

3초의 정적 후 남자들 중 한 명이 말했다.

"잠깐. 쟤 우리 공장에 동남아 놈이잖아?"

"맞네! 주물 시다네!"

쏨차이의 정체를 간파한 남자들이 쓰러진 쏨차이를 둘러쌌다. 그리고 짓밟기 시작했다. 구타에는 거리낌이 없었다. 그 이유는 쏨차이가 무에타이의 고수가 아님을 알게 돼서라기보다도, 쏨차이가 자기들 공장에서 일하는 동남아 놈임을 깨달아서인 것 같았다.

남자들이 웃었다. 즐거운 듯 웃었다. 쏨차이를 때리면서 웃고, 나를 손가락질하면서 웃었다. 나는 그 웃음소리에 귀가 찢어질 듯 고통스러웠다. 모든 게 끔찍했다. 이윽고 정숙 씨가 그 자리에서 쪼그려 앉았다. 자기 머리를 마구 때렸다. 정숙 씨는 아이처럼 비명을 질렀다. 갑자기 충격을 받아 정신을 놓아 버린 것 같았다.

나는 얼른 타이슨 쪽을 보았다. 멀찍이 떨어진 타이슨은 자신이 개입할 일이 아니라고 판단한 모양이었다. '인류 2호'의 영역 바깥에서 벌어지는, 인간들의 일이라고 판단한 듯이. 미안하다는 얼굴로 고개를 저었다. 순간 나는 생각했다. 이게 진짜 나의 현실이 아닐까. 나를 대하는 남자들의 태도와 쏨차이를 향한 그들의 구타, 정숙 씨의 비명, 이것들이야말로 동물원 바깥의 진짜 인간 세상이지 않을까. 정숙 씨의 판다 양산이 바닥에 나뒹굴었다. 판다 얼굴이 지저분해졌다. 우리를 지켜 주던 무언가가 무너져 버렸다.

그때였다. 상황을 급변하게 만드는 일이 생긴 게. 갑자기 어디선가 무시무시한 포효가 들려온 것이다.

으아아아아아아아아!

그건 꼭 분노한 맹수의 울음 같았다. 거대한 천둥소리처럼 천지를 뒤흔들었다. 엄청났다. 동물원 전체를, 아니 이 세상 전체를 뒤흔드는 소리였다.

쏨차이를 때리던 남자들이 얼어붙은 듯 정지했다. 본능으로 움직이던 그들이었기에 본능적으로 멈출 수밖에 없었다. 나도 심장이 멎은 것처럼 놀라 굳었다. 그리고 포효의 진원지를 알자 더더욱 놀랐다.

사육사였다. 바로 사육사가 고함을 질렀던 것이다.

그는 어느새 그들을 막아서고 있었다. 내게는 그의 뒷모습이 보였는데 그 등이 거인처럼 거대했다. 정말로 변신이라도 한 것처럼 달라져 있었다. 그는 내가 알던 무기력하고 못생긴 인간이 아니었다. 마른 나뭇가지처럼 나약한 인간이 아니었다. 꼭 거대 고릴라 같았다.

그는 다시 한번 고함을 질렀다.

으아아아아아아아아아아아아!

더욱 거세진 그의 포효가 동물원에 메아리쳤다.

그리고 그에 화답하듯 낮지만 깊고 깊은 울음이 되돌아왔다. 풍 말리였다. 풍 말리가 반응한 것이다. 뒤이어 치질을 앓고 있던 자숙이가 날카롭게 울었다. 우울증에 걸린 희숙이도 으르렁거렸다. 치통에 아파하던 사자도, 히말라야 원숭이도 모두 입을 열었다. 모두가 입을 열어 말했다. 울었다. 울부짖었다.

동물원이 깨어나고 있었다.

정글북 파크 동물원의 모든 동물들이 한꺼번에 울었다. 그건 그들의 울음이면서, 동시에 그들의 말이기도 했다. 여태껏 갇혀 있던 그들의 목소리가 세상에 터져 나왔다. 인간들이 가뒀던 그 말들이 탈출했다. 창살을 부쉈다. 둑을 무너뜨리고 범람했다. 그 여파로 지진이 일어났다. 삽시간에 하늘에 먹구름이 끼더니 쿠릉 쾅쾅! 천둥 번개가 쳤다. 강한 바람이 태풍처럼 휘몰아쳤다. 나는 온몸에 소름이 돋아 가만히 모든 걸 지켜 봤다. 이게 진짜 현실인지 아님 내가 만든 환상인지 나로선 분 간할 수 없었다.

남자들도 나랑 비슷했는지 정신이 반쯤 나간 상태였다. 엉 덩방아를 찧은 채 주춤주춤 뒤로 물러섰다. 그러다 도망치기 위해 몸을 돌렸다. 하지만 그러지 못했다. 으억! 한 남자가 자 기 뒤통수를 감싸 쥐며 무릎을 꿇었다. 그 위에는 양산이 있었 다. 물론 판다 양산.

정숙 씨의 일격이었다. 정숙 씨는 계속해서 양산을 휘둘렀 다. 양산은 남자들의 어깨와 옆구리와 머리통을 타격했다. 윽! 엑! 옥! 악! 남자들은 고통에 비명을 질렀다. 정숙 씨는 쉬지 않고 남자들을 두들겨 팼다. 동물원의 모든 동물들이 길고 길 게 울면서 정숙 씨를 응원했다.

*

동물원 관계자와 경찰이 오며 사태는 진정됐다. 하지만 뭔 가가 제대로 해결된 것 같진 않았다.

쏨차이는 경찰이 오기 전 모습을 감췄다. 자신은 불법체류 자 신분이라며, 이 자리에 없었던 걸로 해 달라고 했다. 그렇게 그는 없는 사람이 됐다. 그래도 나는 무에타이의 고수야! 쏨차이는 마지막까지 허풍을 떨었다. 남자들은 자기들이 쏨차이를 때린 것도 있고 또 일흔 살에 가까운 정숙 씨에게 두드려 맞은 게 부끄러운지 별다른 문제 제기를 하지 않았다.

나는 혼란스러웠다. 아까 내가 봤던 장면들은 모두 내 상상에 지나지 않았던 걸까.

현실은 변함없이 그대로였다. 정숙 씨는 쪼그려 앉은 채로 나무에 기대 새근새근 잠이 들어 있었다. 사육사는 동물원 관계자와 얘기하며 허리를 연신 꾸벅 숙였다. 비굴하게 사과하는 것 같았다. 나는 타이슨과 함께 조금 떨어진 곳에서 그 광경을 지켜보는 중이었다. 속으로는 아까 남자들이 내게 했던 말과 표정, 조롱 등을 곱씹고 있었다. 나는 그게 내 안에 영원히 사라지지 않고 흉터로 남을 것임을 예감했다.

타이슨은 다시 선글라스를 쓰고 있었다. 그는 머뭇거리다 내게 말했다.

"신경 안 써도 되는 것이다. 아까 그 남자들. 그런 인간들도 있는 것이다."

내가 답이 없자 타이슨은 다시 말했다.

"그런 인간들은 같은 인간들한테도 그러는 놈들인 것이다. 동물들한테만 그러는 게 아니라 자기랑 똑같은 인간들한테도 그러는 것이다. 그러니까 그들이 꼭 너라서, 인류 2호라서 너한테 그런 행동을 한 게 아니라……."

타이슨은 말을 끝맺지 못했다. 끝맺지 못한 말들을 그는 꿀 꺽 삼켰다. 말을 꿀꺽 삼키는 이유는, 그 말을 밖으로 꺼내면 너무 서글퍼지기 때문이다. 물론 말을 삼켜도 서글퍼지기는 마찬가지이지만…….

잠시 후 모두가 떠나고 다시 셋만 남았다. 사육사와 정숙 씨와 나는 우리의 초원으로 돌아가기 위해 터덜터덜 걸음을 옮겼다. 어쩐지 처량한 분위기가 감돌았다. 마치 패잔병이라 도 된 것처럼. 마치 우리가 누군가에게 지기라도 한 것처럼.

사실 생각해 보면 우리가 꼭 이긴 것만도 아니었다.

사육사는 다시 나약하고 왜소한 인간으로 되돌아가 있었 다. 그는 제일 앞에서 걸었다. 그 뒤로 정숙 씨가 따라 걸었다. 제일 뒤로는 내가 걷고 있었다. 우리는 쓸쓸히 일렬로 걸었다. 해가 지면서 석양빛이 세상을 물들였다. 우리 셋 뒤로 기나긴 그림자가 우리 마음처럼 축 처진 채 우리를 따라왔다. 그림자 들은 서로 겹쳐져서 무엇이 누구의 그림자인지 분간되지 않 았다.

그때 정숙 씨가 걸음을 빠르게 놀렸다. 사육사 옆으로 가서 나란히 걷기 시작했다. 그렇게 한 손에 부서진 양산을 든 정숙 씨는, 다른 손으로 사육사의 손을 꼭 잡았다. 그러자 사육사도 정숙 씨의 손을 꼭 마주 잡았다.

해가 마지막으로 발악하며 쏟아내는 석양과 함께, 그 장면은 하나의 그림처럼 내 안에 각인되었다. 해가 사그라드는 곳을 향해 손을 잡고 한 걸음 한 걸음 나아가는 두 사람. 나는 마치 동굴 안에서 그들을 보고 있는 것 같았다. 내가 동굴 밖으로 나온 건, 이 인간들의 세상에 온 건, 그래, 오직 이 장면을 보기 위해서인 것 같았다.

그리고 나는 사육사의 변신에 대해 생각했다. 부엌에 선 채로 밥을 먹는 주접쟁이에다가 언제나 자신감 없고 주눅 들어 있어 부당한 일을 당해도 말 한마디 제대로 못 할 거 같은 사육사가, 갑자기 맹수라도 된 양 내질렀던 포효에 대해 생각했다. 대체 어떻게 그런 변신이 가능할 수 있었을까.

문득 그가 인간에서 짐승으로 변신한 게 아니란 생각이 들었다. 그 반대인 것 같았다. 인간에서 짐승이 아니라, 짐승에서 인간으로. 그는 그 순간 진정 인간으로 변신한 것인지도 몰랐다. 짐승들 앞에서, 인간은 소중한 누군가를 지키기 위해 진정 인간이 되는 것인지도 몰랐다. 그게 진짜 인간의 모습인지도 몰랐다.

하지만 모든 게 해결된 건 아니었다. 우리는 집에 도착하기까지 아무도 입을 열지 않았다. 아마 다들 똑같이 불길한 느낌을 받고 있기 때문일 것이었다. 불안했다. 이번 일이 단 한 번의 소동으로 끝날 거 같지 않았다. 어쩌면 어떤 불행의 시작이 될지도 몰랐다. 그래서 우리의 소중한 무언가를 뺏길지도 몰랐다.

　컨테이너가 있는 초원 쪽에 이르자 동물원 관리자 한 명이 우릴 기다리고 있었다. 그는 방문객이 와 있음을 알렸다. 방문객은 이미 컨테이너 안에 있다고 했다. 손님이라니. 우리는 어리둥절했다. 딱히 올 사람이 없었다. 게다가 원래 우리의 컨테이너가 있는 구역은 일반인들에게는 철저히 출입이 제한된 곳이었다.

　그러자 곧 동물원 관리자의 설명이 뒤따랐다. 예외적으로 이곳에 방문객이 허락되는 경우가 있는데, 그중 하나가 바로 가족의 방문이라고 말이다. 다시 말해 지금 찾아온 손님이 가족이라는 뜻이었다. 당연히도 그건 나의 가족이 아닌 사육사와 정숙 씨의 가족을 말하는 것이었다.

8 혼자에 대하여

밤이 되어 주위는 컴컴했다. 컨테이너 창문에서 나오는 불빛만이 아련하게 초원 위를 어른거렸다. 사육사와 정숙 씨는 그들의 아들이 기다리고 있는 컨테이너 안으로 들어갔다.

진짜 아들 말이다.

한마디로 가족이 한자리에 모인 셈이었다. 나는 컨테이너 안에 들어가지 않았다. 밖에 혼자 서 있었다. 어두운 밤 한가운데서.

당연하다. 나는 그들의 진짜 가족이 아니니까. 나도 그 정도는 알고 있다. 알고 있으니 슬플 거 없다. 더군다나 나는 원래 혼자였다. 오지에서 혼자인 채로 발견됐고, 어쨌든 내가 기억하는 한 처음부터 혼자였다. 그러니 더더욱 슬플 거 없다.

"슬픈 것인가?"

어둠 속에서 타이슨이 물었다.

"슬프지 않은 것이다."

이를 앙 다물고 대답했다. 원래는 안 슬펐는데 타이슨이 그렇게 묻는 바람에 코끝이 찡했다. 정말 안 슬펐는데. 나쁜 타이슨이었다.

컨테이너 안에서 두런두런 말소리가 들려왔다. 그런데 정숙 씨의 목소리가 놀랍게도 평소랑 달리 차분했다. 다른 평범한 사람들처럼 말이다. 혹시 갑작스러운 아들의 방문 때문에 정숙 씨가 변해 버린 걸까. 아닌 게 아니라 아까 동물원에서 있었던 일도 그렇고 오늘따라 불청객들이 참 많다고 생각하던 나는 문득 멈칫했다. 아……,

혹시 진짜 불청객은 나 감자 원숭이였나?

이 모든 나쁜 일들이 일어난 게, 다 나 때문인가?

"나는 어떻게 해서 태어나게 된 것인가?"

타이슨에게 대뜸 물었다. 답을 할 수 없는 질문이라는 걸 알면서도 물었다. 타이슨은 물끄러미 나를 내려다보았다. 나는 덧붙였다.

"나는 그것을 모르는 것이다. 내가 왜, 어떻게 태어났는지."

타이슨은 가만히 날 보다가 입을 열었다.

"그건 인류 2호 너만이 그런 게 아닌 것이다. 다 똑같은 것이다. 인간들도 똑같이 자신이 왜 태어났고 어떻게 태어났는지 모르는 것이다. 어쩌면 우리는 죽을 때까지 모를지도 모르는 것이다. 인류 2호, 너의 질문은……."

타이슨은 허공을 응시했다. 그리고 말했다.

"그 질문의 답은 우리 모두에게 뭐랄까, 우리 앞에 펼쳐진 저곳처럼 다크한 것이다. 깜깜한 것이다. 컴컴한 것이다. 껌껌한 것이다."

"그건 타이슨 네가 선글라스를 끼고 있기 때문일 것이다."

"…… 그런 것인가?"

"……."

"……."

"……."

"……."

타이슨은 입을 우물거렸다. 하지만 더는 할 말이 생각나지 않는 듯했다. 그렇지만 뭔가 위로를 건네고 싶은 듯했다.

이내 뭔가 떠올랐는지 그는 수첩을 꺼냈다. 그리고 한 페이지를 펼쳐 내게 보여 주었다.

~

뭐 어쩌라는 건가 싶었다. 그래서 뭐 어쩌라는 건가 싶은 눈으로 타이슨을 봤다. 타이슨은 헛기침을 했다.

하지만 신기하게도 그게 위로가 됐다. 뜻도 모르는 말이었지만, 뜻을 알 수 있는 말보다 나았다. 뭐 어쩌라는 건가 싶긴 했지만, 또 생각해 보면 세상 모든 표현이 뭐 어쩌라고 해야 하는 건 아니니까.

아들이라는 자는 30분 정도 후에 돌아갔다. 그는 컨테이너 문을 박차고 나오더니 내게 아주 짧은 시선을 던졌다. 그러곤 성큼성큼 떠났다. 다신 여기 올 일 없는 사람 같았다. 그리고 나는 실제로 그가 다신 자신의 부모를 찾아오지 않을 걸 알 수 있었다. 타이슨은 멀어지는 방문객의 뒷모습을 날카롭게 보다가 자기도 가 보겠다며 어둠 속으로 사라졌다. 다크하고 깜깜하고 컴컴한 어둠 속으로.

나는 조심스레 컨테이너 안으로 들어갔다. 컨테이너 밖에서 들었던 정숙 씨의 목소리는 차분하고 냉정했다. 보통의 사람들 같았다. 그런데 사육사에게 기대어 있는 지금의 정숙 씨는 그렇지 않았다. 평소의 모습과도 달랐다. 두 눈에는 초점이 없었다.

그전까지 나는 정숙 씨가 어딘가 아픈 인간이라는 생각을
한 번도 하지 못했었다. 오히려 아프다거나 비정상적인 인간은
사육사나 타이슨, 혹은 자기가 멀쩡하다고 믿으면서 살아가는
바깥 인간들이었지, 정숙 씨는 항상 건강한 것처럼만 보였다.
그래서 치매라는 병은 되려 인간에게 좋은 거 아닐까 싶었다.
　하지만 지금의 정숙 씨는 달랐다. 정말로 아픈 인간이 되어
버린 것이었다.

*

　나중에 알게 된 사실이지만 거의 이십 년 만에 찾아온 아들
이었다고 한다. 아픈 엄마를 지겨워하고, 해 준 것도 없는 부모
라면서 연을 끊고 살던 아들이었다. 그런데 해외에서 살던 중
뒤늦게 부모의 소식을 알게 된 것이다. 자신의 부모가 바로 그
희귀 유인원인 감자 원숭이를 맡은 한국인들이라는 걸 말이다.
　아들은 사육사와 정숙 씨에게 말했다. 자기가 부모님을 모
시겠다고. 이제 나이도 연로하신데 두 분이서만 사는 건 버겁
지 않냐고. 자신이 보탬이 되겠다고.
　하지만 사육사도 정숙 씨도 아들의 의도를 모르지 않았다.
아들이 원하는 건 돈이었다. 그리고 사육사와 정숙 씨는 아들
의 보탬 같은 건 필요 없었다. 모셔 주지 않아도 됐다. 그들은

94

그저 둘로서 오롯이 살 수 있도록 노력했고 지금도 그러고 있었다. 그들은 서로만 있으면 됐다.

그럼에도 불구하고 사육사와 정숙 씨는 아들에게 돈을 줬다. 모시지 않아도 되니까 그냥 이 돈을 받으라고 했다. 아들은 순순히 그 돈을 받아들었다. 그리고 떠났다. 나는 속으로 아들을 실컷 저주했다. 나쁜 놈, 못난 놈, 사육사보다 못생긴 놈! 그리고 사육사와 정숙 씨가 왜 돈을 준 건지 곰곰이 고민해 보았다. 대체 왜 그랬을까.

부모의 역할을 다하기 위해서는 아닌 것 같았다. 그보다는…… 자신들의 품위를 지키기 위해서인 것 같았다.

하지만 그 대가가 너무 컸던 걸까. 그날 이후로 정숙 씨는 점점 아픈 인간이 되어 가기 시작했다. 온 세상에 혼자 남겨진 것처럼, 아무리 말을 걸어도 대답하지 않을 때가 많아졌고 때때로 사육사도 나도 잘 알아보지 못했다.

정숙 씨가 혼자가 됐다.

정숙 씨가 혼자가 되자 사육사와 나도 각각 혼자가 되어 버렸다. 지금까진 정숙 씨가 우릴 보살펴 줬다. 하지만 이젠 우리 둘이 정숙 씨를 돌봐야만 했다.

그러자 나는 처음으로 세상의 모든 것들에는 끝이 있다는 걸 절실하게 느끼게 됐다. 내가 그 수많은 끝들 중 하나의 경계선을 넘어가 버렸다는 것도.

9 수명에 대하여

고향을 그리워하던 아시아코끼리 퐁 말리는 일흔 살이 되는 날에 죽었다. 코끼리가 일흔 살을 넘기기 쉽지 않다는데 결국 그렇게 됐다. 마지막까지도 쇠사슬에 묶인 채였다. 나는 죽음이란 걸 심각하게 받아들이지 않기 위해서 눈물을 꾹 참았다.

"슬프니? 나이를 먹으면 슬픔, 무뎌진다." 정작 그 말을 하는 쏨차이의 코가 빨갰다. 아무리 오래 살아도 이별엔 익숙해질 수 없다는 듯 그는 말도 없이 어딘가로 떠났다.

난 스스로에게 더 이상 어린 애가 아니라고 다그쳤다. 그래. 모든 생명은 다 자기 몫의 수명이 있는 법이다. 그리고 수명에 따라 생애 주기도 다르다. 초파리의 경우 평균 수명은 40일밖에 되지 않는다. 대신 13일 만에 성체가 된다. 기린은 수명이 25년 정도 되는데 태어나자마자 그 긴 다리로 스스로 일어선다. 사람이랑 유전자가 98퍼센트 이상 일치한다는 침팬지는 서른다섯 살까지 살며 열 살 전후에 성체가 된다. 이렇듯 다들 각자만의 타이밍, 말하자면 자기들만의 시계를 가지고 있다. 그리고 그 시계가 멈추면 죽는 것뿐이다.

오늘날의 호모 사피엔스도 마찬가지다. 기대 수명이 무려 여든 살이 넘는 대신에 성체로 자라기까지는 지구상 어떤 생물체보다도 오랜 기간이 필요하다. 그런데 공교롭게도 내 기대 수명이 딱 그 정도라고 한다. 학자들이 최근 밝혀낸 정보였다. 즉 나의 수명은 호모 사피엔스 개체 하나가 태어나 어른이 되기까지인, 약 18년 정도라는 거다. 그게 바로 내 몫의 시계였다.

그럼 나는 계산해 볼 수 있다. 지금부터 내 시계가 멈추기까지의 남은 시간을.

…… 이제 앞으로 십몇 년 정도 남았다.

10 얼굴에 대하여

아니 내가 얼마 못 산다는데 슬퍼도 내가 슬퍼해야지 왜 세상 사람들이 더 난리인지 모르겠다. 특히나 이곳 연구소, 그러니까 조용하고 한적하던 이 시골 초등학교에 한바탕 변화의 바람이 불어왔다.

"인간은 항상 우리에게 주어진 시간이 영원할 거라고 착각합니다! 그게 우리의 한계입니다!"

위원장이 구령대 위에서 외쳤다. 마이크로 증폭된 목소리가 운동장에 쩌렁쩌렁 울렸다. 운동장엔 서른 명 남짓한 학자와 연구자들이 도열한 채 위원장의 연설을 듣는 중이었다. 연설은 끝날 듯 끝날 듯 끝나지 않았다. 여름에 접어든 태양이 뜨거워 학자와 연구자들은 고개를 푹 숙이고 있었는데 특히 우리의 언어학자 로빈은 견디기 힘들어 보였다.

"하하한국의 여여름, 대대단하군. 어어어지러워."

로빈은 눈도 제대로 못 뜬 채로 휘청였다. 그러거나 말거나 위원장은 핏대를 올렸다.

"여태껏 쓸데없는 논의들로 얼마나 시간을 낭비했습니까? 지금이라도 늦지 않았습니다. 우린 '인류 2호'에 대한 좀 더 제대로 된 연구를 시작해야 합니다!"

그때 풀썩, 소리가 들리더니 누군가 외쳤다. 어! 로빈이 쓰러졌어요! 주위에 있던 학자들이 현기증으로 쓰러진 가련한 로빈을 들쳐 업고 양호실로 갔다.

위원장은 혀를 쯔쯔 차더니 마지막으로 목소리를 높였다.

"자! 다 같이 외쳐 봅시다. '인류 2호'를 실험실로!"

박수 소리가 터져 나왔다. 그러나 운동장에 모인 학자와 연구자들 중에서 절반만 박수를 치고 있었다. 나머지 절반은 치지 않았다. 그들은 서로 두 개의 파로 나뉘어 대립하고 있었던 것이다. 한쪽 파는 일명 '인류 2호 파'였고, 다른 한쪽의 이름은 '감자 파'였다. 물론 내가 지은 이름은 절대로 아니다.

여태껏 나에 대한 연구에는 별다른 진척이 없었다. 막대한 예산이 투입되고 세계인의 기대를 받았지만 기껏 밝힌 거라곤 내가 좀 건방지고 말도 안 되는 상상을 자주 하며 노래와 성대모사에 능하다는 것…… 그 정도? 그런데 내가 앞으로 얼마 못 산다는 게 밝혀지자 사람들은 다급해진 모양이었다. 전 세계 각종 매체엔 다음과 같은 유의 제목이 달린 기사가 나돌았다.

‘인류 2호에 대한 연구, 이대로 괜찮은 것인가?’

안 괜찮다는 거겠지.

다시 말해 지금 한가하게 시골 초등학교에 모여 소꿉놀이하듯 연구할 때가 아니라는 뜻이었다. 나를 연구할 시간은 아무리 길어도 20년이 채 남지 않았고 내가 죽은 다음에는 하고 싶어도 할 수 없다. 그러니 지금이라도 당장 최대한 효과적이고 효율적으로, 나에 대한 연구 성과를 ‘뽑아내야’ 한다는 것이다.

그렇다면 뽑아내야 한다는 성과란 무엇인가. 물론 내가 어떤 원리로 노래를 부르며 무슨 음식을 좋아하는가 따위는 아닐 것이다. 여기서 성과란, 인류에게 도움이 되며 경제적·산업적으로도 가치가 있는 것이어야 한다. 예를 들면 불치병 치료의 단서나 유전자 개발의 힌트 같은 것들. 여기 연구소에도 그러한 의견을 가진 세력이 있었는데, 그들이 바로 위원장을 필두로 한 ‘인류 2호 파’였다. 그들은 나를 동물원의 허접한 컨테이너가 아닌 도시의 최첨단 실험실에서 살게 해야 한다고 했다.

반면 여기에 반대하는 세력도 있었다. 그들이 바로 ‘감자 파’였다. ‘감자 파’는 ‘인류 2호 파’가 우리 감자를 도구적으로 바라본다고 비판했다. 감자에게도 엄연히 동물권이라 해야 하나 인권이라 해야 하나 아무튼 그런 게 있다면서. 또한 무릇 연구란 당장의 가시적인 성과만을 기대하고 하는 것이 아니라고, 오랫동안 꾸준히 들여다봐야만 웅숭깊은 결과를 낼 수 있다고 했다. 따라서 이곳 연구소야말로 제대로 된 연구를 진행하기에 제격이며, 감자도 동물원에서 가족들과 함께 사는 게 심신에 좋을 거라고 했다. 이런 ‘감자 파’는 한마디로 좀 낭만적이었는데 다들 나랑 비교적 친하며 쉬는 시간이면 말뚝박기나 단체 줄넘기 등을 하는 부류였다.

연구소는 ‘인류 2호 파’와 ‘감자 파’ 간의 보이지 않는 세력 다툼이 한창이었다. 조만간 승패가 결정될 터였다. 인류 2호이면서 감자이기도 한 나는 좀 난감했다. 그래서 나는…… 열심히 관전했다. 구경만 했다.

왜냐하면 어차피 이 모든 일들은 나와는 별개로 굴러가고 있으니까. 나의 의사와는 상관없으니까. 내가 ‘인류 2호’든 ‘감자’든 말이다.

*

나는 빈 교실에서 혼자 있는 시간이 많아졌다.

교실에서 혼자 하는 일들은 몇 가지 정해져 있다. 먼저 거울 보기. 나는 거울에 나를 가만히 비춰 본다. 마음에 드는 얼굴은 아니나 이상하게 자꾸만 보게 된다. 확실히 옛날이랑 얼굴이 변한 거 같긴 하다. 이목구비가 좀 뚜렷해졌다. 그래봤자 이목구비가 뚜렷한 감자지만, 어쨌든 나도 성장을 한 것이다. 그런데 키는 똑같다. 여전히 130센티미터가 안 된다. 몸은 어째 자라지 않는 듯하다. 그래서 겉보기엔 땅꼬마 같지 뭔가! 참으로 부당하다. 내 마음은 안 그런데, 몸이 마음을 못 따라오는 느낌이다.

마음은 이미 몸을 저만치 앞질러 갔다. 130센티미터는 무슨, 한 130미터는 큰 것 같다. 대신 마음의 성장 방향은 몸이랑은 반대다. 마음은 위로 높아지는 게 아니라 아래로 깊어진다. 구덩이를 만든다.

마음의 구덩이엔 세상 밖으로 꺼내지 않은 말들이 가득하다. 난 겉으로는 어른스러운 척을 하지만, 사실 그건 무시무시한 저주의 말들을 입 밖에 내는 대신 구덩이 안에 집어넣기 때문에 그럴 수 있는 것이다. 예전엔 밤하늘에 새겨 넣었던 이야기들을 이젠 우물처럼 깊은 구덩이 안으로 숨겨 놓는다. 어른이 된다는 건 어쩌면 구덩이의 깊이만큼 음침해지는 것에 지나지 않는 건지도 모른다.

그렇다. 나는 음침한 원숭이다. 저주 원숭이다.

내 실체는 아무도 알지 못할 거다. 인간들은 큰 착각을 하고 있다. 그들은 나를 연구 대상으로 보고 자기들만 나를 연구한다고 생각한다. 세상 모든 생물들의 먹이사슬 피라미드 꼭대기에 있다는 듯 오만하다. 그래서 자기들도 반대로 누군가에게 연구될 수 있을 거란 생각은 꿈에도 하지 못한다.

하지만 난 그 피라미드와는 별개인 놈이다. 나에게는 호모 사피엔스가 곧 연구 대상이다. 나는 나를 연구하려는 그들을 연구한다. 그렇게 연구하고 관찰한 결과를 내 방식대로 써먹는다.

나는 그들을 흉내 낸다. 혼자 교실에서 수많은 종류의 인간들을 연기한다. 연기하며 말을 하고, 말을 함으로써 노래를 한다. 그런 행위를 통해 구덩이 속에 쌓여 있던 걸 해소한다. 배설하듯 쏟아낸다. 그렇게 나는 내가 지어낸 이야기 속의 인간이 되어 울고 웃는다.

그러면서도 나는 거울을 의식한다. 거울에 비친 나를 힐긋힐긋 관찰한다. 그건 이상야릇한 느낌을 준다. 나는 연기에 몰입하는 동시에, 그런 나를 감상하는 것이다. 상황은 자극적일수록 좋다. 다음과 같이 나의 현란한 일인이역이 이어진다.

"너는 호모 사피엔스가 되지 못한 실패작에 불과하다! 넌 아무것도 아니야!"

"과연 그럴까?"

"이 감자 원숭이 주제에! 노래나 불러!"

"감자로 맞아 봤니?"

점프해서 인중을 향해 감자 펀치!

"으억!"

"하하하!"

한참 몰입 중인데 문득 등 뒤에서 싸한 느낌이 들었다. 설마. 천천히 돌아봤다. 로빈이 교실 문가에 서 있는 게 보였다.

"……."

"……."

수업을 알리는 종소리가 아련하게 들려왔다.

"나난 아아무것도 모못 드들었어. 너너널 차찾으려다 우우연히……."

인중을 감싸며 황급히 말하는 로빈이었다. 나는 짐짓 태연한 척 물었다.

"로로빈. 무무슨 이일 있나요?"

놀리는 건 아니고 언젠가부터 나도 모르게 로빈이랑 얘기할 때면 그의 말투를 따라 했다.

"소소식 드들었어? 새새로운 하학자가 온대."

로빈은 연구소에 새로운 학자가 온다고 했다. 그는 호모 어쩌구 위원회의 부위원장으로, 위원장 다음으로 힘이 센 사람이라고 했다. 원래 연구소 설립 때부터 진작에 합류하려 했지만 사정상 늦춰졌다고 했다. 그런데 로빈에 따르면 그 부위원장은 ‘인류 2호 파’가 아닌 ‘감자 파’에 가깝다고 했다. 따라서 지금 ‘감자 파’ 사람들이 기뻐하고 있다는 것이었다. 연구소에 온기를 가져다 줄 거라면서 말이다. 그래서인지 로빈의 얼굴도 상기되어 있었다.

새로 온 부위원장은 제인이라고 불리는 중년의 일본인 여자였다. 하지만 제인은 ‘감자 파’ 사람들의 기대처럼 그렇게 온기 있는 인간이 아니었다. 말하자면, 그리 인간적인 인간은 아니었단 소리다.

제인은 나를 처음 보자마자 대뜸 내 얼굴을 덥석 잡았다. 자기 얼굴 앞에 바짝 끌어당긴 채 뚫어져라 째려봤다. 오묘한 여자였다. 정숙 씨와는 다른 의미에서 심상치 않은 괴인의 냄새가 풍겼다. 나는 애써 친절한 표정을 지어 보이며 말했다.

“안녕하세요. 반갑습니다.”

당연히도 전혀 반갑지 않았다. 제인이 화답했다.

“내가 반갑지 않군요?”

“당연하죠. 앗 헉.”

제인은 덧붙였다.

“지금 당신의 표정은 가짜잖아요. 표정을 흉내 내고 있어요, 그쵸?”

그 말에 나는 무슨 표정을 지어야 할지 알 수 없었다.

제인은 '감자 파'의 낭만을 박살 냈다. 첫 번째로 박살 난 낭만은 그들이 쉬는 시간이면 하던 말뚝박기나 단체 줄넘기와 같은 유희였다.

제인은 세계의 석학들이 모여 그런 놀이를 해야 할 이유가 있는지 물었다. 무슨 구체적인 목적이라도 있느냐고 말이다. 제인의 물음에 모두 할 말이 없어졌다. 그때 누군가가 용기를 내서 소리쳤다.

"하지만요. 기분이 좋잖아요!"

제인은 이해가 안 된다는 듯 인상을 찌푸리더니 되물었다.

"애들처럼 그러는 게…… 좋아요?"

마음 여린 '감자 파'들은 심히 상처받았다. 그게 끝이 아니었다. 제인은 기존의 연구에 대해서도 문제시했다.

"왜 우리의 연구 대상을 '감자'라고 부르는 거죠?"

'감자 파' 중 누군가가 대꾸했다.

"별명 같은 거예요. '감자 원숭이'는 멸칭이지만, '감자'는 귀엽잖아요. 동글동글. 그리고 누구들처럼 '인류 2호'라는 비인간적인 명칭을 쓰기도 싫고요."

"하지만 '감자'가 진짜 이름은 아니잖아요?"

"그렇지만……."

“저는 저희 연구자들의 목표가 저 생물의 이름을 붙이는 거라고 생각합니다. 미완성의 ‘호모……’를 완성하는 것. 그게 우리의 몫이죠. 감자든 고구마든, 별명 붙이면서 애들처럼 노는 게 아니라요.”

두 배로 상처받은 ‘감자 파’는 눈물을 훔쳤다.

이후로 ‘감자 파’뿐만 아니라 ‘인류 2호 파’ 중에서도 제인의 말에 상처 입은 피해 사례들이 속속 보고됐다. 감정을 전혀 섞지 않으며 또 논리적으로도 틀린 말은 아닌지라 더 상처였다. 순식간에 제인은 공포의 상징으로 군림했다. 위원장조차 제인을 피해 다녔다. 제인은 고대 인류와 현대 유인원의 관계를 전공하는, 말 그대로 인간을 연구하는 인류학자였는데 뭔가를 연구한다는 게 꼭 그걸 사랑한다는 것만은 아니구나 싶었다. 어쩌면 뭔가를 사랑하지 않아야만 그걸 연구할 수 있는 건지도? 아무튼 나는 속으로 생각했다. 저 여자 만만치 않은 독설의 고수군. 나로선 상처 받는 사람들 구경하는 게 아주 그냥 흥미진진했다.

그런데 중요한 건 정작 제인은 본인이 사람들에게 상처를 주는지 모른다는 거였다. 정확히 말하면 사람들이 왜 상처를 받는지 이해하지 못하는 쪽에 가까웠다. 즉 그의 독설에는 악의가 없었던 것이다. 일례로 그에게 앙심 품은 어떤 이가 똑같이 독설로 대응해 봤는데 그는 그걸 독설로 받아들이지조차 않았다.

두부 같은 인간이었다. 말 그대로 생긴 게 두부 같았다는 뜻이다. 사람이 어떻게 두부처럼 생겼느냐고 할 수도 있지만, 그를 실제로 보면 곧 자연스럽게 납득하게 됐다. 아, 두부 같구나. 그 두부 같은 인간의 독설은 항상 '왜'로 시작됐다. 학자가 '왜'라는 질문을 자주 던지는 건 당연한 일일 수도 있다. 게다가 그는 정말 순수하게 궁금해서 묻는 것이었다. 하지만 의도와 달리 그의 질문은 상대를 코너로 몰아 넣었다.

왜 그런 애들 같은 놀이를 하는 거죠?

왜 사실을 말하는 건데 그걸로 상처 받나요?

왜 기분 나쁜 일 있으면 그때 곧바로 말 안 하고 혼자 삭히다 뒤늦게 털어놓는 거죠?

이 '왜' 지옥에선 마음이 너덜너덜해지기 전까지는 빠져나올 수 없었다.

한마디로 제인은 인간적인 감정이란 게 없는, 사이보그 같았다. 말하자면…… 인간을 연구하기 위해 창조된 비인간이랄까.

뒤늦게 제인의 원래 별명이 무엇인지 알게 된 누군가가 말했다.

"별명이…… '인간 실격'이래."

아아 그런……. 모두가 한마음 한뜻으로 고개만 끄덕였다.

하지만 나는 좀 달랐다. 별명을 알게 되자 묘하게 제인에게 호감이 가는 것이었다. 그럴 수밖에 없었다. '인간 실격'이라니.

더군다나 제인 덕분에 내 생활이 새로운 전기를 맞이하게 된 점도 있었다. 연구소와 컨테이너만을 오가던 생활을 벗어나, 진짜 세계로 나가게 된 것이었다.

제인의 주 연구 분야는 유인원의 얼굴에 대한 것이었다. 그에게 얼굴이란 매우 특별한 부위였다. 그는 다른 동물과 차별되는 인류의 정체성은 바로 얼굴에 있다고 보았고, 네 발로 걷던 인류가 직립 보행을 한 것도 서로의 얼굴을 보기 위해서라고 했다. 다시 말해 얼굴 안에 인류의 모든 비밀이 담겨 있다는 것이었다.

그런데 나의 얼굴은 가짜라고 했다. 내가 그저 타인을 흉내 내고 있다면서 말이다.

제인은 그게 다 내가 온실 안에서 살고 있기 때문이라고 했다. 여태까지 나에 대한 연구가 다 책상에서 이루어져서 그렇다고. 따라서 연구실이 아닌 진짜 세계에서의 나를 관찰해야 유인원으로서 나의 본질을 파악할 수 있을 거라고 했다. 그렇게 나는 타이슨과 동행한다는 조건으로 제인과 함께 바깥 세상에 나가게 된 것이었다. 일종의 현장 학습이었다.

"떨리나요?"

체험 학습 첫날, 밖으로 나가는 차 안에서 제인이 물었다.

"아니요."

그러다 어쩐지 제인은 내 속내를 다 알 거 같아 말을 고쳤다.

"……조금."

조금이 아니라 심장이 터질 것 같았다. 나는 오늘을 위해 타이슨이 맞춰 준 꼬마 양복을 근엄하게 입고 있었는데 양복 밖으로 심장이 튀어나올 듯했다. 제인은 나를 관찰하더니 자기 전자수첩에 뭐라고 메모했다. 운전하던 타이슨이 날 보며 말했다.

"걱정하지 않아도 되는 것이다. 내가 인류 2호 널 지켜 주는 것이다."

그러자 제인은 이번엔 타이슨을 향해 물었다.

"말을 왜 그렇게 이상한 방식으로 하는 거죠?"

타이슨은 대답하지 않았다. 제인은 타이슨을 관찰하더니 또 뭔가 메모했다.

체험 학습의 내용은 별 거 없었다. 보통의 인간들의 일상을 체험해 보는 게 다였다. 예를 들면 마트에서 쇼핑을 하고, 계산을 기다리는데 무례한 인간에게 새치기를 당해서 화도 나고, 그러다 계산원이 거스름돈을 실수로 더 많이 챙겨 줘서 회심의 미소와 함께 후다닥 마트를 벗어나는 뭐 그런 일상들.

하지만 그런 평범한 일들이 나에겐 전부 새로웠다. 놀라웠고 경이로웠다. 물론 처음엔 너무나 무서웠다. 같은 인간끼리도 성별 때문에 인종 때문에 또 심지어는 못생겼다는 이유로 차별하는데 나 정도면 거의 학살 당하는 거 아닌가 싶었다. 먼 젓번 동물원에서 겪었던 일도 그렇고, 나에게 어떤 혐오가 날아올지 두려웠다. 하지만 내 걱정과는 다르게 사람들은 나에게 거의 신경도 쓰지 않았다. 항상 타이슨이 근거리에서 나를 보호하면서 정해진 루트만 다니긴 했지만 위험한 일은 하나도 생기지 않았다. 귀엽게 생긴 강아지 이상의 관심도 끌지 못했다.

나는 자유로웠다. 새치기 한 인간의 뒷통수에다 대고 마음껏 화를 냈고, 거스름돈을 챙기고는 신나게 히히 웃었다. 모든 감정이 혼자 상상만 하던 것과는 달랐다. 화가 날 땐 상상했던 것의 몇 배로 더 화났지만 기쁠 때는 몇십 배는 더 기뻤다. 그만큼 감정이 생생했다. 투명했다. 그런 느낌은 처음이었다. 나는 살아 있다. 그것이 강력하게 느껴졌고, 꼬마 양복을 입고 세상을 향해 뚜벅뚜벅 들어선 스스로가 자랑스러웠다.

나는 제인에게 진심으로 고마움을 느꼈다. 나한텐 은인이나 다름없었다. 저런 훌륭한 인간을 '인간 실격'이라 부르면 안 되지, 생각하며 제인 쪽을 보자 그는 열심히 날 관찰하며 메모 중이었다. 흡사 개미를 관찰하는 곤충학자의 태도로다가.

난 그가 좋은 인간인지 아닌지 헷갈렸다.

한 번은 같이 오락실에 갔다. 여러 기계 중에서 음악에 맞춰 춤을 추면서 정해진 발판을 밟는 게임기가 있었다. 나는 타이슨에게 해 보라고 했다. 타이슨은 몇 번 거부하다가 못 이기는 척 올라갔다. 진지하게 양복 바지까지 걷어 올리는 모습을 보니 혹시 춤의 고수인가 싶었다.

아니었다. 결과는 처참했다. 나는 그래도 짝짝 박수를 치며 말했다.

"오락기랑 타이슨의 리듬감이 다른 것뿐이네요!"

하지만 곁에 있던 제인이 정색하며 말했다.

"그게 아니라 그냥 춤을 못 추네요."

"……"

그날 집에 돌아갈 때까지 타이슨은 한마디도 하지 않았다. 제인은 타이슨이 왜 저러는지 이해 못하면서도 열심히 메모했다. 나는 제인에게 조용히 속삭였다.

"꼭 그렇게 말할 거까진 없었잖아요."

"뭐가요?"

"아까 오락실에서 춤 못 춘다고 했던 거요."

"그렇지만 그건 사실이잖아요. 혹시 그것 때문에 저분의 태도가 저런 거에요?"

"그렇죠."

“왜죠? 저는 사실을 말한 거고. 또 저분은 댄서도 아니잖아요. 운전 기사를 가장한 특수 요원 맞죠? 그럼 춤 못 춰도 상관없는 거잖아요. 그리고 전 거짓말 못 해요. 거짓말 하는 건 상대에 대한 예의가 아니라고도 생각하고. 사실을 그대로 인정해야죠, 왜 사실을 부정하는 거죠? 왜 사실을 순순히 받아들이지 못하는 거예요?”

아뿔싸. 나는 나 역시 그 ‘왜’ 지옥에 빠져들었음을 깨달았다. 제인과 논리 싸움으로 이긴 학자들은 없었다. 때문에 내가 할 수 있는 건 그에게 말로 두들겨 맞는 것뿐이겠지.

그런데 그때, 나는 문득 누군가가 떠올랐다. 그 누군가의 말이 떠올랐다. 그러자 내 입이 자연스럽게 열렸다.

“네, 맞아요. 박사님 말이 다 사실이에요. 그런데 사실이지만, 인간의 마음은 사실로만 움직이는 게 아니잖아요. 타이슨도 직업은 운전 기사…… 를 가장한 특수 요원이긴 하지만 속으론 나처럼 춤을 잘 추고 싶을 수도 있고.”

“당신도 춤은 못 추는 거 같은데요.”

“……어쨌든 다르게 말할 수 있잖아요. 꼭 거짓말하라는 게 아니라요. 세상에 말로 전달할 수 있는 게 오로지 사실만 있는 건 아니니까요. 얼마든지 다르게 표현할 수 있고, 뾰족한 생각을 둥글게 만들 수 있어요. 사실만을 위해 말을 하는 게 아니잖아요. 그게 바로 인간이잖아요.”

그런 말들을 하며 나는 정숙 씨를 생각하고 있었다. 실은 그 말들은 나의 것이 아니라 정숙 씨의 것이었다. 제인은 생각에 잠긴 얼굴이 되었다. 나는 '인간 실격'에게 인간에 대해 알려 준 선생님이 된 거 같아 흐뭇한 기분이다가 갑자기 멈칫하고 생각했다. 근데 잠깐. 나도 인간은 아닌데? 그때 제인은 되물었다.

"그런데 당신은 저분이 그런 마음이란 걸 어떻게 알았죠? 말도 안 했는데?"

나는 잠시 가만히 제인을 바라보았다. 순도 100퍼센트의, 정말이지 궁금하다는 표정. 그 투명한 이목구비가 내 눈앞에 있었다. 나는 살짝 웃으면서 대답했다.

"얼굴이요. 타이슨의 얼굴을 보곤 알았어요. 말하지 않아도 보였어요. 그렇잖아요, 그쵸?"

제인도 나를 마주 보더니 이윽고 조금 웃었다. 처음 보는 그의 웃음이었다. 기분이 따듯해졌다.

하지만 그것도 잠시고 곧 다시 인간을 연구하는 비인간이 되어 중얼거리는 그였다.

"그렇죠. 인간에게는 얼굴이 말보다 더 중요한 의사소통 수단이죠. 말은 어떻게 보면 사실이 아닌 가짜인 거죠. 쓸모도 없고요."

나는 더는 말을 말아야겠다고 생각했다.

제인의 표현에 따르면 쓸모없다는 말, 그 말을 전공하면서도 그조차 제대로 하지 못하고 더듬는 우리의 로빈은 학문에는 영 관심 없는 듯했다.

로빈은 자신에게 배정된 연구 시간에 나를 연구하지 않았다. 그 대신 우리 둘은 연구실을 빠져나와 예전 학교에서 미술실로 쓰던 방으로 갔다. 일종의 땡땡이인 셈이었다. 근엄한 석고상 사이에 숨은 우리는 머리를 맞대고 함께 한국 드라마를 봤다. 미술실은 적당히 어두워서 분위기도 좋았다.

대개 어떤 드라마든 일단 로빈이 예고편을 미리 보여 주며 이거 볼 거냐고 물었다. 그럼 나는,

"하. 여자 주인공이랑 남자 주인공이랑 사랑에 빠져서 이러쿵저러쿵하는 거. 이젠 진짜 너무 유치해요."

그리고 3화 정도 봤을 때면 나는 여자 주인공이랑 남자 주인공이랑 사랑에 빠져서 이러쿵저러쿵하는 거에 충직하게 몰입해 있었다. 드라마를 보는 중에 로빈과 핑퐁처럼 드라마 내용을 중계하거나 화면 너머로 말을 거는 재미도 쏠쏠했다. 엇 두 사람이 드디어 만난다! 바보야, 저 여자 잡으란 말이야. 고백해! 사랑한다고 말하란 말이야 인마! 아이고 둘이 또 엇갈리네 저거. 호오, 흐흐 이제 뽀뽀하겠군……

드라마를 보다 보면 항상 정해져 있는 희로애락의 구간들이 있었다. 여자 주인공이랑 남자 주인공의 행복한 순간이 나오는 때도 그 구간들 중 하나였다. 그건 어떤 새로운 위기나 사건이 들이닥치기 전, 중간에 잠시 쉬어 가는 구간이라고 해도 좋을 것이었다. 그런데 그때마다 로빈은 조그맣게 중얼거렸다.

"드드라마가 여여기서 끄끝났으면 조좋겠어."

"왜왜요? 이 드드라마 재재밌잖아요?"

"보보는 건 재재밌지만. 이이다음에 또 나나쁜 이일이 새생길 거 아아냐. 그그냥 지지금 두두 사람이 해해행복한 채로 끄끝났으면……."

그런 말을 하는 로빈의 목소리엔 아련함이 묻어 있었다. 그렇게 우린 석고 향이 은은한 미술실에서 언젠가는 끝날 행복을 애틋하게 음미하는 것이었다.

한번은 로빈에게 왜 말을 더듬는 거냐고 물은 적 있었다. 그러자 로빈은 대답했다. 그건 바로 얼굴 때문이라고. 나는 의아했다. 또 그놈의 얼굴?

지금은 새하얀 그의 머리칼이 아직 흑발이던 시절의 일이었다. 그때 그는 말을 더듬긴커녕 아주 달변에다 항상 자신만만한 태도를 가진 젊은 언어학자였다. 그런데 어느 날 학회에서 한 여자를 보게 됐다. 수많은 사람들 중에서 그 여자의 얼굴이 유독 눈에 들어왔다. 그래도 그때뿐이라고 생각했다. 하지만 학회가 끝나고 집에 돌아와서도 여자의 얼굴이 잊히지 않았다. 잊히지 않고 자꾸 시야 앞에 둥둥 떠다녔다. 책을 펼쳐도 둥둥, 밤에 잠을 자려고 누워도 둥둥, 심지어 꿈속에서도 둥둥.

두둥! 그는 자신이 사랑에 빠졌음을 깨달았다. 사랑에 빠지는 일은 화재 사건과도 같다. 사건이 일어났음을 깨달았을 땐 이미 늦었다. 불은 너무 빠르게 옮겨붙어 손쓸 수가 없다.

이대로 두면 이 불이 자신을 불쏘시개 삼아 걷잡을 수 없이 커질 것 같았다. 그래서 자기 자신은 숯 덩어리로 사그라들 것 같았다. 불의 근원이자 발화점은 물론 자신의 심장이었다. 할 수만 있다면 심장을 떼어 내고 싶었다.

그때 그는 프로메테우스의 심정을 알 것 같았다고 했다. 불을 훔친 대가로 매일 재생되는 간을 독수리에게 쪼이는 형벌을 받은 프로메테우스. 자신도 그 신화 속 인물처럼 사랑을 탐한 대가로 끝없는 형벌을 받는 것 같았다면서.

결국 로빈은 결심했다. 사랑을 고백하기로. 그래서 그 여자가 살고 있는 머나먼 나라까지 찾아갔다. 몇 날 며칠 밤을 새우며 고민한 고백의 말들을 준비한 채였다. 달변가였던 그는 말이라면 자신 있었다. 말의 고수였다. 때문에 그가 준비한 대본은 완벽했다. 이제 여자를 만나 대본 그대로 읊으면 끝나는 것이었다.

하지만 어째서일까. 막상 여자의 얼굴을 보자 그는 아무 말도 할 수 없었다.

그는 자신이 준비한 대본이, 그곳에 써 있는 수많은 무거운 말들이 마치 모래사장 위의 그림처럼 덧없이 느껴졌다. 그에 반해 여자의 얼굴은 거대하고 영원한 파도 같았다. 파도가 모래사장 위를 한번 덮고 지나가자 그곳엔 아무것도 남아 있지 않았다.

그렇게 그는 여자 앞에서 고백은 고사하고 말 한마디도 제대로 꺼내지 못했다. 그리고 그 이후로 말을 더듬게 됐다. 까맣던 그의 머리칼이 백발이 된 지금까지도. 프로메테우스처럼 그는 끝없는 형벌을 받게 된 것이었다.

미술실에서 몰래 피자를 시켜 먹던 중에 로빈은 말했다.

피자가 인생이라면, 사랑은 피자의 한 조각 같은 게 아니라고. 피자 한 판에서 한 조각을 떼어 내듯 인생으로부터 사랑을 떼어 낼 수는 없는 거라고. 그보다 사랑은 마치 피자 위를 덮는 토핑과도 같다고. 토핑에 따라 피자의 종류가 아예 달라지듯이, 사랑은 그 사람의 인생 자체를 변화시킨다고. 누군가의 인생을 페퍼로니 피자와 하와이안 피자의 차이만큼이나 달라지게 하는 게 바로 사랑이라고.

물론 로빈은 말을 더듬느라 이 내용들을 피자 한 판을 다 먹고 나서 남은 피클 국물까지 전부 마시고 끝끝내 소화까지

완료된 때에야 겨우 다 끝마쳤다. 나는 감탄하며 듣다가 문득 이 사람은 대체 왜 나랑 여기서 이러고 있나 싶은 생각이 들었다. 연구에 관심도 없는 주제에 프랑스에서 이 시골까지 온 것도 이해가 가지 않았다.

그날, 보람차게 땡땡이를 잘 친 뒤 로빈과 함께 퇴근하러 연구소를 나서던 길이었다. 우리 뒤에서 누군가의 발걸음 소리가 가까워졌다. 돌아보니 제인이었다. 제인은 내게 말을 걸었다.

"다음 주 현장 학습에 오락실 한 번 더 가 봅시다. 나도 그 춤추는 오락 좀 해 볼까 해요."

나는 대꾸했다.

"다음 주엔 타이슨 좀 칭찬해 주세요."

제인은 어깨를 으쓱 하고는 우리를 지나쳐 갔다. 인간 실격, 인간 실격, 중얼거리던 나는 우연히 로빈의 얼굴을 보게 됐다. 그리곤 깜짝 놀랐다.

로빈의 얼굴이 새빨갰다. 입술을 삐끔거리면서도 연신 딸꾹질만 하고 있었다. 제인은 뒷모습을 보인 채 멀어지고 있었고 로빈은 그쪽을 보지 않으면서도 그쪽을 보지 않을 수 없다는 듯 눈이 빠르게 돌아갔다. 원래 우울증 걸린 아기 돼지 같던 그가 오늘은 흥분한 아기 돼지 같았다.

아. 나는 깨달았다.

다른 정보는 필요 없었다. 로빈의 얼굴을 보는 것만으로 나는 다 알 수 있었다. 제인의 학설은 위대했다. 나는 로빈의 말을 잃게 한 과거의 그 여자가 제인이라는 것을, 그리고 로빈은 나를 연구하기 위해 한국에 온 것이 아니라 실은 제인의 자취를 따라서, 사랑을 좇아서, 즉 기어이 자진해서 독수리에게 간을 쪼이기 위해 이곳에 온 것임을 다 알 수 있었다. 그것은 한없이 끔찍한 고통인 동시에 절대 잃고 싶지 않은 고통임을, 로빈의 얼굴이 내게 말해 주고 있었다.

제인의 학설대로 인간의 얼굴은 우리에게 많은 걸 말해 주는 것 같았다. 그렇담 내 얼굴은 무슨 말을 해 주고 있을까? 거울을 보며 나는 이따금 물었다. 먼 미래에 내 얼굴의 이목구비가 보통의 인간들처럼 변하게 되면 어떨까 생각도 해 보았다. 마치 미개한 오스트랄로피테쿠스가 호모 사피엔스로 진화하듯이.

그때의 나는 인간이라고 할 수 있을까.

그게 나라고 할 수 있을까.

제인에 따르면 얼굴이야말로 인간의 조건이라고 했다. 얼굴로 정체성을 표현하며 나아가 상대방의 얼굴을 인식하고 이해할 수 있는 능력이야말로 인간이 인간일 수 있는 조건이라고.

그런데 요즘 정숙 씨는 얼굴을 잃어 가고 있다. 사육사와 나의 얼굴을 알아보지 못하는 때가 잦아지고 있다. 더불어 본인의 얼굴도 스스로에게 흐릿해지고 있는 듯했다. 한때 정숙 씨의 얼굴은 마치 햇살 같았다. 풀밭을 데구르르 데구르르 구르며 맞는 봄날의 햇살. 하지만 이젠 그 빛이 사그라들고 있었다.

때때로 나는 무서운 상상을 했다. 만일 정숙 씨의 증상이 악화되어 사육사와 나의 얼굴을 완전히 잊어버린다면. 거울을 봐도 자기 자신이 누구였는지 알지 못한다면. 본인의 얼굴도 잊어버리고, 또 잃어버리게 된다면. 그래서 서로가 서로의 얼굴을 마주 보아도 아무것도 느끼지 못하고 함께한 시간과 공간과 순간들을 손가락 사이 바람처럼 흘려보낼 따름이라면.

그러면 그때의 정숙 씨를 인간이라고 할 수 있을까.

이런 생각을 할 때면 내 가슴도 독수리에게 쪼아 먹히는 것처럼 아팠다.

11 밥에 대하여

위원장이 날 몰래 부를 때부터 느낌이 안 좋다 했다. 그는 위원장실로 들어온 내게 다짜고짜 이렇게 묻는 것이었다.

"자네는 자네가 가치가 있다고 생각하나?"

왜 또 시비인가. 난 할 말이 없어 눈을 피했다. 그런데 위원장 옆에 웬 말쑥한 남자가 앉아 있는 게 보였다. 적갈색 피부에 점잖은 분위기를 가진 중년 남자였는데 잘 설명할 수는 없지만 왠지 소년 같기도 했다. 위원장은 그 남자를 내게 소개했다.

"자네의 가치를 찾아 줄 분이라네. 일명 사업가라고 불리지. 만약 자네의 가치를 찾거나 발견하지 못한다면, 만들어라도 주실 거야.”

사업가는 정중하게 일어나 인사를 했다. 나는 표정이 굳어지는 걸 숨길 수 없었다. 위원장의 속셈을 알 것 같았다. 어쨌든 최근 제인의 합류로 인해 나에 대한 학문적 연구는 더 활발해졌다. 반면 성과 위주의 프로젝트로 방향을 돌리려던 ‘인류 2호 파’는 수세에 몰린 상황이었다. 그리고 위원장은 이 상황을 타개하려는 것이었다. 사업가란 남자는 그런 목적에서 데려온 것일 테지. 위원장에게 있어서 나는 황금알을 낳는 거위여야만 하니까.

위원장은 내 표정을 읽었는지 담담하게 말했다.

“자네는 내가 아주 탐욕적인 인간이라고 생각하지? 자네를 가치 있냐 없냐, 쓸모 있냐 없냐로 판단하는 물질적이고 속물적인 사람이라고. 그래, 그럴지도 모르지.”

위원장의 얼굴은 내가 봤던 그 어느 때보다도 진지했다.

“하지만 이거 하나만은 알아 둬. 나는 나 스스로에게도 똑같이 그런다는 걸. 나는 쓸모 있는 인간이 되길 노력해. 내가 학자로서 가치 있는 인간이 되길 노력한다고. 내 인생을 던져서까지 말이야. 연구소 내의 어떤 학자들은 말하지. 무릇 학문 연구란 결과보다는 과정 그 자체가 의미 있는 거라고. 그럴 듯해 보이는 말이지. 하지만 내가 볼 땐 비겁해 보여. 되도 그만 안 되도 그만인 그런 연구, 그러니까 실패해도 괜찮다는 태도로 한 걸음 뒤로 물러나 있는 것처럼 보여. 하지만 나는 아니야. 나는 학자로서 내 모든 걸 걸었어. 자네한테 모든 걸 걸었단 거야.”

사업가는 차분한 태도로 위원장의 말을 듣고 있었다. 위원장은 말을 이었다.

“이런 내가 촌스러워 보일지도 모르지. 하지만 나는 적어도 뭐라고 해야 하나, 나란 인간이 숨 쉬고 똥 싸며 이 지구를 더럽히면서까지 존재하는 것에 대한 대가, 그래, 말하자면 내 밥값은 하고 싶어. 그뿐이야. 그리고 솔직히 말하면 자네도 그랬으면 좋겠고.”

나도 그랬으면 좋겠다고? 내가 존재하는 것에 대한 대가. 나는 갑자기 한없이 가라앉는 느낌이었다. 위원장의 말이 꼭 틀린 것 같지 않았기 때문에.

아니. 위원장의 말이 사실 다 맞을지도 모른다.

그러고 보면 지구상 모든 생물은 나름의 밥값을 한다. 인간이 키우는 강아지나 고양이는 귀여움으로 밥값을 한다. 그걸로 밥값은 충분하다. 보기만 해도 행복하게 해 주니까. 한편 돼지나 소나 닭 등은 인간의 밥이 됨으로써 밥값을 한다. 그 외 대부분의 생물들은 본능적으로 종족 번식을 통해 밥값을 한다.

하지만 나는 밥값은 안 하고 밥만 축낸다. 식충이다. 아니다. 벌레도 알아서 밥값 잘 하니까 식충이란 말은 적당하지 않다. 누구의 표현처럼 난 그냥 하루하루 똥만 싸는 기계라고 해야 할까.

짝이 없으니 종족 번식도 못 한다. 특별한 능력도 없다. 벌처럼 꽃가루를 옮기지도, 나무처럼 산소를 내뿜지도 못한다. 나를 열심히 연구하는 학자들한텐 미안하지만 나에 대한 연구가 어떤 가치가 있을지 나도 솔직히 잘 모르겠다. 그럼에도 불구하고 내가 나라서 할 수 있는 게 있지 않을까 막연히 희망을 걸어 보았는데 이게 웬걸, 정말 아무것도 없었다. 맨날 혼자만의 상상 속 동굴에 들어가 혼잣말들을 차곡차곡 쌓아 놓기만 할 뿐 이 세상엔 아무런 도움도 되지 않는다.

꼭 뭐를 해야 해? 살아 있다는 것만으로도 의미 있어!

이런 말들이 인간이 만든 숱한 거짓말들 중 하나임을 나는 안다.

더군다나 그 말들은 인간의 것이다. 살아 있다는 것만으로도 의미가 있다는 건 오직 인간의, 인간에 의한, 인간을 위한 말이다.

위원장은 내게 한번 고민해 보라고 했다. 위원장실에서 나와 건물 밖을 나서는데 초여름 하늘이 구름 한 점 없이 광활했다. 참 막막했다. 가슴 한쪽이 뻐근해졌다.

하지만 그러면서도 배가 고파졌다. 이런 내가 정말 싫었다.

나는 사육사, 정숙 씨와 함께 밥을 먹는다.

밥을 왜 먹나. 생존을 위해서 먹는다. 그건 맞다.

하지만 꼭 그것만은 아닌 것 같다. 생존을 위해서 말고, 다른 걸 위해서도 밥을 먹는 것 같다. 우리 셋이 밥을 먹을 때면 나는 그걸 느낀다.

밥을 먹기 위해선 입을 열어야 한다. 또 입을 닫아야 한다. 입을 열고 닫는 그 과정에서 오고 나가는 건 밥뿐이 아니다. 말도 있다. 우리는 입을 열고 닫으며 어떤 말은 내뱉고, 반대로 어떤 말은 삼킨다. 안으로 꾹 집어삼킨다. 심지어 어떤 때는 밥을 먹는 이유가 어떤 말을 뱉기 위해, 혹은 어떤 말을 삼키기 위해서인 경우도 있는 듯하다.

그럴 때 밥은 말을 위한 변명이 된다.

예전엔 하루에 한 끼 정도만 셋이서 함께 먹었다. 하지만 정숙 씨의 증상이 심해지면서부터 하루 세 끼 모두를 함께 먹게 되었다. 사육사가 앞장서서 노력한 일이었다. 밥이라도 같이 먹으면서 얼굴을 마주 보고 있다 보면 자연스레 활력이 생길 거라는 이유에서였다. 그의 의도대로 평소 멍하게 있던 정숙 씨는 밥 먹는 시간에 가끔 말문이 트였다.

한때 부엌에 선 채로 된장찌개에 밥 말아 먹으며 궁상을 떨던 사육사. 그가 이젠 손수 나서서 끼니마다 밥을 차렸다. 과거에는 정숙 씨가 자신이 밥을 하겠다며 고집부렸는데, 냄비에 든 국이 언제나 된장찌개였던 건 다 그 때문이었다. 그게 정숙 씨가 할 수 있는 유일한 요리였던 것이다. 그러다 사육사가 요리를 전적으로 담당하면서부터 나는 된장찌개가 원래는 얼마나 맛있는 음식인지, 또 세상엔 얼마나 많은 종류의 찌개와 국이 있는지 새삼 깨달았다.

어쨌든 사육사의 노력은 확실히 효과가 있었다. 밥을 먹는 중 정숙 씨가 제정신을 차리는 때가 있었던 것이다. 보통 사람들은 그게 제정신이라곤 생각 안 하겠지만.

하루는 정숙 씨가 사육사가 만든 마늘장아찌를 씹다가 뻑 소리쳤다.

"이 사악한 세상!"

사육사가 만든 멸치볶음을 집던 나는 깜짝 놀라 젓가락을 그만 떨어트렸다. 정숙 씨는 이어 소리쳤다.

"내가 너를 보살폈는데, 네가 바깥에 나가면 잘 살 수 있을 거 같으냐! 난 너를 먹이고! 입히고! 재웠거늘!"

정숙 씨의 눈이 활활 타오르고 있었다. 나는 겁에 질려 딸꾹질했다. 정숙 씨는 전혀 다른 사람이 되어 버린 걸까?

"넌 괴물! 넌 못생기고 추악한 괴물! 넌 괴물!"

눈물이 찔끔 나올 것 같았다.

그때였다. 사육사가 숟가락을 상 위에 탁! 거칠게 내려놓았다. 그러더니 갑자기 의자 위에 올라가 무릎을 꿇었다. 양손을 모아 소리쳤다.

"오오! 난 추악하고 못생긴 괴물!"

아니 이건 또 뭔가. 사육사는 계속 외쳤다.

"하지만 나도 단 한 번이라도 저들과 함께 길을 걷고파! 사람들 사이에서 살고파!"

혹시 치매가 전염되는 병이었나. 당장 이 광기 어린 식탁에서 도망쳐야 하나 생각이 들 무렵, 갑자기 정숙 씨가 꺄르르 웃었다. 원래의 정숙 씨로 돌아간 듯 환하게 웃으며 박수까지 치더니 말하는 것이었다.

"좋아! 진짜 잘한다! 이렇게만 하면 이번 오디션은 잘 될 거야!"

도통 무슨 상황인지 이해할 수 없었다. 사육사는 나와 눈을 마주치자 민망한지 헛기침하며 머리를 긁적였다.

알고 보니 약 40년 전 사육사는 연극배우를 꿈꿨다고 한다. 그는 당시 '노틀담의 꼽추'라는 작품의 연극용 대본으로 오디션을 준비했다. 정숙 씨의 정신이 40년 전의 과거로 되돌아가 그때 당시에 하곤 했던 말과 행동을 한 것이었다. 즉 밥 먹다 말고 식탁에서 벌인 둘의 돌발 행동은 미친 짓거리가 아니라 연극의 일부를 연기한 것이었다.

이처럼 정숙 씨의 정신이 돌아올 때면 우리는 타임머신이라도 탄 듯 과거와 현재를 자유롭게 오갔다. 그럴 때면 그 과거가 40년 전이든 언제든 식탁에선 웃음이 터져 나왔다. 마늘장아찌를 씹고 멸치볶음을 삼키며 우리는 영영 과거에 묻혔을지도 모를 이야기들을 식탁 위로 꺼냈다.

그러나 매번 그런 건 아니었다. 어떤 날은 상을 다 차리고 둘러앉아도 정숙 씨는 두 눈을 텅 비운 채 아무것도 하지 않기도 했다. 그럼 사육사는 자기가 직접 정숙 씨의 입에 음식을 넣어 줬다. 하지만 음식은 정숙 씨의 입안에 들어가다 말고 턱에 묻고 바닥에 떨어졌다. 그런 날은 우리 모두 아무런 말이 없었다. 그냥 밥만 먹었다. 말을 하지 않기 위해, 슬픈 말을 꾹 삼키기 위해 밥을 밀어 넣었다.

입안에서 으깨지는 음식물 사이로 어떤 불안이 까끌거렸다. 누가 알려 주진 않았지만 그 불안의 근원이 무엇인지 나는 알고 있었다. 정숙 씨의 상태가 우리가 감당할 수 있는 것 이상으로 안 좋아지고 있다. 그리고 내가 언제까지 지금처럼 이 컨테이너에서 살 수 있을지 확신할 수 없다. 언제까지 우리가 우리인 채로 있을 수 있을지 알 수 없다. 불안이 구르는 돌처럼 입안에서 덜그럭 소리를 냈다.

그럴 때 밥은 말을 위한 변명이 된다.

나는 특히 국이 좋았다. 후루룩 후루룩. 국은 다른 음식들과는 달리 먹을 때 아무 데도 거치지 않고 내 안으로 스며드는 느낌이라서 좋았다. 딱히 씹지 않아도 되고 담담히 받아들이는 느낌이라서 좋았다.

어떤 시인이 그랬다고 한다. 모든 국은 어쩐지 슬프다고. 왜 슬프냐 하면, 모른다고. 무조건 슬프다고.

후루룩 후루룩. 나는 슬플 때 슬픈 국을 먹는다. 그렇게 우리는 밥 먹는 척하면서 슬픔을 먹는다.

그래도 근래 들어 이곳 컨테이너를 찾아주는 방문객으로 인해 잠깐이나마 슬픔을 잊을 수 있었다. 그 방문객은 다름 아닌 사육사의 여동생이었다. 그가 바로 내게 국이 슬프다는 시를 알려 준 사람이었으며, 또한 그로 인해 나는 모든 동물 중 인간만이 쓰는 의사소통 수단인 글이란 걸 배우게 됐다.

12 글에 대하여

조작가가 선창한다.

"모든 국은 어쩐지."

나는 영문을 모른 채 조작가를 따라 후창한다.

"모든 국은 어쩐지."

조작가는 그 다음 문장을 말한다.

"괜히 슬프다."

난 또 따라 한다.

"괜히 슬프다."

한 문장 한 문장, 그렇게 시를 읽는다.

“왜 슬프냐 하면.”

“왜 슬프냐 하면.”

“모른다 무조건.”

“모른다 무조건.”

“슬프다.”

“슬프다.”

조작가는 잠시 침묵하다가, 미간을 좁히며 괴상한 표정으로 마무리한다.

“고깃국은 발음도 못하겠다. 고깃국은…… 크.”

“고깃국은 발음도 못하겠다. 고깃국은…… 크.”[*]

나도 미간을 좁히며 괴상한 표정을 지어 보인다.

“잠깐. 마지막 ‘크’는 내가 그냥 한 거야.”

“그렇군요.”

어쨌든 시 낭독을 마친 조작가는 그제야 종이를 꺼낸다.

“여기 있는 게 바로 글이야.”

종이 위에 인쇄된 활자들. 내게는 그저 동그라미와 직선의 조합으로밖에 안 보인다. 하지만 조작가는 동그란 안경알 너머로 눈을 빛내며 속삭인다.

“우리가 방금 말한 그 멋진 것들이, 바로 이것들이라고.”

---

[*] 김영승, 「슬픈 국」, 『화창』(세계사, 2008).

이전에 사람들이 내게 글을 가르치려는 시도를 안 했던 건 아니다. 내가 인간처럼 말을 할 줄 안다는 걸 알자 곧바로 내게 글도 학습시키려 했다. 그러나 다 실패했다.

그들은 실패의 이유를 나의 한계에서 찾았다. 내가 인간과 같이 고차원적인 사고를 하지는 못하기 때문이라고 말이다. 즉 내가 인간과 유사하게 말하고 행동하면서 인간 흉내를 낼 수는 있을지언정, '진짜' 인간은 되지 못한다고. 내가 글을 학습하지 못하자 그들은 실망하면서도 한편으론 안심하는 것 같기도 했다. 본인들 호모 사피엔스만의 전유물을 잘 지켜냈다는 듯이.

어처구니없다. 내게 글을 가르치려는 시도가 실패한 건 나의 사고가 낮아서가 아니었다. 그건 바로 내가 글을 배울 필요성을 납득하지 못해서였다.

대체 무엇을 위해? 왜 그래야 하지? 무언가 뜻을 전달할 게 있으면 말로 하면 되지 않나? 아니면 노래로 하면 되잖아?

이런 의문이 들자 문자의 규칙이 어떻고 하는 것들은 머리에 들어오지 않았다. 하지만 그 누구도 나의 의문을 해결해 주지 않았다. 나한텐 그게 가장 중요한 건데 그런 걸 중요시여기는 내가 도리어 뭔가를 이해하지 못하고 있다고, 사고 수준이 낮다고 여겼다. 정작 뭔가를 이해하지 못하고 있는 건 본인들인데 말이다. 그래서 나도 심드렁해져 마음의 문을 닫아 버렸다.

그런데 그 문을 부순 게 사육사의 여동생, 조작가였다. 그것도 조금 이상한 방식으로.

"감자야. 너 동굴에서 살았다고 했지?"

조작가가 안경을 추켜올리며 물었다. 표정이 음흉했다. 나는 조금은 불안한 채로 대답했다.

"네. 아마도? 아주 옛날에요."

"동굴 안에 있을 때 어땠어? 좋은 느낌은 있었겠지?"

나는 곰곰이 생각했다. 그러자 문득 나만의 동굴, 내가 누군갈 저주하거나 혼잣말을 할 때면 들어가는 상상 속의 그 동굴이 떠올랐다. 거기도 동굴은 동굴이니까.

"네. 맞아요. 그런 느낌이 있어요."

"그 느낌은 너의 동굴에서만 느낄 수 있는 걸 거야, 그치?"

"그래요. 동굴이 아니면 그런 기분은 못 느껴요."

"그런데 너랑 달리 단 한 번도 동굴에 들어가 본 적 없는 사람이 있다고 치자. 그 사람은 죽었다 깨어나도 너의 경험을 이해하지 못할 거야. 상상도 못 하겠지. 아무리 설명해 줘도 전혀 와닿지 않을 거고. 왜냐? 그 사람은 어두컴컴하고 고독하지만 한편으론 고요하고 아름다운 그곳에 들어가 본 적이 없으니까! 들어가 봐야 느낄 수 있는 것들이 있는데, 그걸 느껴야만 이해할 수 있는 건데, 그게 아니니까! 맞지?"

"맞아요. 그런데 그건 왜요?"

조작가가 회심의 미소를 짓더니 말했다.

"글이란 건 그런 거야."

내가 자길 멍청히 바라보고만 있자 조작가는 덧붙였다.

"지금 너는 전혀 몰라. 이해도 못 하고, 상상도 못 해. 글이란 것 안에 뭐가 있는지."

"…… 뭐가 있는데요?"

"알고 싶니?"

"네."

"그럼 들어가 봐야지."

그 말과 함께 조작가는 흐흐흐흐, 그 특유의 음흉한 웃음소리를 냈다.

*

조작가는 나이가 육십이 넘은 여자였으나 사람들은 대개 그를 중학교 남자애로 오해했다. 짧은 바가지 머리에 동그란 안경, 무언가 장난을 꾸미고 있는 듯 음흉한 표정까지. 대화 중간중간엔 얼굴을 옆으로 살짝 돌리고는 흐흐흐흐 웃었는데 비유가 아니라 정말 말 그대로 딱 '흐흐흐흐'라고 소리를 냈다. 꼭 만화 속 인물 같았다. 흐흐흐흐. 그럴 때면 얼굴도 위아래로 움직였다. 그걸 신호로 보따리에서 뭔가가 나오듯 조작가의 입에선 온갖 이야기가 튀어나온다.

"흐흐흐흐."

나는 흠칫한다.

"왜, 왜 또 웃는 거예요?"

"감자야. 내가 이집트에 여행 갔을 때 거기서 있었던 이야기 해 줄게."

"어제 들은 거 같은데요. 대왕 전갈이랑 싸워서 죽다 살아난 이야기요?"

"아니야. 그건 시리아에서 있었던 거고. 이번 이야기는 이집트에서 만난 요괴 부족에 관한 이야기야."

"네에……."

"궁금하지? 듣고 싶지?"

"…… 네에……."

조작가는 혼자 세계 여행을 다니는 사람이었다. 지난 몇 년간 여기저기 떠돌았고 지금은 돈이 떨어져 잠시 한국으로 돌아온 상태였다. 정글북 파크 동물원에서 일하는데 돈만 다 모이면 다시 떠난다고 했다. 그런 연유로 최근 들어 종종 우리 컨테이너에 놀러 왔다. 그 끝없는 수다를 듣다 보면 귀에서 피가 날 거 같았지만 조작가 덕분에 집안 분위기는 좋아졌다. 무엇보다 정숙 씨의 좋은 말 상대가 되어 주었다. 사육사와 나는 하지 못하는 것을 조작가가 대신 해 주었던 것이다.

조작가는 사육사와 어머니는 같지만 아버지가 달라 성이 조 씨였다. 그리고 스스로 작가라는 칭호를 붙여, 일명 '조작가'라고 자기 자신을 칭했다. 본인은 글을 쓰는 작가라면서 말이다. 그가 여행하며 신기하다 못해 기이한 이야기를 수집하는 것도 다 글을 쓰기 위해서라고 했다. 실제 그는 온갖 이야기들을 잔뜩 알고 있었다.

하지만 나는 의아했다. 왜냐하면 작가란 글을 쓰는 사람 아닌가. 하지만 조작가는 실제로 자기가 쓴 글이 하나도 없었던 것이다. 표현 그대로 어떤 글이든 아직 단 한 줄도 쓴 게 없었다. 그러면서도 작가라고 했다. 내가 의문을 제기하자,

"글 쓰는 게 쉬운 줄 알아!"

조작가가 바가지 머리를 마구 긁으며 역정을 냈다.

"죄, 죄송해요."

"딱 기다려. 원래 글이란 억지로 짜내는 게 아니야. 자연스럽게 나올 때까지 무르익도록 놔둬야지. 감자야, 넌 정말 복 받은 줄 알아야 해. 넌 내 작품을 읽을 첫 번째 독자가 될 거니까."

그랬다. 조작가가 내게 글을 가르치는 것도 사실 나로 하여금 언젠가 쓸 그의 소설을 읽게 하기 위해서였다. 그는 내가 글을 떼고 나면 이미 자신의 소설이 완성되어 있을 거라고 호언

장담했다. <u>흐흐흐흐</u>. 웃기도 했다.

그러나 그런 일은 일어나지 않았다. 내가 글을 읽고 쓸 줄 알게 될 때까지도 그는 완성한다는 소설의 한 문장도 쓰지 않았다. 물론 그의 이야기보따리엔 여전히 이야기가 가득했지만 말이다.

*

조작가의 글 수업은 특이했다.

예전에 내게 글을 가르치려던 학자들은 일단 글자 체계부터 설명하려 했다. 하지만 조작가는 순서가 완전 반대였다. 일단 자기가 좋아하는 시나 소설의 문장을 소리 내어 읽는 것부터 시작했다.

"사는 것은 싸우는 것이란 말을 어떤 유명한 사람이 했던 것 같은데 그게 누군진 알지 못하지만 확실한 건 꼭 이겨야 한다는 말은 없었다는 것이다."

조작가는 감정이입해야 한다며 캔맥주를 마신다. 그러면 나는 똑같이 그 말을 따라한다.

"사는 것은 싸우는 것이란 말을 어떤 유명한 사람이 했던 것 같은데 그게 누군진 알지 못하지만 확실한 건 꼭 이겨야 한다는 말은 없었다는 것이다."

이처럼 문장을 입으로 반복해서 말한다. 문장의 뜻이 머리와 마음 모두에 스며들도록 한다. 그런 다음에야 실제 종이 위에 쓰인 해당 문장을 보여 준다. 내겐 그저 알 수 없는 선이나 문양에 불과한 그것이 참으로 소중한 것임을 알려 준다. 그렇게 글자의 의미를 안 뒤에 비로소 글자 자체에 대해 배운다.

한 번은 조작가가 종이 위 문장을 가리키며 이렇게 표현한 적 있다.

"방금 우리가 말로 소리 내어 떠든 것들 있잖아. 그게 이 글자들에서부터 나온 거야. 이 글자들이 그 말을 만든 거지. 이 글자들이 없었으면, 그런 말들은 없었어. 그러니깐 글이 먼저 있고 그다음에 말이 있는 거지."

나는 잠시 고민하다 물었다.

"무슨 뜻이에요? 원래 말이 먼저 아니에요? 말이 먼저 있고, 그 말을 옮겨 적은 게 글 아닌가요?"

"물론 그런 경우도 있지. 이미 있던 걸 쓰는 거."

조작가는 손가락으로 종이 위 문장들을 쓰다듬으며 말했다.

"그런데 어떤 경우엔 글이 쓰이는 그 순간 비로소 무언가가 탄생하기도 해. 있던 걸 쓰는 게 아니라 없던 걸 쓰는 거야. 그래서 이전엔 세상에 존재한 적 없던 무언가가, 글로 쓰임으로써 생겨나는 거야. 소설도 결국 그런 거지. 의미 없던 것을 의미 있게 하는 거. 그래서 소설이 멋진 거야."

조금 어렵게 들렸다. 있던 걸 쓰기도 하지만, 없던 걸 쓰기도 한다고? 마치 닭이 먼저냐 달걀이 먼저냐 토론하는 것 같기도 했다.

하지만 조작가가 가져오는 몇몇 문장들은 정말 내게 새로운 걸 느끼게 했다.

"글이 하나의 길이라면, 그 글은 본인의 손아귀에 있던 뭔가를 내키는 대로 휙 던졌는데 그게 길 위에 내려앉아 반짝반짝 빛나고 있는 것 같았다. 작은 보석들이 흩뿌려진 것 같았다."

그런 문장들을 읽으면 뭐라 표현할 수 없지만 어떤 것이 내 안에 싹트는 것 같았다. 이전엔 세상에 존재한 적 없던 무언가가.

문득 나랑 비슷하다는 생각이 들었다. 나 같은 유인원도 이전엔 세상에 존재한 적이 없었다. 있던 종이 아니었다. 없던 종이었는데 생겨났다. 그런데 인간들은 그게 잘못된 거라고 보는 듯했고, 나 역시 나도 모르게 그렇게 생각해 왔다. 그러니 나한텐 선택권이 없다고 여겼다. 내 운명은 나의 의사와는 별개로 흘러가는 거라고. 정해 주는 대로 정해지는 거라고. 내가 '인류 2호'든 '감자 원숭이'든. 다 의미 없다고 생각했다.

하지만 조작가는 의미 없던 것을 의미 있게 할 수 있다고 했다. 소설이 멋진 건 그래서라고 했다.

이윽고 나는 이런 생각이 들었다. 어쩌면 나도 의미 있을 수 있지 않을까.

그 생각이 나를 이끌었다. 나는 종이를 앞에 두고 연필을 들었다. 글이란 걸 써 보기 시작한 것이다. 그건 바로 나 자신의 운명에 대한 글이었다.

*

저번에 위원장은 내게 물었다. 넌 네가 가치가 있다고 생각하냐고. 그리고 덧붙였다. 네가 너의 밥값을 했으면 좋겠다고.

내가 쓰는 글이 위원장의 말에 대한 답이 되었으면 했다.

나의 가치에 대해. 나의 밥값에 대해. 나는 쓰고 싶었다.

만약 내가 정말 가치도 없고 밥값도 하지 못하는 존재라면. 그렇다면 적어도 글을 씀으로써 내 가치를 만들고 싶었다. 밥값을 증명하고 싶었다. 그래서 내가 호모 사피엔스를 위해 만들어진 실험용 생물인 '인류 2호'가 아니라는 걸 주장하고 싶었다. 나는 고급 실험실에서 살고 싶지 않다고, 나는 이 후지고 촌스러운 정글북 파크 동물원에서, 정숙 씨 그리고 사육사와 함께 살 거라고, 글로 쓰고 싶었다.

정숙 씨와 사육사가 잠든 늦은 밤, 나는 몰래 컨테이너 뒷문으로 나갔다.

달빛을 받은 산이 어슴푸레했다. 예전에 우아아아 소리치

144

며 새와 다람쥐와 노루 녀석들과 놀던 곳이었다. 나는 그곳 의자에 걸터앉아 로빈에게 선물 받은 공책을 펼쳤다. 그리고 조작가가 깎아 준 연필로 꾹꾹 눌러 글을 썼다.

다 쓰고 나면 세상에 공개할 계획이었다. 뭐랄까, 나의 입장문이라고 해야 할까. 인간들을 향한 나의 당당한 선언이라고 해야 할까. 나는 종종 내 글이 다 완성된 뒤 세상에 발표될 때의 상상을 하곤 했다. 그러다 나도 모르게 조작가처럼 웃고 있는 나 자신을 발견했다. 흐흐흐흐. 나는 어둠 속에서 음침하게 웃었다.

그리 어려울 거 같지 않았다. 일단 하고 싶은 말을 쭉 정리한다. 그리고 그 말을 적당한 표현으로 글로 옮긴다. 간단한 과정 같았다. 나에겐 하고 싶은 말이 차고 넘쳤고, 또 문자 체계를 한번 익히자 말을 글로 쓰는 것도 어렵지 않았다. 이렇게 쉬운 일을 안 하는 건 단순히 게을러서 그렇다고 생각했다.

하지만 그 생각이 틀렸다는 걸 오래지 않아 깨닫게 됐다.

글을 쓰는 일은 마치 벌거벗은 말에 옷을 입혀 주는 일과도 같았다. 그 말들은 그동안 내 안에 꾹꾹 눌러 담아 왔던 말이었다. 사람들이 나의 말을 말이 아닌 노래로만 치부하는 게 싫어서, 그래서 말로 하지 못했던 말이었다. 이제 그 말들에 글이라는 옷을 입혀 밖으로 나가게 해 주려는 것이었다.

그런데 자꾸 옷을 안 입으려 했다. 옷이 안 맞는 거 같기도 했다. 아무 옷이나 척 골라 입히면 될 거 같았는데 아니었다. 다른 책에 쓰인 문장들, 그러니까 기성복을 입히면 될 줄 알았는데 아니었다. 마치 나한텐 인간들의 옷이 안 맞고 나를 위한 맞춤옷이 필요하듯, 모든 말들에는 자신만을 위한 옷이 필요했다. 그 옷을 어디서 구하냐고? 어디서 구하긴, 내가 만들어야 한다. 어떻게 만드는지 알 수 없지만…….

글은 상상과 달리 도무지 써지지 않았다. 흐흐흐흐 웃던 나는 으으으으 한숨을 쉬었다. 흑흑흑흑 울었다. 작가라면서 소설을 한 문장도 쓰지 못하고 있는 조작가가 참으로 이해됐다. 조작가님, 얼마나 외로우셨습니까. 그런데 왜 나를 이런 동굴로 이끈 건가요…… 앞으로 글을 안 쓰는 작가가 정상이고 글을 쓰는 작가가 비정상이라고 생각하겠습니다.

스스로를 쥐어짜는 기분이었다. 걸레를 쥐어짜듯이. 그런데 마른걸레다. 마른걸레에서 뭐라도 나오게끔 하려고, 나를 쥐어 짜낸다. 글이라는 동굴 속에서 혼자 몸과 마음이 꽈배기처럼 비틀리며 나는 한숨과 울음과 비명을 지르지만 또 어쩔 수 없이 짜내고 짜내며 짜내다 보면 아주 가끔,

똑.

한 방울이 떨어졌다. 한 문장이 써졌다.

그런데 이상한 일이었다. 그 문장은 내가 가지고 있던 말이 아니었다. 머릿속에 있던 생각도 아니었다. 원래부터 있던 무언가가 문장으로 써진 게 아니라, 나에게는 없던 새로운 것이 문장으로 써져 있었다. 문장으로 써지면서 새로운 것이 생겨났다. 내가 쓰지 않았으면 없었을 것이, 쓴 덕분에 생겨났다.

그런 문장을 하나라도 쓴 밤이면 어두컴컴한 산을 하염없이 바라보았다. 고독하고 쓸쓸했다. 어떤 동굴보다도 그랬다. 하지만 동시에 뭐라고 표현해야 할까,

그게 참 좋았다.

내가 글을 쓴다는 사실을, 그리고 몰래 입장문을 쓰고 있다는 사실을 아는 건 이 세상에 두 사람뿐이었다. 로빈과 조작가.

로빈은 내가 쓴 문장을 경이롭다는 얼굴로 들여다봤다. 그러면서 이 문장은 왜 이렇게 쓴 거냐고, 왜 이런 관형사와 조사를 사용했고, 왜 앞 문장이랑은 달리 주어와 서술어의 위치를 바꿨느냐고 물었다. 어리둥절한 표정으로. 그럼 나도 로빈 옆에 나란히 서서 마치 처음 보는 문장이라는 듯, 어리둥절한 표정으로 대답했다.

"그러게요. 왜 이렇게 썼을까요."

내가 쓴 글에서 나는 내가 모르던 나를 발견했다.

입장문을 쓰는 과정은 더디었다. 하지만 한 문장 한 문장 쓸수록 나의 영토가 넓어지는 기분이었다.

물론 글을 쓰는 순간에는 여전히 혼자 동굴 안에 있는 기분이었다. 주위는 여전히 캄캄한 어둠이다. 그래도 이제는 내 손에 횃불 하나가 들려 있다. 그 횃불이 나의 주위를 희미하게 밝힌다. 글을 쓰는 하루하루가 지날수록 조그맣던 횃불도 조금씩 커진다.

횃불이 커지며 밝아진다. 어둠이 한 걸음씩 뒤로 물러가고 그 자리로 내가 볼 수 있는 곳이 생겨난다. 내가 미처 몰랐던 풍경들이 보인다. 그러면 나는 느낀다. 내가 있는 동굴이 생각보다 훨씬 더 클지도 모른다는 것을. 나아가 이 세상엔 어둠에 가려져 있는, 내가 알지 못하는 비밀이 무수히 많을 거라는 것을.

그런데 그것은 글을 쓰는 것만이 아니었다. 글을 읽는 것도 그랬다.

사육사와 정숙 씨가 잠든 밤, 역시나 글을 쓰기 위해 컨테이너 뒷문으로 나가다 나는 공책 하나를 발견했다. 그건 바로 정숙 씨의 일기였다. 나도 모르게 그 일기장을 집어 들었다. 그리고 그래선 안 되지만, 그러고 말았다.

읽고 말았다. 그곳엔 여태껏 내가 알지 못했던 사육사와 정숙 씨, 그 둘의 사랑 이야기가 담겨 있었다. 나는 그 이야기를 찬찬히 읽기 시작했고, 그렇게 두 사람의 깊고 깊은 동굴 속으로 조심스럽게 걸음을 옮겼다.

13 사랑에 대하여

1978년 4월. 서울 창경원 동물원에는 벚꽃이 휘날렸다. 창경원 동물원은 한국 최초의 동물원으로 당시 진귀한 동물이었던 코끼리를 마스코트로 내세워 인기인 곳이었다. 토요일이었던 그날은 평소보다 많은 관광객들로 붐볐다. 그리고 그때 그곳에 젊은 시절의 사육사와 정숙 씨도 있었던 것이다.

하지만 두 사람은 서로를 몰랐다. 그럴 법한 게 그들은 각자 너무나 다른 인생을 살고 있었다.

정숙 씨는 독실한 기독교 가정에서 자란 외동딸이었다. 당시 명문 여대 졸업반의 엘리트였고 보수적인 집안 분위기에 따라 적당한 곳으로 시집 가 평생 현모양처로 살 운명이었다. 정숙 씨도 자신이 그렇게 살 거라고 믿어 의심치 않았고 말이다. 반면 젊은 시절의 사육사는 한마디로 개망나니였다. 당시 별명이 '타잔'인 걸 보면 말 다했다. 장발을 하고 다녔으며 궁금한 곳이면 어디든 기웃거렸다. 변변치 않은 직업도 없는 주제에 보통 사람들처럼 사회에 녹아들려 하지 않았다. 야인 그 자체였다. 그런 사육사와 정숙 씨 간에 접점이 있을 리 없었다.

그러나 갑자기 벌어진 한 사건이 두 사람의 인생 궤도를 뒤바꿔 버렸다. 만약 신이 있다면, 그날따라 너무 심심한 나머지 짓궂은 장난이라도 벌인 것처럼.

모든 건 한 아기 때문이었다.

아기와 함께 동물원을 찾은 어느 젊은 부부가 있었다. 그들은 프랑스 유학생 출신의 세련된 지식인들이었다. 동물을 가둬 놓고 구경하는 국민들을 미개하다고 흉보는, 첨단 사상을 갖춘 선진 시민이기도 했다. 그들은 동물 냄새에 코를 막고 걸으며 당시 다섯 번 연속 당선된 군인 출신 대통령에 관한 대화를 나누고 있었다.

대화 초반은 매우 근엄하고 점잖았다. 조국의 미래와 안위에 대한 우려를 표했고 곧 다가올 21세기 인류의 미래도 걱정했다. 그러다 어느 지점에서 정치적 견해 차이가 있었는지 대화가 점점 거칠어졌다. 목소리가 커지는가 싶더니 이윽고 아내가 남편의 머리통을 주먹으로 쿵 내리찍는 지경까지 이르렀다. 남편 품에 안겨 있던 아기는 깜짝 놀라 울음을 터트렸다. 하지만 아이를 달랠 여유는 없었다. 인류의 미래를 논하는데 일상의 대소사가 문제가 아니었다. 남편과 아내는 몸싸움을 했다. 아내는 주먹을 날렸고 남편은 날카로운 손톱으로 아내를 할퀴었다. 그 과정에서 아내의 예리한 펀치를 필사적으로 방어하던 남편이 그만 아기를 놓쳐 버리고 만 것이다.

아기가 아래로 떨어졌다. 하필이면 울타리 너머, 5미터 높이의 동물 우리 아래로.

아기는 중력 가속도를 받으며 속절없이 추락했다. 미처 여물지 않아 말랑말랑한 머리가 단단한 땅과 충돌하기 직전, 어느 두껍고 거친 손길이 아기를 낚아챘다. 다행히 아기는 추락을 면했다.

하지만 이를 지켜보던 관람객들은 경악했다. 하필이면 아기가 떨어진 곳이 로랜드고릴라의 우리였고, 아기를 낚아챈 것 또한 거대한 수컷 고릴라처럼 보였던 것이다. 고릴라는 육중한 프로레슬러도 반으로 접을 만큼 야만적이고 난폭해 보였다. 당장이라도 우람한 팔뚝으로 아기의 팔다리를 찢어 버릴 것 같았다.

그러나 관람객들은 알지 못했다. 아기를 낚아챈 고릴라는 수컷이 아니라 줄리아라는 이름의 암컷 고릴라였음을. 또한 며칠 전 인간에 의해 자신의 새끼와 강제로 헤어지는 바람에 폭력은커녕 손가락 하나 까딱할 힘도 없이 누워만 지냈음을.

줄리아라는 이름의 고릴라는 아기를 감싸 안았다. 한 손으로는 아기의 엉덩이를 다른 손으로는 아기의 머리와 목을 받쳤다. 누가 가르쳐 주지 않아도 물이 위에서 아래로 흐르듯 자연스러운 동작이었다. 그렇게 당시 생후 6개월의 인간 아기는 살아생전 처음 보는 낯선 유인원과 얼굴을 마주 보게 되었다.

그때, 이상한 일이 일어났다. 아기가 울음을 멈춘 것이다.

조금 전 지식인이자 선진 시민이었던 부모의 품에선 죽어라 울던 아기가 고릴라 줄리아의 품에선 울지 않았다. 대신 똘망똘망한 눈으로 줄리아를 올려다보았다. 줄리아도 아기를 내려다보았다. 물론 줄리아는 이 아기가 자신의 새끼가 아님을 모르지 않았다. 이 아기는 고릴라의 새끼도 아닌 철천지원수 인간종의 새끼였다. 하지만 그 순간 줄리아는 그 아기에게서 자신의 새끼를 보았다. 두 유인원은 평화롭게 서로를 바라보았다.

그러나 그런 순간은 오래가지 않았다.

울타리 너머 인간들의 고성이 들려왔다. 그들은 분노하고 있었다. 이 나쁜 짐승아 아기를 내놔! 조금 전까진 아기는 안중에도 없었던 지식인 부부도 똑같이 화를 냈다. 줄리아는 자신을 향한 적의가 어리둥절했다. 왜 나한테 화를 내는 거지?

이윽고 동물원 관리자들이 마취총을 들고 고릴라 우리 안으로 들어왔다. 그들은 줄리아를 에워쌌다.

줄리아는 그 마취총을 이미 본 적 있었다. 기억이 났다. 새끼를 빼앗아 갔을 때도 인간들은 저 총을 겨눴다. 저 총을 쐈다. 어리둥절하던 줄리아의 표정이 서서히 굳어졌다. 그리고 마음속에서 하나의 목소리가 서서히 고개를 들었다.

부당하다. 이건 부당한 일이다.

그 순간 폭! 줄리아의 어깨에 마취총이 박혔다.

동시에 아기가 울음을 터트렸다.

첨부된 당시 신문 기사에 따르면 그때 터진 아기의 울음은 20세기 이후 태어난 그 어떤 아기의 울음소리보다도 컸다고 한다. 증거는 없지만 분명 그럴 거라고 한다. 해당 기사를 쓴 한국일보 사회부 소속의 손영하 기자는 이후 상황을 그림을 그리듯 자세하게 묘사한다. 다시 그 상황 속으로 들어가 보자.

줄리아의 품에서 터져 나온 아기의 울음이 동물원에 퍼져 나갔다. 사람들은 하나같이 귀를 막았다. 허나 사람들과 달리 동물들은 그 울음에 귀를 기울였다. 그리고 화답했다. 줄리아의 동료 고릴라들이 함께 목을 놓아 울었다. 뒤이어 다른 동물들도 하나둘 움직이기 시작했다.

먼저 반응한 건 창경원의 마스코트인 코끼리였다. 삼성 물산이란 기업이 기증하며 '태순이'라는 이름을 붙였지만, 사실 그것이 진짜 이름은 아니었다. 치앙마이가 고향인 그 코끼리의 진짜 이름은 풍 말리였다. 풍 말리는 상냥한 코끼리 키퍼와 함께 고향에서 자유롭게 뛰놀던 시절을 기억해 냈고, 그 기억은 곧 분노로 번졌다. 풍 말리는 자신을 묶던 쇠사슬을 끊었다. 그리고 울타리를 부쉈다. 뒤이어 베트남 전쟁 당시 파병 군인으로부터 잡혀 온 비단뱀이, 부모의 얼굴도 모른 채 근친교배로 태어나 한쪽 팔이 기형이던 반달곰이, 자신의 운명을 빼앗긴 모든 동물들이 움직이기 시작했다.

동물들의 폭동이었다. 그들이 울타리를 부수며 우리 바깥으로 뛰쳐나온 것이다.

사실상 그들에게는 울고 싶은 놈 뺨 때린 것이나 마찬가지였다. 안 그래도 동물원의 시스템에 단단히 불만이었던 터다. 우선 고용주인 동물원 임원진의 횡포는 말도 못 했다. 그들은 비용 절감을 위해 병이 걸려도 치료해 주지 않고 관람객들 앞에서 쇼를 하게 시켰다. 한데 그런 임원진들보다 더 미운 건 사육사들이었다. 사육사들도 따지고 보면 동물들과 같은 노동자 신분 아닌가. 하지만 임원진의 수족이 되어 임원진보다 더 악독하게 동물들을 몰아붙였다. 한 악어는 이빨이 다 썩어 잇몸이 허물어진 아가리로 이렇게 중얼거릴 정도였다. 제길, 지주보다 마름이 더 밉다더니.

이제 동물들은 더는 참지 않기로 했다. 그들에겐 인간과 같은 정치 구호도 그럴듯한 선언 문구도 없었지만, 마치 약속이라도 한 듯 함께 울타리 밖으로 뛰쳐나갔다. 말하자면 그건 인간을 향한 동물들의 투쟁이었다. 계급 운동이었다.

줄리아는 마취총에 맞아 흐려지는 의식을 간신히 붙잡았다. 그리고 다른 동물들과 함께 우리를 뛰쳐나왔다. 한 손으로 아기를 꼭 안은 상태였다. 줄리아는 아이스크림 가게 앞에서 주위를 두리번거리며 갈 곳을 찾았다. 어디로 가야 할까. 어디로 가야 벗어날 수 있을까. 그때 관리자 중 하나가 줄리아를 잡으려 몸을 날렸다. 몸이 부딪힌 줄리아는 뒤로 밀리며 그만 아기를 놓치게 되었다. 아기는 공중에 붕 떴다. 그러다 다행히 한 관람객의 품에 척 안착했다. 하지만 그 관람객은 화들짝 놀라며 아기를 던졌다. 아기는 다시 공중으로 떠올랐다. 또 누군가가 아기를 잡았지만 그도 아기를 던져버렸다.

아기는 이 사람 손에서 저 사람 손으로 옮겨갔다. 다들 폭탄 던지기 하듯 아기를 던졌다. 누구도 책임지려 하지 않았다. 통통 튀기는 공처럼 아기는 공중으로 튀어 올랐다. 종횡무진 동물원을 떠돌아다녔다. 그 뒤를 줄리아가 쫓았다. 줄리아는 눈물을 흘리며 불렀다. 아가야, 우리 아가야.

동물원은 울타리를 탈출한 동물들로 난장판이었다. 사람들은 겁에 질려 도망치며 이리 뛰고 저리 뛰다가 서로 부딪히고 밟고 때렸다. 난리도 그런 난리가 없었다. 경찰이 동물원에

출동했지만 그들은 사람들 상대하는 법만 배웠지 동물은 어떻게 잡아야 하는지, 수갑은 양손 양발 둘 다 채워야 하는지 아니 대체 어디가 손이고 어디가 발인지 더욱이 손도 발도 없는 뱀은 어떻게 해야 할지 몰라 울상이었다.

이대로 가면 이 폭동의 물결은 전국으로, 나아가 전 세계로 퍼져나갈 듯했다. 그렇게 동물들이 연대를 이룬다면 인간들이 생태계 피라미드의 꼭대기를 차지하던 시절도 막을 내릴지도 몰랐다. 일종의 대혁명이었다.

이같은 드라마틱한 순간을 그려 낸 당시 한국일보 손영하 기자는 유신 시대를 살아가는 사회부 기자임에도 정치 뉴스가 아닌 사자의 출산 소식을 써야 하는 현실에 개탄하던 중이었다. 그런데 이날 '창경원 봉기'를 목격하고 크게 감명받은 것이었다. 그는 해당 기사에 다음과 같은 벅찬 문장을 썼다.

'이 현장은 어쩌면 이 사회를 살아가는 우리의 미래 모습을 얼핏 보여 준 것일 수도 있는…… 우리의 정치 현실이 배태하고 있는 모순의 씨앗을 선취하여 도발적으로 발아시킨 창경원의 동물들에 무한한 경의를……'

그럼에도 불구하고 이 사건은 대중에게도 지식인에게도 흥밋거리 이상의 사건이 되지 못했다. 이후 손영하 기자는 대통령이 암살당한 이후 기자를 그만두고 소설가가 되었는데, 훗날 조작가가 매우 존경하는 소설가로 성장했다고 한다.

그런데 손영하 기자의 기사에도 기록되지 못한 부분이 있다. 어떻게 이 소동이 마무리되었는지, 이야기의 결말이 빠져 있는 것이다.

모든 이야기에서 가장 중요한 건 결말이다. 조작가는 내게 말한 적 있다. 결말이 어떠냐에 따라 그 이야기가 어떤 이야기인지 결정된다고. 예를 들어 동굴에서 태어난 원시 인류가 동굴 밖에서 문명을 개척하며 진보하는 내용의 이야기가 있다고 하자. 하지만 정작 결말이 동굴 안으로 되돌아가는 것이라면, 그 이야기는 진보에 대한 이야기가 아닌 것이다.

그렇담 이날의 사건도 결말을 봐야 한다. 아기가 공중으로 던져지던 그 순간 속으로 다시 들어가 보자.

아기를 서로에게 떠넘기던 인파도 흩어져 듬성듬성해질 무렵이었다. 이제 정말 아기가 딱딱한 아스팔트 바닥으로 떨어지려 할 때였다.

그때, 가까스로 아기를 안아 든 이가 있었다. 머리를 길게 기른 장발의 청년. 망나니 타잔. 그렇다. 젊은 시절의 사육사였다.

사육사는 당황했지만 먼저 아기의 상태부터 살폈다. 아기는 놀라긴 했으나 크게 다친 곳은 없어 보였다. 사육사가 안도의 한숨을 내쉬고 고개를 들다가 멈칫했다. 공포에 온몸이 굳었다. 전방 10미터 앞에 줄리아가 자신을 노려보며 서 있는 것이었다.

사육사는 표현 그대로 오줌을 지릴 것 같았다. 다리가 후들거렸다. 퉁퉁 부은 줄리아의 두 눈이 이글이글 불타는 중이었다. 분노로 가득 차 있었다. 이번엔 정말로 누가 되든지 간에 팔다리를 찢어 버릴 기세였다. 게다가 줄리아 뒤로 다른 동물 동지들도 있었다. 그런데 어째서일까. 줄리아와 동물들은 노려볼 뿐 더 다가오지 않았다.

사육사는 문득 뒤를 돌아보았다. 무장한 군인 한 분대가 보였다. 그들은 M16 소총을 겨눈 채 앉아 쏴 서서 쏴 엎드려 쏴 자세를 취하고 있었다. 저 앞 동물들을 겨누고 있는 것이었다. 사육사는 앞뒤를 두리번거리다 이내 무슨 상황인지 깨달았다. 분노한 동물들과 M16을 쥔 군인들, 그 사이에 자신이 껴 버린 형국이던 것이다.

사육사의 등 뒤에서 분대장이 외치는 목소리가 들렸다. 괜찮습니다, 이쪽으로 오십쇼! 전방에선 줄리아가 붉은 눈으로 눈물을 흘리며 노려보고 있었다. 두 쪽 모두 여차하면 공격할 태세였다. 모두가 사육사를 주시하고 있었다. 사육사는 고민했다. 동물들이 빠를까 군인이 빠를까. 암만해도 총알보다 빠른 건 없겠지. 그러다 자신이 안고 있는 아기를 다시 들여다보았다.

살다 보면 문득 주위를 둘러보았을 때 한 번도 원치 않았던 위치에 자신이 서 있는 것을 발견할 때가 있다. 그때의 사육사가 그랬다. 어떤 것은 우리의 의지와는 별개로, 그냥 우리에게 주어지기도 하는 법이다.

사육사는 아기에게서 고개를 들었다.

쓰윽. 항복하듯 한쪽 팔을 위로 들어 올렸다. 그리고 천천히 발을 옮겼다.

뚜벅뚜벅. 그의 느린 전진을 모두가 숨죽인 채 바라보았다. 아무도 소리 내거나 움직이지 않았다. 군인들도 동물들도 그럴 엄두를 내지 못했다. 아마 그 순간은 이런 일을 벌인 신조차도 긴장해 집중해 있었을 것이다. 사육사는 걸어갔다. 그가 향하는 곳은 군인들 쪽이 아니었다. 다름 아닌 동물들 쪽, 즉 줄리아가 있는 곳이었다.

군인들은 검지를 방아쇠 위에 밀착했다. 동물들이 조금이라도 움직이면 발포할 기세였다. 하지만 사육사가 가까이 다가올 때까지도 줄리아나 다른 동물들은 꼼짝하지 않았다. 그렇게 사육사는 줄리아 바로 앞에 마주 보고 섰다.

사육사는 아기를 들어 올렸다. 조심스레 줄리아에게 넘겨주었다. 줄리아도 조심스레 아기를 받아 들었다. 그리곤 수많은 총구가 자신을 향해 있다는 것도 잊은 채 아기의 얼굴만 보았다.

이내 줄리아는 따스한 품에 아기를 안았다. 꼭 안았다. 안은 채 소리 없이 울었다. 모든 동물들이 그 광경을 지켜보았다.

군인들의 총구가 쓱 내려갔다. 앉아 쏴 서서 쏴 엎드려 쏴 자세를 취했던 군인들이 소년처럼 소매로 눈가를 닦았다. 어느새 동물원은 고요해져 있었다. 폭동을 끝낸 건 분노도 총구도 아니었다.

마취총을 맞고도 계속 참았던 줄리아는 그제야 잠이 들었다. 긴장해 있던 사육사는 마지막으로 '몰랐지? 내 별명은 타잔이라고' 같은 이상한 말이나 중얼거리더니 곧 기절했다. 사건은 그렇게 마무리됐다.

이상한 결말이긴 하다. 이 결말이 지금까지 남아 있을 수 있는 이유는 물론 정숙 씨 덕분이다. 다시 말해 그 현장에, 동물들과 군인들 사이에서 사육사가 결단을 내렸던 그 순간에 정숙 씨도 있었던 것이다. 정숙 씨는 기절한 사육사에게 다가갔다. 생전 처음 보는 남자였다. 하지만 줄리아가 아기를 안았던 것처럼, 정숙 씨도 사육사를 안았다.

살다 보면 문득 주위를 둘러보았을 때 한 번도 원치 않았던 위치에 자신이 서 있는 것을 발견할 때가 있다. 그때의 정숙 씨가 그랬다. 어떤 것은 우리의 의지와는 별개로, 그냥 우리에게 주어지기도 하는 법이다. 그리고 정숙 씨는 그것을 사랑이라고 생각했다. 사랑이라고 느꼈고, 더 정확히 말하면, 사랑이라고 썼다.

정숙 씨는 다음과 같은 문장으로 이 이야기의 진짜 결말을 냈다.

'그리하여 나는 그 남자를 사랑하게 되었다.'

*

사랑은 어떻게 탄생하는 걸까.

원래부터 마음속에 가지고 있던 씨앗을 뚫고 툭, 발아하는 것일까. 아니면 애초에 씨앗조차 없는 무의 상태에서 마법처럼 뿅, 생겨나는 것일까. 툭일까 뿅일까.

툭이든 뿅이든 그 도화선은 무엇일까. 말도 안 되는 사건이 필요할지도 모른다. 이를테면 한 남자가 공중에서 떨어진 아기를 암컷 고릴라에게 건네는 일 같은 것. 그리고 그날 밤 그 일을 기록하며 '사랑'이라는 단어를 일기장에 꾹꾹 눌러쓰는 일 같은 것.

다 말도 안 되는 사건이다.

정숙 씨의 일기를 읽기 시작한 뒤로 세상 사람들이 조금 다르게 보였다.

제인, 타이슨과 함께 현장 학습을 나가서 보게 되는 사람들이 나는 더 궁금해졌다. 그들의 삶에 관해 더 알고 싶었다. 하지만 나는 여전히 그날그날의 미션, 이를테면 시장에서 장보기나 병원에서 진료 예약하기 등 정해진 상황에 따른 접촉만 허용됐다. 나는 사람들에게 더 다가가고 싶었다. 이젠 그럴 수 있을 것 같았다. 현장 학습 덕에 사람들 사는 사회가 어느 정도 익숙해졌다고 자신했다.

내가 이런 말을 하자 제인은 알 수 없다는 표정으로 되물었다.

"왜죠? 왜 그러고 싶다는 거죠?"

아뿔싸, 나는 또 '왜' 지옥에 갇히고 말았다. 제인은 혹시 따로 원하는 게 있냐고 물었다. 만일 먹고 싶은 거나 입고 싶은 것, 가고 싶은 장소, 혹은 하고 싶은 일이 있으면 자신한테 말하라고 했다. 그는 내가 무언가를 얻기 위해 사람들에게 다가가려 한다고 생각하는 듯했다.

"그게 아니에요."

"그게 아니면 왜 그러죠? 지금 생활에 부족함이 없는데 그럴 이유가 없지 않나요? 사람들이 당신에게 왜 필요한데요?"

나는 잠시 고민했다. 그리고 꾸밈없이 말했다.

"저도 박사님처럼 알고 싶은 거예요."

"저처럼요? 뭘요?"

"사람들 얼굴이요."

"네? 무슨 소립니까?"

"박사님이 제 얼굴을 연구하듯 저도 사람들의 진짜 얼굴을 더 알고 싶어요. 평소에는 얼굴에 다 드러내지 않는 거 같아서요. 그래서 진짜 슬프거나 기쁠 땐 어떤지, 좀 더 보고 싶어요. 알고 싶어요. 예를 들면 사랑을 할 때 사람들은 어떤 표정을 지을지 말이에요.”

제인은 말없이 나를 바라봤다. 살짝 벌린 입을 다물지 못한 채. 어찌할 바를 모른다는 느낌이었다. 곧 고개를 돌린 제인은 그날 헤어질 때까지 내 눈을 마주치지 않았다.

제인의 얼굴은 내가 아는 그 어떤 사람보다도 투명했다. 속마음이 잘 읽혔다. 그리고 그날 제인이 지었던 표정에서도 그랬다. 나는 그가 어떤 감정을 느끼는지 알 수 있었다.

제인은 후회하고 있었다. 자신이 한 어떤 일에 대해서. 그 일은 어쩌면 나를 세상 밖으로 이끈 일일지도 몰랐다. 나로 하여금 몰랐으면 좋을 것을 알게 했다고.

그런데 정숙 씨의 일기를 계속 읽어 나가며 나도 서서히 비슷한 감정을 느꼈다. 일기에 기록된 건 어쩌면 내가 몰랐으면 좋았을 이야기라는 생각이 들었다. 정숙 씨와 사육사의 사랑 이야기는 꿈 같던 첫 만남에서 끝이 아니었다. 로빈과 내가 미술실에서 보던 드라마처럼, 행복한 순간은 찰나에 지나가고 아무리 바라도 인생은 거기서 끝이 나지 않았다. 계속 이어졌고, 이어지면서 사랑의 대가를 치러야 했던 것이다.

연인이 된 정숙 씨와 사육사는 데이트할 때 창경원 동물원을 자주 갔다. 그런데 첫 데이트 때 정숙 씨는 경악할 수밖에 없었다. 사육사가 우리 속 동물들과 진지하게 대화를 나누는 것이었다. 장난식으로 말을 던지는 게 아니라 진짜 말이 통한다는 것처럼. 주변에 있던 사람들이 사육사를 힐긋거렸다. 정숙 씨는 너무 부끄러워 얼굴이 빨개졌다. 속으로 생각했다. 미친 분이신가? 하지만 장발의 사육사는 뻔뻔하게 말했다.

"동물과 나는 친구예요, 왜냐하면 나는 타잔이거든요."

그러더니 제안했다.

"정숙 씨도 한 번 말 걸어 보세요. 자, 따라 해 보세요, 안녕?"

얼굴이 붉어진 정숙 씨는 고개를 황급히 저었다. 미친 분이시군! 그리고 얼마 후 정숙 씨도 동물들에게 말을 걸고 있었다. 안녕?

둘은 창경원 동물원을 산책하며 동물들과 이야기를 나눴다. 악어에게 썩은 이빨은 좀 어떤지 안부를 묻고, 코끼리 풍말리에게 신문에서 본 태국 소식도 전했다. 기운을 차린 줄리아와는 농담을 던지며 함께 웃는 사이가 됐다. 그때 그 아기는 다른 부모에게 입양되었다는 얘기가 들려 왔다. 셋은 아기의 행복을 위해 기도했다.

예전의 정숙 씨는 입을 꾹 다물고 사는 여자였다. 밖으로 표현하기보다는 안으로 감내하는 쪽을 택하는 유형이었고, 살아가는 것은 곧 버티는 것과 동의어라고 여겼다. 이십 대였지만 자신의 인생은 이미 다 정해진 거라고 믿었다. 행복하다고 할 순 없지만 딱히 다르게 살 생각은 안 해봤다. 그게 정숙 씨가 사는 세상의 전부였으니까.

그런데 사육사를 만나며 또 다른 세상이 있다는 걸 알게 됐다. 정숙 씨는 예전보다 더 잘 웃고 말을 많이 했으며 무엇보다 행복해했다. 그리고 비록 말도 안 되는 것일지라도 자신이 행복하면 그것이 진실이라고 믿기 시작했다. 진실이라고 믿으면 그게 말이 되든 말든 상관없다고 생각하기 시작했다. 그건 마치 새로운 우주를 만난 것과도 같았다. 그 우주의 입구 앞에서 사육사가 손을 내밀었고 정숙 씨는 그 손을 잡았다.

이윽고 정숙 씨는 깨달았다. 자신의 인생은 이미 다 정해진 게 아님을. 자신은 앞으로 무엇이든 될 수 있는 존재임을. 그렇게 정숙 씨가 달라졌다. 사랑의 힘이었다.

그런 나날이 이어졌다면 정숙 씨와 사육사는 서로 아주 닮은 사람이 되었을 것이다. 비슷한 미소를 지으며 늙어 갔을 것이다. 그러나 두 사람의 연애가 무르익어 결혼 얘기가 오고 갈 무렵 한 사실을 알게 됐다. 처음엔 건망증인 줄 알았지만, 어느 날 사육사의 이름조차 기억하지 못하는 일이 있자 병원을 찾았다.

검사 결과 정숙 씨의 머릿속에 어떤 씨앗이 있다고 했다. 그건 아주 오랜 시간에 걸쳐 천천히, 하지만 꾸준하게 나빠질 병의 씨앗이었다.

병의 존재를 알자 정숙 씨의 부모는 결혼을 무르자고 했다. 한때는 사육사 같은 놈팡이에게 우리 딸을 줄 수 없다고 반대했던 그 보수적인 기독교 집안의 어른들이 이젠 반대로 이런 딸이라 미안하다며 사육사에게 사과했다. 하지만 사육사는 사과는 안 받겠다며, 다음과 같이 말했다.

"어머님, 아버님. 삼손 아시죠? 구약 사사기에 나오는. 저처럼 장발의 삼손이요. 나귀 턱뼈로 천 명을 도살하는 괴력의 소유자죠. 그런데 그 삼손이 다른 민족의 여인과 결혼하려 했답니다. 그러니까 삼손의 아버지가 그러데요. 어찌 여자가 없어서 이방인의 여인과 결혼하냐고. 거기에다 대고 삼손은 구구절절 말 안 해요. 딱 한마디 하는데, 뭐라고 했는 줄 알아요?"

사육사는 정숙 씨의 부모를 향해 깊이 절하며 말했다.

"내가 그 여자를 사랑하오니, 나를 위해 그 여자와 결혼하게 하소서."

사랑하는 여인을 위해 괴력의 원천인 장발을 잘랐던 삼손. 그처럼 사육사도 결혼식 날 장발을 자르고 멀끔한 모습으로 나타났다. 그리고 결혼 생활이 이어지며 사육사는 서서히 변해 갔다.

그 변화가 옳은 것인지는 알 수 없다. 다만 사육사는 정숙 씨를 위해 그게 최선이라고 판단한 모양이었다. 민들레 씨같이 후 불면 날아갈 듯 가볍던 그가 결혼 이후 점점 무거운 사람이 되어 갔다. 왜냐하면 병의 씨앗이 발아하며 정숙 씨가 민들레 씨 같은 사람이 되어 가고 있기에, 그래서 누군가의 돌봄이 필요한 사람이 되어 가고 있기에. 한때 돌봄을 필요로 하는 사람이었던 사육사는 이제 누군가를 돌봐 주는 사람이 되어야 했다.

연극배우를 꿈꾸던 사육사는 이전의 삶을 모두 버리고 착실히 일을 시작했다. 농산물 도매센터에서 간신히 자리를 하나 얻어 고추를 팔았다. 그는 새벽 2시에 일어나 시장으로 나갔다가 저녁 6시에 퇴근했다. 매운 고추 곁에 항상 있다 보니 몸 전체가 후끈거렸다. 정숙 씨는 호르몬 이상으로 사육사가 집에 올 시간이면 이미 잠들어 있었다. 사육사는 정숙 씨가 잘 잘 수 있도록 상도 차리지 않고 부엌에 선 채로 저녁을 먹었다. 정숙 씨가 할 수 있던 유일한 요리인 된장찌개에다 밥을 만 채였다. 소리 하나 안 내고 조용히 밥 먹는 습관도 생겼다. 하지만 그는 단 한 번도 입 밖으로 불만을 내거나 힘든 내색을 비치지 않았다. 아들을 하나 낳았지만 사정이 어려워 친척집에서 키우다시피 했다. 중년의 나이가 지나자 장사 일도 벅찼다.

어느새 사육사는 말이 없는 인간이 되어 있었다. 밖으로 표현하기보다는 안으로 감내하는 쪽을 택했고, 살아가는 것은 곧 버티는 것과 동의어라고 여겼다. 더 이상 민들레 씨 같은 인간이 아니었다. 그는 그 어떤 태풍이 불어도 날아가지 않을 작정이었다. 썩은 고목이 될지언정 땅속에 단단히 뿌리 박기로 했다. 어디에도 가지 않을 것이었다. 정숙 씨를 두고서는 그 어디에도.

그렇게 사육사는 그를 만나기 전의 정숙 씨를 닮게 됐다. 반면 그와 반대로 정숙 씨는 옛날의 사육사가 되어 있었다.

사랑은 두 사람을 한 자리에서 살게 해 주지 않았다. 그저 서로 반대편에 앉아 있던 두 사람을 오랜 시간에 걸쳐 상대방의 자리로 옮겨 가게 했다. 엇갈리게 했다.

이후 장사를 그만둔 사육사는 뒤늦게 직업훈련을 받던 중 경기도 외곽의 한 동물원을 알게 되었다. '정글북 파크 동물원'. 신문 구인 공고에 뜬 그 동물원의 이름을 사육사는 오래도록 바라보았다. 정글북이라는 이름에서 그간 먹고 사느라 잊고 있던 자신의 옛 별명이 떠오른 것이었다. 그는 희망을 가졌다. 이곳에 가면, 어쩌면 자기가 타잔이던 그 시절처럼 정숙 씨의 머리가 맑아질지도 모른다고.

정숙 씨도 일기에 희망을 쓰고 있었다. 우리는 언젠간 행복해질 거라고. 그래서 우리의 이야기는 해피엔딩으로 끝날 거라고.

하지만 나는 나머지 일기는 읽지 못하고 그만 덮어 버렸다. 그들 이야기의 결말을 이미 알고 있다고 생각했기 때문이다.

나는 알 수 있다. 해피엔딩은 아닌 것 같다. 왜냐하면 내가 바로 지금 그 결말을 보고 있으니까.

*

사랑하는 여자를 위해 머리를 자른 삼손은 그 탓에 힘을 잃어 두 눈을 뽑힌다. 사랑이 그렇게 만들었다. 사랑이 삼손을, 또 사육사를 그렇게 만들었다. 로빈도 마찬가지다. 혀를 뽑힌 거나 마찬가지로 말을 더듬으면서도 제인을 향한 사랑을 놓지 못하고 있다.

하나같이 비극이다.

나는 조작가에게 인간의 사랑에 대한 이야기를 들려 달라고 했다. 조작가는 위대한 소설 속 사랑 이야기들을 내게 들려주었다. 그런데 듣자 하니 결국은 다 똑같았다. 1000년 전이든 100년 전이든 10년 전이든 소설 속 사랑 이야기는 다 똑같았던 것이다. 사랑을 하는 이들은 불에 뛰어드는 불나방처럼 사랑에 몸을 던진다. 그 결과 삶에서 소중한 무언가를 잃게 된다.

모두 그랬다.

나는 조작가에게 물었다.

"왜 옛날 소설이나 요즘 소설이나 발전이 없죠?"

조작가는 대답했다.

"사랑은 발전하는 게 아니니까. 흐흐흐흐."

이상했다. 내가 보기에 인간은 자신들이 항상 진보한다고 믿는 종이었다. 현재의 자신들이 1000년, 100년 전, 그리고 10년 전의 인간들보다 더 낫다고, 더 성장했다고 믿었다. 모든 분야에서 그랬다. 그러나 유독 사랑만은 아닌 것 같았다. 사랑에서만은 그들은 똑같은 실수를 반복했다. 똑같이 실패하여 똑같이 아파했다. 결국 똑같이 소중한 무언가를 잃었다. 그것은 학습되지 않았다.

"달라지는 것도 없는데 이런 소설들은 왜 필요한 거죠? 또 왜 읽는 거예요?"

나는 흡사 제인인 마냥 계속 '왜'의 꼬리를 물어 댔다.

"음…… 어…… 그야……." 조작가는 미간을 찌푸리며 대답했다.

"……원래 소설이 그런 거니까."

그건 할 말 없을 때면 꺼내는 조작가의 무적의 논리였다.

한 번은 조작가에게 왜 그렇게 전 세계를 여행 하냐고 물은 적이 있다.

조작가는 아까워서 그렇다고 했다. 세상엔 아직 하지 못한 경험과 알지 못하는 이야기가 가득할 텐데, 그런 걸 모르고 있다는 게 아깝다고. 조바심도 난다고. 그래서 이것저것 다 경험해 보고 싶다고. 다 알고 싶다고.

그 말을 가만히 듣던 나는 아무 생각 없이 다시 물었다.

"그럼 그걸 다 경험해 보고, 다 안 다음에, 그때 가서야 글을 쓰시려고요?"

말하자마자 아차 싶었다. 어쩐지 실수했다는 느낌이 들었던 것이다. 나는 이제 조작가가 바가지 머리를 긁으며 매섭게 역정 낼 거라고 생각했다.

그런데 예상과 달리 조작가는 침묵을 지켰다. 그리고 적적해진 얼굴로 돌아섰다. 음…… 혹시 내가 제인을 닮아 가나? 상처 주는 말을 한 것 같아 후회됐다.

나중에 알게 됐는데 조작가에도 사랑하는 사람이 있었다고 한다. 30년 전이었다. 조작가에게 그런 사람은 처음이자 마지막이었다.

둘은 세계 여행 중에 만났다. 조작가는 상대가 자신과 비슷하게 방랑벽이 있다는 점에서 끌렸다. 예전엔 혼자서 이리저리 떠돌던 두 사람은 곧 함께 떠돌기 시작했다. 처음엔 둘 다 가벼웠다. 서로 딱히 연인 관계라고 정해 두지 않은 채, 그저 흘러가는 대로 만나다가 곧 헤어질 사람들처럼 굴었다.

그런데 그러는 사이 사랑이 커졌다. 조작가도 그렇고 상대도 그렇고 이 관계가 단순히 흘러갈 것이 아님을 깨달았다. 흘러가지 않고 거대한 호수처럼 고여 깊어질 것임을 직감했다.

조작가는 더 이상 떠도는 삶을 살지 않아도 될 것 같단 느낌을 받았다. 아니, 그 사람과 함께라면 어디를 떠돌든 떠도는 것이 아닐 것 같단 느낌을 받았다. 그런 느낌이 벅차면서도 한편으론 두려웠다. 그들의 관계는 이윽고 선택의 기로에 섰다.

상대는 말했다. 나는 당신과 평생 함께하고 싶다고. 당신만 괜찮다면, 나는 당신이 죽을 때까지 곁에 있어 주고 싶다고. 늙고 병든 당신을 보살피며 마지막 눈을 감겨 주고 싶다고. 가족도 친구도 없이 바람처럼 살아왔다는 상대가, 많은 걸 감수하고 자신과 함께하겠다고 했다.

그는 당신도 그걸 원한다면 몇 월 며칠 약속 장소로 와 달라고 했다. 그래서 새로운 삶을 꾸려 보자고 했다. 그런데 만약 확신이 들지 않으면 오지 말라고 했다. 오지 말고, 당신이 살던 대로 자유롭게 살라고 했다. 그래도 자신은 실망하지 않을 거라고. 매년 그 날짜가 되면 그 장소에서 기다릴 테니까, 시간이 얼마나 지나든 확신이 생기면 그날 그곳으로 오라고. 그는 마치 조작가가 약속 장소에 오지 않을 걸 이미 아는 것처럼 굴었다. 그러면서도 평생 매년 약속한 날에 약속한 장소에서 조작가를 기다릴 것처럼 굴었다.

조작가는 당연히 함께하고 싶다고 말했다. 내가 약속 장소에 안 올 리는 없다고, 뭐 그런 말을 하느냐고 했다. 갑작스럽긴 하지만 조작가는 그가 운명의 짝이 분명하다고 믿게 되었다. 소설을 쓰고 싶다는 생각을 한 것도 그 때문이었다. 어딘가에 정착해서 함께 살아도 되니까, 그에게 들려줄 이야기를 소설로 써 보고 싶었다. 소설을 쓴다면 굳이 그의 곁을 떠나지 않아도 평생 여행하는 기분일 것 같았다.

두 사람은 잠시 떨어져 지냈고, 그사이 만나기로 약속한 날이 가까워져 왔다. 그러는 동안 조작가는 자신이 그 사람을 사랑한단 사실을 더 깊이 느꼈다. 하지만 동시에 실망할까 봐 무서워졌다. 그런데 무엇에게 실망할까 봐? 자신이 그 사람에게? 아님 그 사람이 자신에게? 그것도 아니면 자신들의 인생에게? 그게 무엇인지 모르면서도 조작가는 무서웠다. 자신이 나이가 들어 늙어 갈 미래가 끔찍한 모습으로 상상됐다. 할 수만 있으면 그 미래를 유예시키고 싶었다. 끝이 두려워 시작을 할 수 없었다. 어느 일기장에 적힐 둘의 새로운 시작이 두려웠다. 그를 사랑하는 건 분명했다. 그러나, 아니, 그래서…….

약속한 날이 왔다. 조작가는 약속 장소로 가지 않았고 연락을 끊었다. 다신 그와 만나지 않았다.

그로부터 30년이 지났지만 시간은 흐르지 않은 것이나 다름없다. 조작가는 미래를 그때 그곳에 두고 왔으니까.

그리고 소설은 쓰이지 않았다.

조작가는 그때 왜 약속 장소로 가지 않았을까. 어쩌면 조작가 본인도 그 이유를 모를 수 있을 것 같다.

입장문을 쓰던 나도 자주 '내가 이걸 왜 쓰고 있지'라는 의문에 빠졌다. 처음엔 단순히 내가 바라는 것을 글로 쓰려던 거였는데, 쓰면 쓸수록 내가 바라는 그것이 뭔지 흐려졌다. 나아가 내가 바라는 것뿐만 아니라 내가 해야 하는 일이 무엇인지도 고민하게 됐다. 내가 사육사, 정숙 씨와 사는 게 맞는 걸까. 나는 갈수록 알 수 없어졌다.

그래서인지 늦은 밤 컨테이너 뒤쪽에서 입장문을 써 보려다 문득 펜을 놓고 다른 생각에 잠길 때가 있다. 그럴 때면 가끔 정숙 씨의 일기 속 몇몇 장면들이 떠오른다.

공중으로 붕 뜬 아기. 동물들의 폭동. 장발의 사육사와 줄리아의 눈물. 이 모든 걸 지켜보고 있던 정숙 씨. 그리고 총구도 막지 못한 폭동을 멈추게 한, 그 무엇에 대하여.

그러고 보니 그 아기는 이후에 어떻게 됐을까? 어떤 인간으로 자랐을까?

나는 혹시 누군가의 글에 써 있을지 모를 그 아기에 관한 이야기가 괜히 궁금해지는 것이었다.

14 무리에 대하여

생각이 많으면 뒤처지는 모양이다.

내가 입장문을 다 완성하기까지 세상은 기다려 주지 않았다. 여름 햇볕이 유난히 따갑던 날, 호모 어쩌구 위원회의 총회가 열렸다. 이곳 폐교로 처음 보는 양복 입은 남자들이 왔고 회의실의 기다란 책상에 그 남자들과 위원장, 그리고 부위원장이 모여 앉았다.

총회의 목적은 하나였다. 앞으로의 내 운명을 결정하는 것.

다시 말해 총회에 모인 이들끼리의 회의를 통해 내가 앞으로 어떤 생애를 살지 정해진다는 뜻이었다. 그들은 각자 자기가 속한 집단의 입장을 얘기하기 시작했다. 심장이 두근거리면서도 현실감이 없었다. 나도 거기 있었다. 책상의 맨 끝 상석 자리에, 나도 앉아 있었던 것이다.

하지만 앉혀 둘 뿐이었다. 깃발이나 문양 같은 일종의 상징처럼. 상징은 말이 없는 법이다. 내게도 발언권 따윈 없었다. 아무도 나에게 말 걸지 않았다. 그들은 내가 거기 그 자리에 있다는 것조차 의식하지 않았다. 소와 돼지를 앞에 두고 품질이 좋은 녀석들이니 어떻게 요리하겠다고 떠드는 사람들같이 말이다. 나는 소와 돼지가 그렇듯 내 운명을 두고 이러쿵저러쿵 떠드는 그들을 멍하니 관전할 수밖에 없었다.

그 혼탁한 와중에 두부처럼 맑은 목소리가 들려왔다.

"저 생물의 생애를 마음대로 뒤흔들려 하지 마세요."

제인이었다. 제인이 멍청한 남자들을 향해 말했다.

"지금처럼 살게 해야 해요. 왜냐하면 저 생물은 여기서 많은 걸 경험하고, 느끼고, 그래서 배우고 있기 때문이에요. 즉 저 생물에게는 지금의 생활이 가장 알맞다는 거예요. 저는 저 생물의 이름을 한번 붙여 봤습니다. 아직 확정은 아니지만요. 제가 지은 이름은 '호모 로간스(Homo Rogans)', '질문하는 인간'이라는 뜻입니다."

처음이었다. 누군가가 '호모……' 이후의 내 이름을 저렇게 정확히 지어 준 건.

호모 로간스. 질문하는 인간. 나는 그 이름을 입안에서 여러 번 곱씹었다.

"그리 길지 않은 시간이지만, 저는 그간 저 생물이 던지는 질문을 통해 많은 걸 배웠습니다. 우리 인간에게 필요한 건 그러한 질문이라고 생각해요. 대단한 학문적 업적이나 과학적 발견이 아니라요."

제인은 이 중에서 유일하게 내 편을 들어주고 있는 것 같았다. 마음이 뭉클해졌다. 나는 제인을 바라보았다. 그런데 어쩐지 제인은 표정이 그리 좋아 보이지 않았다. 제인답게 얼굴이 다 읽혔다. 뭔가 안 좋은 일을 숨기고 있는 사람 같았다.

"근데 그건 호모 사피엔스인 우리의 바람 아닙니까?"

위원장이었다. 위원장은 제인에게 반박하기 시작했다.

"우리 멋대로 '인류 2호'에게 가치를 부여하는 거죠. 호모 로간스? 질문하는 인간? 글쎄요. 질문은 제인 박사님이 더하는 것 같습니다만. 지금 '인류 2호'는 동물원의 컨테이너에서 살고 있습니다. 몇몇 사람들은 그걸 휴머니즘으로 포장하는데요, 휴머니즘은 어디까지나 인간 위주의 감성주의입니다. 결국 인간이 느낄 때 어떠느냐의 기준으로 판단하고 있는 겁니다. 제인 박사님은 '인류 2호'가 지금처럼 사는 게 낫다고 하는데, 생각해 보세요, 그건 어쩌면…… '인류 2호'를 향한 일종의 폭력 아닐까요?"

위원장의 말에 분위기가 달라졌다. 많은 이들이 동조한다는 듯한 분위기였다. 제인이 입을 열려 했지만 위원장은 틈을 주지 않고 계속 말했다.

"이런 현상은 우리 인간들 사회에도 많이 나타나죠. 예컨대 열악한 환경과 그리 좋지 못한 부모 밑에 있는 어린아이에게 '넌 너희 부모랑 함께 있어야만 행복하다', '이렇게 사는 게 좋은 거다'라고 세뇌시키는 거요. 아이가 앞으로 펼칠 수 있을 가능성을 차단하는 거죠. 아이의 잠재적 가치를 말살시키는 겁니다."

위원장이 거기 모인 사람들 중 처음으로 나를 바라보았다. 그는 나와 눈을 마주치며 말했다.

"저기 있는 '인류 2호'가 자기 입으로 뭔가를 주장한다면 모를까. 그런데 글쎄요, 그것도 100퍼센트 본인의 진심인지 알 수 없죠. 이미 세뇌당했을지도 모르니까 말입니다."

회의장의 모든 사람들이 나를 바라보았다. 마치 뭔 말이라도 해 보라는 듯.

그러나 나는 입을 열 수 없었다. 입을 열어 말을 하면, 그들은 그게 자신들의 말과 같은 종류의 말이라고 받아들이지 않을 것 같았다. 늑대의 하울링이나 새의 지저귐처럼 짐승의 소리라고, 짐승의 노래라고 받아들일 것 같았다. 그게 무서웠다. 내가 침묵만 지키자 그들은 그럼 그렇지라는 표정으로 시선을 돌렸다. 제인은 착잡한 심정을 감추지 못한 채 고개를 숙이고 어떤 생각에 빠져 있었다.

회의장의 의견은 크게 위원장과 제인 양쪽으로 나뉘었고 기세는 위원장 쪽으로 기운 듯했다. 한데 그러던 중 다른 의견도 나왔다.

"그런데 저 생물의 의견이 굳이 중요할까요?"

양복을 입은 남자들 중 하나였다. 무슨 생명 연합 협회 소속의 운동가라고 했다.

"우리 한번 전 지구적인 차원에서 봅시다. 생태 시스템의 차원에서. 그런 차원에서 보면 저 유인원을 여기 데려온 것 자체가 문제일지 모릅니다. 물론 저 유인원은 인간들 사회가 당장 편하니까 여기서 사는 게 좋다고 할지 몰라요. 근데 대의적 차원에선 그게 아니죠. 우리는 저 유인원의 뜻이 아닌 자연의 뜻을 따라야 합니다."

"그럼 어쩌자는 거요?"

누군가 물었다. 말을 꺼낸 남자가 대답했다.

"방생시키는 거죠. 야생으로 돌려보내는 겁니다. 그 에티오피아의 절벽 사이로."

나는 벌떡 일어섰다. 의자가 우당탕 소리를 내면서 넘어졌다. 사람들이 다 나를 바라보았다.

몸이 떨렸다. 더는 참을 수 없었다. 나는 자리를 박차고 뛰어나갔다. 문밖에 어떤 남자가 서 있는 게 보였지만 무시하고 달려갔다.

나는 달렸다. 세상이 뒤흔들리며 모든 게 소실점으로 빨려 들어가는 것 같았다. 할 수만 있으면 나도 그 속으로 빨려 들어가고 싶었다. 없어지고 싶었다.

*

워쇼라는 이름의 침팬지가 있었다.

제인의 연구실에 있던 책들을 몰래 읽다가 알게 됐다. 워쇼는 심리학자 앨런과 비어트릭스 가드너의 손에 길러졌다. 그들은 워쇼에게 인간처럼 옷을 입혔고 집 뒤뜰 트레일러에 집도 마련해 주었다. 그런 환경을 만들어 준 뒤 워쇼에게 인간의 수화를 가르쳐 보았다. 그런데 언어학자들을 놀라게 할 만큼 워쇼는 빠르게 수화를 익혔다. 심지어 추상적인 내용을 전달할 정도로 높은 수준의 의사소통 능력을 가지게 됐다. 단순 흉내가 아니라 인간의 언어를 알게 되었고, 그래서 '인간화'된 것이다.

다만 워쇼는 죽을 때까지 자신의 동족인 침팬지 무리에 돌아가지 못했다. 침팬지들을 본 워쇼는 수화로 다음과 같이 말했다고 한다.

180

저들은 검은 벌레다.

자기보다 하등한 존재라는 뜻이었다.

나는 상상해 보았다. 만약 나와 같은 종의 다른 개체들이 있다면, 그리고 내가 야생의 그들을 본다면, 나는 그들을 어떻게 바라볼까.

…… 검은 감자?

만일 워쇼가 죽을 때까지 자신이 '검은 벌레'가 아닌 인간이라고 굳게 믿었다면 그래도 행복했을지도 모른다. 하지만 다른 책에서 보니 침팬지는 거울을 볼 줄 아는 몇 안 되는 동물이라고 한다. 다시 말해 거울 속 자신을, 침팬지인 자신을 인식할 수 있다는 것이다. 워쇼도 마찬가지였을 것이다.

그때 워쇼는 어떤 감정을 느꼈을까?

달리고 달리다 나는 결국 운동장 끝에서 멈췄다. 뛰어 봤자 가슴속에 응어리진 화가 풀리지 않았기 때문이다. 어떻게 해야 하지. 어떻게 해야 풀릴까.

킹콩처럼 가슴을 마구 두드렸다. 가슴이 아팠다. 소처럼 마구 발을 굴렀다. 먼지만 풀풀 날렸다. 허공에 주먹을 휘둘렀다. 혼자 연극을 하며 발명했던 기술도 공중에 날렸다. 받아라 감자 펀치!

"뭐지? 쇼하는 것인가?"

타이슨이 소리도 없이 다가와 있었다. 나는 감자 펀치 날리던 자세 그대로 굳었다. 타이슨은 물었다.

"누구를 때리려던 것인가?"

"……."

나는 비참해져서 아무 말도 안 했다. 선글라스 너머 타이슨의 눈이 왜인지 슬퍼 보였다. 이내 그는 대뜸 자신의 두 주먹을 들어 올리더니 따라 해 보라고 했다.

"이렇게 가드를 먼저 올려야 하는 것이다."

나는 그를 따라 가드를 올렸다. 타이슨은 이어 말했다.

"싸움의 본질은 때리는 게 아닌 것이다. 떼어 내는 것이다. 밀어내는 것이다."

그 말과 함께 그는 왼손을 앞으로 쭉 뻗었다. 주먹이 흔들림 없이 직선의 궤도로 뻗어 나갔다.

"잽인 것이다. 이런 주먹으로 상대방을 나로부터 떼어 내는 것이다. 밀어내는 것이다."

잽, 잽. 복싱의 고수 타이슨은 그렇게 왼손으로 잽을 날렸다. 슉! 한 번 잽을 날릴 때마다 '잽인 것이다'라는 말을 동시에 했다.

"잽인 것이다, 잽인 것이다."

나는 동작과 함께 말도 따라 했다.

"잽인 것이다, 잽인 것이다."

타이슨은 어렸을 때 미국의 브루클린이라는 험한 동네에

서 자랐다고 했다. 학교 갈 나이가 되면 마약 파는 법부터 배우고 책 대신 총을 쥐게 되는 동네였다. 싸움 실력이 좋았던 타이슨에겐 파리 떼처럼 많은 이들이 꼬여 들었다. 다들 자기 패거리에 들어오라고 했다. 우리 무리의 일원이 되라고, 그럼 더 이상 외롭지도 않을 거고 아무도 너와 너의 여동생을 못 건드릴 거라고 했다. 타이슨은 고민했다.

하지만 결국 모두 거절했다. 알고 지내던 형들이 패거리에 들어간 뒤 어떻게 변한 지 봐 왔기 때문이다. 그 형들은 처음엔 본인이 패거리를 이용한다고 여겼다. 서로 이익 관계가 맞아 잠시 어울리는 것뿐이라고. 하지만 시간이 갈수록 그들은 변했다. 그들은 패거리 그 자체가 되었다. 자신을 잃었다. 패거리의 사상이 그들의 사상이 되었다. 패거리를 위해선 총으로 사람을 쏘는 건 일도 아니었다.

"거리를 두는 것이다."

타이슨은 말하며 계속 잽을 날렸다. 마치 사방에서 달려드는 가상의 적을 떼어 내듯. 그래서 주먹 바깥으로 적을 밀어 내듯.

"여기는 오직 나만 있을 수 있는 공간인 것이다. 아무도 침범할 수 없는 곳인 것이다."

딱 한 팔 길이의 영역. 타이슨은 그 영역을 지키는 것이야말로 싸움의 본질이라고 했다.

나는 허공에 계속 잽을 날렸다. 잽인 것이다, 잽인 것이다. 잽을 날리면서 나를 둘러싼 패거리들에 대해 생각했다. 나를 침범하려는 무리들에 대해 생각했다.

그러고 보면 인간들은, 호모 사피엔스들은 언제나 그런 것 같았다. 이것도 제인의 연구실에 있던 책에서 읽었다. 호모 사피엔스들은 본능적으로 패거리를 짓고 무리를 만든다. 그 안에서 유대감을 쌓는다. 그런데 그게 가능한 건, 결국 자신들 무리가 아닌 다른 무리가 존재하기 때문이다. 다른 무리에 대한 배척감으로 말미암아 자신들 무리에 대한 유대감이 생기는 것이다. 배척과 유대는 인간들에게 동전의 양면처럼 한몸이나 다름없다. 그리고 그런 본능이 집단적 행동으로 나타나는 게 바로 전쟁이다.

만약 오늘날 지구상에 나 말고 다른 인류 종이 남아 있다면 어땠을까. 오스트랄로피테쿠스, 네안데르탈인, 호모 데니소반스 같은 유인원들이 멸종하지 않았다면. 그렇담 호모 사피엔스들은 지금보다 더 화목했을 것이다. 지금보다 성별과 인종을 가지고서 덜 차별하고 덜 혐오했을 것이다. 적어도 같은 호모 사피엔스들끼리는 말이다.

왜냐하면 그들에겐 공통의 배척할 무리가 있으니까. 나는 호모 사피엔스가 다른 인류종과 공존하고 있는 사회의 모습을 상상해 봤다. 그러자 너무나 끔찍했다. 똑같은 인류지만 종이

다른 유인원들에게 그들이 무슨 짓을 저지를지, 나는 다 알 것만 같았다. 노예처럼 부릴 것이다. 혹은 노리개 삼을지도 모른다. 다른 생물을 마음대로 분류하고 위계질서를 부여하는 지금처럼, 인류종들에게도 아무 거리낌 없이 그럴 것이다. 그들을 분류하고, 무리를 만들어 정의 내릴 것이다. 호모 사피엔스는 그럴 것이다.

그리고 지금 나에게도 비슷한 일을 하려는지도 모른다.

잽인 것이다, 잽인 것이다.

나는 잽을 날렸다. 떼어 냈고 밀어냈다.

나를 덮치려는 패거리를. 나를 가두려는 종의 씨앗을. 그 모든 비겁한 운명들을. 떼어 냈고 밀어냈다.

침팬지든 호모 사피엔스든 다,

잽인 것이다, 잽인 것이다.

"그리고, 오른손 스트레이트인 것이다!"

그 말과 함께 타이슨이 허리를 회전하며 오른쪽 주먹을 강력하게 뻗었다. 나도 뻗었다. 주먹이 허공을 가르며 묵직한 소리를 냈다.

숨이 찼다. 하지만 기분이 나쁘지 않았다. 허물을 하나 벗은 느낌이었다. 뭔가 할 수 있을 거 같은 자신감이 차올랐다. 얼른 다시 회의실의 그 멍청한 남자들에게로 돌아가고 싶었다. 헛소리하면 한 방 먹여 주마!

그때 문득 뭔가가 떠올랐다. 나는 타이슨에게 물었다.

"지금 타이슨 차에 나의 그 옷 있는 것인가?"

타이슨은 내가 무슨 옷을 말하는지 깨닫곤 고개를 끄덕였다. 내가 혼자서도 무엇이든 할 수 있다는 걸 보여 주는, 나의 빛나는 자긍심. 바로 현장 학습을 갈 때 입는 내 꼬마 양복이었다.

*

그 남자는 나를 기다리고 있었던 것 같았다.

나는 꼬마 양복으로 갈아입고 다시 회의실이 있는 건물을 향해 갔다. 날씨가 더워 양복 안에서 땀이 흘렀지만 당당한 자세를 취하려 했다. 다만 소중한 양복이 구겨지지 않도록 신경 쓰다 보니 좀 뒤뚱거렸다. 그런데 건물 가까이 다다랐을 때 입구 쪽 복도에 누군가가 서 있는 게 보였다.

"회의실로 돌아가시려고 하나요, 감자 씨?"

누군지 잘 보이지 않았다. 남자는 건물 안 그늘 아래에 있었고 나는 환한 뙤약볕 아래에 있었다. 그래서 시린 눈을 비비고 다시 바라보았다. 어둑했지만 간신히 식별이 됐다. 그는 먼젓번 위원장이 소개한, 사업가라고 불리는 중년 남자였다.

"네. 그럴 거예요."

내가 대답하자 그는 다시 물었다.

“가서 무엇을 하시려고 하나요? 감자 씨는 무엇을 원하십니까?”

딱딱한 듯하지만 부드러운 물음이었다. 나는 쏟아지는 햇빛에 눈을 찌푸린 채 대답 없이 서 있었다.

“이리 들어오세요.”

남자가 안으로 손짓했다. 남자의 손짓에 홀린 듯 건물 안쪽으로 몇 발짝 걸어갔다. 그늘 아래로 들어서자 순간 갑자기 세상이 확 바뀐 듯했다. 내리쬐던 초여름의 빛은 사라지고, 대신 차분하고 서늘한 그림자가 내려앉았다.

나는 사업가를 바라보았다. 흐트러짐 없는 정중한 태도에 잘 관리된 외모의 중년 남자. 한데 그에겐 그 이상의 무언가가 있었다. 나를 끌리게 하는 무언가가.

그래서였을까. 나도 모르게 속마음을 말했다.

“가서 위원회 사람들에게 말하려고요. 나는 지금처럼 살 거라고.”

“지금처럼이라……”

사업가는 말꼬리를 흐리다 다시 물었다.

“감자 씨는 지금처럼 제인 박사님의 연구 대상으로 사는 게 좋으신가요? 그게 감자 씨가 원하는 본인 삶의 답인가요?”

나는 울컥해 대꾸했다.

“제인 박사님은 좋은 사람이에요.”

“맞아요, 좋은 사람입니다. 저도 잘 알아요. 저는 박사님의 전 남편이니까요.”

내가 깜짝 놀라 가만히 쳐다보자 사업가는 잠시 생각하더니 정정했다.

“아. 전전 남편이죠.”

“저한테 왜 그러세요? 뭘 원해요? 나보고 뭘 어쩌라고요?”

“뭘 어쩌라는 건 아니에요. 기분 나빴다면 죄송합니다. 전 감자 씨의 인생이 어디에 도달해야 할지 알지도 못하고, 또 알 권리도 없어요. 저는 목적지에 대해선 모르죠. 단지 어디로든 출발은 해야 한다고 말씀드리는 겁니다. 우리 모두 아무리 원해도 제자리에 있을 수 없으니까요. 모두 어디로든 떠나야 하니까요.”

“무슨 뜻인지 잘 모르겠어요. 그래서 나보고 가치 있는 존재가 되라는 건가요? 인류에게 도움이 되기 위해서?”

나는 비꼬듯 물었다. 하지만 사업가는 차분하게 되물었다.

“그게 무서우십니까? 그런데…….”

사업가가 목소리를 가다듬고 덧붙였다.

“그런데 그게 진짜 삶입니다. 감자 씨뿐만이 아니라 다 그렇게 살아요.”

사업가의 말은 하나같이 알쏭달쏭했다. 그렇지만 시종 내 안의 무언가를 건드리고 있었다. 그게 나로 하여금 생각에도 없던 말을 하게 했다.

"나는 하나도 안 무서워요."

나는 고개를 돌려 건물 밖을 바라봤다. 쨍하던 날씨가 조금 우중충해진 것 같았다. 하늘 끝에서 고개를 내민 희끄무레한 구름 조각들을 바라보며 나는 말했다.

"뭐가 진짜 삶이라는 거예요? 내가 무서운 건 진짜 삶이 뭔지도 모르고 죽는 거예요."

나의 속삭임이 먹구름 속으로 스며들었다. 그리고 뒤이어 내 안에 있었는지 몰랐던 목소리가 튀어나왔다.

"왜냐하면 나는 인간처럼 오래 못 살잖아요. 나는 빨리 자라지만 그만큼 빨리 죽잖아요. 이제 앞으로 몇 년이면……."

내가 그런 생각을 하는 줄은 나도 몰랐다. 때문에 스스로에게 놀랐다. 그 순간의 나는 마치 거울 속의 나를 놀란 눈으로 관찰하는 거 같았다. 워쇼가 침팬지인 스스로를 바라보듯.

그때 사업가가 말했다.

"그럼 무엇이 진짜인지 아셔야겠습니다."

나는 고개를 돌려 다시 사업가를 바라봤다. 사업가는 말을 이었다.

"제인 박사님을 따라서 바깥 사회에 나가신다면서요?"

그의 공허한 눈이 내 꼬마 양복을 훑는 듯했다. 나는 현장 학습에서 내가 느꼈던 생생한 감정, 하늘 위를 걷는 것 같던 벅참을 떠올렸다. 내가 살아 있다고 느꼈고, 그래서 자랑스러웠다.

그런데 그는 말했다.

"그것들은 다 진짜가 아니에요. 실제 사회가 아니란 겁니다."

그리고 덧붙였다.

"다 제인 박사님이 감자 씨를 위해서 준비한 배우와 연출된 상황들이죠."

무슨 뜻인지 한 번에 이해하지는 못했다. 하지만 그 말이 내 안의 무언가를 천천히 부수고 있다는 걸 느낄 수 있었다. 그렇게 무너져 내렸다. 사업가는 마지막으로 물었다.

"그래도 지금처럼 사시겠어요?"

15 비에 대하여

며칠 동안 우중충한 날씨가 이어졌다. 하지만 비는 오지 않았다.

사업가에게 진실을 들은 그날, 나는 타이슨의 차로 돌아갔다. 입고 있던 꼬마 양복을 찢었고 차 안에 웅크렸다. 그리고 스스로를 욕했다. 멍청한 놈. 이 멍청한 감자 원숭이. 잠시 잊었다. 내가 이 호모 사피엔스의 세상과는 맞지 않는 동물이라는 걸. 나는 이 세상에 항상 배신당한다는 걸. 가위가 나올 걸 기대하고 주먹을 내면, 정작 보가 나온다. 사랑을 기대하면, 미움을 준다. 원래 그랬다. 원래 그랬는데 또 기대를 하고 말왔다.

그래서 또 속고 말았다.

한심한 놈. 이 한심한 유인원.

그다음 날 나는 위원장을 찾아갔다.

"여기서 그만 나가고 싶어요."

나는 마치 오랫동안 그 말을 준비한 사람처럼 말했다.

"더는 지금처럼 살고 싶지 않거든요."

*

먹구름이 쌓였고 비는 여전히 오지 않았다.

그리고 나는 연구소에 나가지 않았다. 내게 주어진 의무처럼 매일 타이슨의 차를 타고 연구소로 출근하던 것을, 나는 처음으로 거부한 것이다.

컨테이너 문밖에서 타이슨은 조용히 말했다.

"호모 위원회가 말하길, 인류 2호 네가 이 생활을 벗어나고 싶어 한다는 것이다."

나는 대꾸 없이 타이슨을 노려보았다. 타이슨은 이어 말했다.

"하지만 네가 지금 연구소로 나오지 않자 그들은 사육사와 정숙 씨가 너를 감금하고 있다는 식으로 얘기하는 것이다. 사육사와 정숙 씨가 너를 학대하고 있다는 것이다. 물론 나는 그게 사실이 아닌 걸 알지만…… 그런 것이다.”

타이슨은 말을 마치고 돌아섰다. 나를 강제로 끌고 가거나 하지는 않았다. 며칠째 아침에 나를 데리러 왔다가 소득 없이 돌아가면서도 별다른 조치를 하지 않았다. 아마 애써 상부의 명령을 이행하지 않고 있는 듯했다.

하지만 나는 알았다. 그것도 한계가 있으리라는 것을.

그럼에도 불구하고 나는 밖으로 나갈 수 없었다. 정숙 씨가 아팠기 때문이다.

정신은 오락가락해도 몸만은 튼튼했던 정숙 씨였다. 그렇지만 내가 위원장에게 컨테이너를 떠나겠다고 말한 바로 그날, 정숙 씨의 건강이 급격히 안 좋아졌다. 사육사가 병원에 데려갔지만 의사는 그저 신경 쇠약인 듯하다고 했다. 하지만 그렇다고 하기엔 정숙 씨는 거의 하루 종일 달뜬 열에 시달렸다. 원인 모를 고통 속에서 정신을 차리지 못한 채 누워만 지냈다.

사육사는 동물원에 휴가를 내고 정숙 씨 곁에 붙어 있었다. 나도 사육사와 함께 하루 종일 정숙 씨를 돌봤다. 그러나 그러면서도 정숙 씨에게 뭘 해 주어야 할지 몰라 발을 동동 굴렀다. 사육사와 나는 초조했고, 무력했다.

컨테이너를 나가지 않는 나날이 길어졌다. 창밖의 세상은 점점 빛이 줄어드는 것 같았다.

일기예보에선 곧 장마가 올 거라고 했다.

"우산은 가슴에 쓸어내릴 게 없는 놈들이나 쓰는 거지. 흐흐흐흐."

우산을 준비하라는 기상 캐스터의 말을 듣던 조작가가 농담을 했다. 하지만 아무도 웃지는 않았다. 조작가도 시무룩해졌다. 조작가는 자기가 아는 신기한 이야기들을 떠들어 댔지만 들어주는 이 없는 이야기는 단지 먼지처럼 우리 위로 쌓여갈 따름이었다. 길고 무서운 장마가 될 것 같단 예감이 들었다.

그러나 비가 올 기미 없이 하늘엔 먹구름만 쌓여 갔다. 한낮에도 저녁처럼 어두컴컴했다. 세상이 종말을 맞이하려는 것 같았다.

나는 어떤 거대한 손길이 우리에게 점점 다가오고 있는 듯한 느낌에 사로잡혔다.

그 손길은 우리에게 조금씩 조금씩 다가오고 있다. 악의 섞인 웃음과 함께. 뒤꿈치를 살짝 들고. 살금살금. 일부러 적당한 기척을 내며. 우리에게 접근하고 있다. 마치 우리가 자신의 존재를 알아차리길 바라는 것처럼.

사육사도 나와 똑같은 기분을 느끼고 있었다. 나는 우리가 같은 불안감을 공유하고 있음을 알 수 있었다.

우리가 뿜어내는 음습한 불안감이 습기가 되어 하늘로 올라갔다. 불안을 먹고 자란 검은 먹구름은 하염없이 커졌다.

타이슨이 말했다.

"만일 위원회랑 네 뜻이 다르다면, 인류 2호 네가 직접 말하면 되는 것이다. 두려워하지 말고 이 밖으로 나와도 되는 것이다. 나와서 당당하게 말하는 것이다."

나는 내가 지금 무얼 두려워하고 있는지 생각해 보았다. 그러자 헷갈렸다.

나는 비가 올 것을 두려워하나.

아니면 비가 오지 않을 것을 두려워하나.

그리고 내가 컨테이너 밖으로 나가지 않는 이유 역시 생각해 보았다. 그건 단순히 아픈 정숙 씨를 돌봐야 하기 때문이 아니었다. 진짜 이유는 더 은밀한 것이었다.

그건 정숙 씨가 아픈 게 나 때문인 것 같다는 생각 때문이었다.

나는 내 입으로 위원장에게 말한 것이다. 여기 있는 게, 컨테이너에서 이렇게 사는 게 싫다고. 내 입으로 내뱉은 그 말을 주워 담을 엄두가 나지 않았다.

근데 거기서 끝이 아니었다. 또 있었다. 나는 내가 무슨 짓을 했는지 잘 알고 있었다. 그 짓이 정숙 씨를 아프게 만든 것일지도 몰랐다. 나만이 아는 짓이었지만, 나는 나이기에 누구보다 잘 아는 짓이기도 했다.

그랬다. 나는 인간들을 저주했다. 그리고 그 저주가 내가 가장 사랑하는 인간에게 실현되고 있었다.

"약속을 지켜 줘."

아주 가끔 정신을 차린 정숙 씨는 사육사에게 말했다.

"알지? 우리 약속한 거. 이제 그렇게 해 줘."

거기까지 간신히 말한 정숙 씨는 곧 다시 까무룩 정신을 잃었다. 의식의 밑바닥으로 잠몰했다. 사육사는 그에 대해 아무 말도 하지 않았다. 나도 사육사에게 무슨 약속이냐고 묻지 않았다. 어떤 대답을 듣게 될지 무서웠다.

약속을 지켜 줘. 정숙 씨의 그 말은 내게 일종의 예언처럼 들렸다. 먼 옛날 원시 인간들은 그러한 예언의 말을 신처럼 섬겼다고 한다.

하지만 그렇다고 무엇이 달라진단 말인가. 어떤 인간이 예언을 안다고 해도 딱히 할 수 있는 일은 없다. 왜냐하면 예언은 결국엔 벌어지고 말 일에 대한 것이니까. 따라서 인간으로 하여금 자신이 무언가를 변화시킬 수 없다는 것만 인지하게 할 뿐이다.

"이제 그들은 더는 기다리지 않을 것이다."

어느 날 아침에 나를 데리러 온 타이슨은 말했다.

"아마 인류 2호 너를 강제로 끌고 갈 것이다."

타이슨은 전달할 내용을 다 했다는 듯 돌아서려다가, 자세를 고쳐 나를 바라보았다. 그리고 조금은 달라진 목소리로 말했다.

“제인 박사가 널 속인 건 잘못된 것이다. 나도 그렇게 생각한 것이다.”

타이슨의 그 말에 나는 깨달았다. 내가 예상했던 것처럼 결국 타이슨도 다 알고 있었다. 제인과 짜고 날 속인 것이다. 내가 그 가짜 역할극에 가슴 설레하고 기뻐하는 모습을 보면서도 입을 다문 것이다.

주먹이 꽉 쥐어졌다.

“하지만 정말 나쁜 뜻은 아닌 것이다, 다 너를 위한 것······.”

타이슨이 내게로 몸을 숙이는 그 순간,

픽!

나는 왼손 주먹으로 타이슨의 인중을 때렸다. 타이슨의 얼굴이 뒤로 젖혀졌다. 나는 말했다.

“잽인 것이다.”

나는 나의 주먹이 떼어 내고 밀어낸, 그 서글픈 얼굴의 남자를 바라보았다.

“······.”

그는 별말 없이 떠나갔다. 나도 서글퍼졌다. 그가 일부러 주먹을 피하지 않았음을 알기에.

다음날, 하늘에서 비가 내리기 시작했다. 예언이 실현되는 날이었다.

*

비가 거세게 쏟아졌다. 컨테이너 밖 초원 너머로 위원회 사람들이 다가왔다. 수행원이 우산을 씌워 주는 늙은 남자들과, 타이슨처럼 검은 양복을 입은 요원들이 보였다. 나는 그들이 왜 왔는지 모르지 않았다. 창문 너머로 그들을 보며 몸을 덜덜 떨었다. 그들은 날 데리러 온 것이었다. 나는 도망치고 싶었다. 하지만 갈 데가 없었다.

내 뒤에서 사육사가 말했다.

"다녀올게. 여기 있어."

사육사는 홀로 컨테이너를 나섰다. 나는 창문을 통해 사육사를 조마조마한 심정으로 지켜봤다. 그는 우산도 쓰지 않았다. 엄청난 폭우로 초원은 이미 갯벌처럼 질척거렸다. 물이 종아리까지 차올랐다. 그는 발이 푹푹 빠져 휘청거리면서도 위원회 사람들에게 다가갔다. 이윽고 그들 앞에 팽팽하게 대치했다. 침묵 속에서 비는 쏟아졌고 긴장감이 흘렀다.

곧 한 늙은 남자가 품에서 종이를 꺼내더니 읽었다. 빗소리가 심해 잘 들리지는 않았으나 무슨 선언문 같았다. '인류 2호'도 이제 법적으로 인간의 일종임을 인정하기로 했고, 따라서 이른바 특수 인권이 발휘되며, 이에 그 특수 인권을 지켜 주기 위해 강제 집행이 이루어질 거라는 식의 내용이었다. 하지만 사육사는 말했다. 우리는 감자에게 그런 말 들은 적 없다고. 그리곤 양팔을 벌려 그들을 막아섰다. 자기의 허락 없이는 절대 이 너머로 들어오지 못한다고 말이다.

사육사는 무언가를 지키려는 사람 같았다. 자신의 등 뒤에 있는 소중한 것을. 나는 나의 등 뒤를 바라보았다. 그곳엔 새근새근 잠이 든 정숙 씨가 있었다.

사육사가 고목처럼 버티고 있자 이윽고 정장 요원들이 움직였다. 사육사를 끌어내려는 듯 가까이 다가섰다. 사육사는 주춤거렸다. 그때였다. 번쩍, 번개가 쳤고 깜짝 놀란 사육사가 팔을 휘둘렀다. 근데 그게 정장 요원 한 명의 턱을 강타하고 말았다.

정장 요원이 무릎을 꿇으며 쓰러졌다. 의도치 않게 정확한 공격이 되고 말았다. 다른 정장 요원들이 당황했다. 사육사도 자기가 한 일에 당황했다.

"……."

"……."

정장 요원들은 이내 바짝 긴장해 공격 태세로 달려들었다.

사육사는 일부러 한 게 아니라며 두 팔을 내저었다. 그런데 그의 두 다리가 갯벌처럼 변한 바닥에 푹 박혀 있는 탓에 균형을 잃고 휘청이다가 그만 정장 요원들의 주먹을 현란하게 피하게 됐다. 나아가 팔을 허우적거리면서 또 의도치 않게 요원들을 타격했다. 물 흐르듯 부드러운 움직임이 꼭 중국 무술의 고수 같았다. 쏟아지는 비가 사육사의 공방을 도와주는 것 같기도 했다.

요원들의 얼굴에 낭패감이 서렸다. 그들은 서로 눈빛을 주고 받았다. 이거 만만치 않은 놈이야. 컨테이너 안에서 지켜보던 나는 환호하며 박수쳤다. 자연이, 또는 어떤 거대한 손길이 사육사를 도와주는 모양이었다. 지금처럼 그냥 그 손길에 몸을 맡기면 다 무찌를 수 있을 것 같았다.

하지만 사육사는 그러지 않았다. 갑자기 그는 두 팔로 자기 몸을 꼭 안았다. 결박하는 것처럼. 마치 자신으로 하여금 누군갈 때리게 만들려는 신에게 대항하듯이.

사육사는 스스로를 포박했다. 그러나 사육사의 뜻은 요원들에게 전해지지 않았다. 그들은 기회를 잡은 듯 일제히 사육사에게 공격을 가했다.

픽! 사육사가 얼굴에 주먹을 맞고 비틀거렸다. 쓰러지려 했지만 두 다리가 진흙에 박혀 쓰러지지도 못했다. 중심 잃은 팽이처럼 기우뚱할 따름이었다. 역시 맷집이 센 놈이군, 요원들은 오해했다. 다음으로 사육사의 갈비뼈를 향해 발차기를 날렸다. 사육사가 허리를 꺾으며 상체를 숙였다. 숙인 가슴팍으로 무릎이 날아왔다. 역, 하고 비명 지른 사육사가 다시 주먹으로 얼굴을 맞았다. 뒤이어서 갈비뼈에 발차기가 꽂혔다.

이윽고 사육사의 뼈가 부러지는 소리가 났다. 동시에 내 안에 무언가도 부러진 것 같았다.

머리보다 몸이 먼저 움직였다. 나는 컨테이너 문을 박차고 밖으로 뛰어나갔다.

번개가 번쩍였다.

어떻게 이렇게 비가 많이 올 수 있는 거지?

흡사 물속을 뛰는 것 같았다. 빗물이 내 허리 이상으로 차올라 있었다. 나는 허우적거리며 사육사에게 갔다. 진흙에 미끄러져 물을 먹으면서도 서둘러 그쪽으로 향했다. 사육사를 도와주고 싶었다.

하지만 그러기는커녕 곧 우악스러운 손길에 붙잡혔다. 나는 공중에 붕 들렸다. 발버둥쳐 봤지만 양손과 양다리를 요원들이 꽉 붙잡고 있었다. 그 와중에도 사육사는 맞고 있었다. 주먹에 맞고 발에 걷어차였다. 처참했다. 하지만 그는 스스로를 껴안은 양팔을 풀지 않았다. 그런 사육사가 답답했고 눈물이 날 것 같았다.

빗소리가 너무 커 귀가 먹먹했다. 차오른 빗물은 흙색 바다가 되어 아래에서 출렁였다. 떨어지는 빗줄기가 총알처럼 따갑고 얼음처럼 차가웠다. 눈도 잘 뜰 수 없을 만큼 거센 비였다. 나는 무력했다. 내가 할 수 있는 거라곤 하나밖에 없었다.

으아아아. 으아아아아. 으아아아아아.

입을 벌리고 목이 터지게 소리쳤다. 그 소리는 더 이상 내가 배운 호모 사피엔스의 말이 아니었다. 나라는 짐승의 울음소리였다. 그러고 보니 어떤 짐승이 울음을 내뱉는다는 건, 말 그대로 그 짐승이 울고 있다는 뜻인지도 모른다.

으아아아아아아아아.

나는 울었다. 목 놓아 울었다. 과거 나의 유년 시절, 사육사가 동물원에서 그랬던 것처럼.

그 순간 나를 붙잡고 있던 요원 하나가 헉, 하더니 쓰러졌다. 누군가의 공격을 받은 것이다. 곧바로 나를 붙잡고 있던 다른 요원 하나도 옆구리에 발차기를 맞고 쓰러졌다. 그 탓에 공중에 들려 있던 나는 물속에 풍덩 떨어졌다.

허우적대며 물속에서 일어선 내 앞에 어떤 사람의 등이 보였다. 그 사람은 팔꿈치와 무릎 공격으로 다른 요원 한 명도 제압했다. 나는 비에 젖은 얼굴을 닦으며 멍하니 그 광경을 지켜봤다. 이윽고 그 사람은 나를 돌아보곤 쓱 웃으며 말했다.

"봤지? 난 무에타이의 고수라고."

쏨차이였다. 풍 말리가 죽은 이후 사라졌던 그가 돌아왔다.

쏨차이는 요원들을 절도 있는 동작으로 쓰러트렸다. 그는 정말 무에타이의 고수였던 것이다! 쏨차이의 활약으로 상황이 역전될 기세였다.

하지만 다른 요원들이 한꺼번에 달려들자 그도 수세에 몰렸다. 사방에서 쏟아지는 공격을 혼자서 상대하기에 벅차 보였다.

그때 웬 날카로운 주먹이 요원 한 명의 얼굴에 꽂혔다.

"잽인 것이다."

타이슨이었다. 타이슨의 빠른 주먹이 요원들을 강타했다. 그들은 같은 편이라고 생각했던 타이슨의 행동에 어리둥절하다가도 잽, 잽, 잽, 그 날렵한 주먹에 힘없이 나가떨어졌다.

나도 가만히 있을 수 없었다. 나는 폴짝 뛰어올라 요원 한 명의 어깨에 올라탔다. 그리고 목과 어깨를 마구 꼬집고 할퀴고 물어뜯었다. 나는 몸이 시키는 대로 했다. 몸속에 요동치는 뜨거운 무언가가 시키는 대로 공격하며 발악했다. 쓰러져, 쓰러져! 이내 요원은 목을 부여잡곤 비명을 지르며 무릎을 꿇었다. 나는 그를 물속에 처박은 뒤 다음 타깃을 찾기 위해 두리번거렸다.

그때 누군가가 내 팔을 붙잡았다. 사육사였다.

번개가 번쩍였다.

얻어맞아 엉망이 된 사육사의 얼굴은 울긋불긋한 추상화

같았다. 만약 제인이 저 얼굴을 본다면 뭐라고 할까. 저 얼굴에서 뭘 읽어 낼 수 있다고 할까.

우리는 서로의 눈을 바라보았다. 사육사는 고개를 살짝 가로 젓는 것 같기도 하고 입술을 뻐끔거리는 것 같기도 했다. 그러나 쏟아지는 빗줄기 때문에 잘 보이진 않았다. 다만 그가 무슨 말을 하고 싶어 하는진 알 수 있었다.

이러지 말자.

그는 이러지 말자는 말을 하려 하고 있었다. 하지만 나는 생각했다.

애초에 이렇게 될 일이었다. 먹구름이 몰리면 결국엔 비가 쏟아지듯이. 예언이 있으면 그 예언이 속절없이 실현되듯이. 이렇게 되기로 정해져 있던 것이었고, 아니나 다를까 이렇게 되어 버렸다. 되돌리기엔 늦었다. 우리는 이미 비를 너무 많이 맞아 버렸다.

나는 나를 잡고 있던 사육사의 팔을 뿌리쳤다. 그리고 아까처럼 다른 요원의 등 뒤에 올라탔다. 어깻죽지를 붙잡고 꼬집고 할퀴고 물어뜯었다. 내 안의 뜨거운 것이 나를 추동했다. 그건 인간이 내게 심어 놓은 것일지도 몰랐다. 그 악의 씨앗이 발아했다. 나는 더는 억제하지 않고 토해냈다. 발악했다. 죽어라, 죽어라, 죽어!

나는 나를 함부로, 저 멀리로 내던지는 기분이었다.

마음이 편했다. 무언가가 허물어진 뒤에 오는 체념. 그리고 쾌감이 나를 감쌌다. 그것은 나 아닌 다른 존재에게 가하는 폭력의 첫 경험이었다. 머릿속으론 인간들이 나를 책망하는 상상을 했다. 그 인간들을 향해 나는 말했다.

왜 그딴 식으로 보는 거야. 너희들은 나보다 심하잖아. 너희들은 원래 그랬잖아.

죽어라, 죽어라, 죽어!

그렇게 마구 싸우던 나는 물속으로 내던져졌다. 수면 위로 고개를 내밀자 우비를 입은 누군가가 나를 내려다보고 있었다. 반사적으로 달려들려다가 멈칫했다. 조작가였다. 우리 집에 오던 길에 이 난리를 보고 놀란 기색이었다.

주변을 보니 광기 어린 싸움은 잠시 소강 상태에 이른 듯했다. 쏨차이는 다시 사라졌고, 요원들은 조금 떨어져 전열을 가다듬고 있었다. 그런데 조작가는 딱딱하게 굳은 얼굴로 묻는 것이었다.

"언니는?"

나는 조작가의 말이 무슨 의미인지 단번에 이해할 수 없었다. 허나 그의 눈길이 향하는 곳을 알아차리곤 가슴 한구석이 쿵 내려앉았다. 나도 그쪽을 보았다. 컨테이너가 있는 쪽이었다.

문이 열려 있었다. 그리고 안에는 아무도 없었다. 정숙 씨가 사라진 것이다.

나는 사육사를 보았다. 사육사도 멍하니 텅 빈 집을 보고 있다가 나와 눈이 마주쳤다. 비는 모든 걸 쓸어버릴 기세로 내리고 있었다. 주위는 황토색 물이 넘실거리는 망망대해였다.

16 동굴에 대하여

사육사와 나는 정숙 씨를 찾아서 미친 듯이 산을 올랐다.

컨테이너 뒤편에 있는 산이었다. 산 입구 쪽에 정숙 씨가 쓰던 담요가 떨어져 있었던 것이다. 어느새 컨테이너가 다 잠길 정도로 흙탕물이 차올라 있었다. 산이 마치 섬처럼 보일 지경이었다. 사육사와 나는 허겁지겁 그쪽으로 헤엄쳐 간 뒤 산 위로 뛰어 올라갔다.

비는 계속 내렸고 산길은 질척거렸다. 경사도 심해 산을 오르기 쉽지 않았다. 우리는 네 발로 산을 탔다. 그 순간 우리는 직립 보행하는 유인원이 아니었다. 가족을 잃은 짐승에 지나지 않았다. 튀어나온 돌과 나뭇가지에 손이 까지고 손톱이 들렸지만 멈출 수 없었다. 요원들도 우릴 뒤따르다가 포기한 것 같았다.

그렇게 오르는데 돌연 발뒤꿈치 쪽이 찰랑거렸다. 뒤돌아보니 밑까지 물이 차올라 있었다.

대홍수였다. 수위를 높이던 흙탕물이 산을 집어삼키며 우리 바로 뒤까지 차올라 있었던 것이다. 냉혹한 암살자처럼 소리도 기척도 없었다. 순간 온몸에 소름이 돋았다. 물은 무서운 기세로 불어나고 있었다. 까딱 잘못하면 휩쓸려 갈 것이었다. 도무지 하늘에서 내리는 비 때문인 것 같지 않았다. 지구가, 그동안 바다만큼이나 많은 물을 품고 있던 지구가 더는 견디지 못하고 모든 물을 뿜어내는 것 같았다.

우리는 이제 정숙 씨를 찾기 위해서가 아닌 도망을 치기 위해서 산을 뛰어올랐다. 하지만 산 위에서는 빗물에 쓸린 토사물들이 덮쳐 왔다. 거대한 흙더미가 우르르 쏟아져 내리고 있었다.

앞뒤를 가로막은 재난 앞에서 본능적인 공포가 들이닥쳤다. 생명체라면 태어나기 전부터 몸에 입력되어 있는 공포였다. 어디로 향해야 할지 알 수 없었다. 결국 우리는 산의 능선을 타고 사선으로 도망쳤다. 그러다 절벽 쪽에 웬 틈이 보였다.

동굴이었다. 입구가 바로 낭떠러지와 면해 있었고, 그 아래로는 깊은 협곡이 있었다. 산사태도 피할 수 있고 홍수에도 안전할 것 같았다. 그게 아니더라도 우리에겐 다른 선택지가 없었다. 우리는 다급히 절벽을 내려갔다. 절벽에 튀어나온 돌을 손으로 잡고 발로 디뎌 간신히 동굴 안으로 뛰어들었다.

안으로 들어가자 차가운 기운이 우리를 감쌌다. 흡사 거대한 짐승의 아가리에 들어온 기분이 들었다. 동굴 안쪽은 깊고 어두워 그 끝이 보이지 않았다. 가까스로 한숨 돌리자마자 곧 정숙 씨 생각이 났다. 우리는 뒤돌아서 다시 동굴 입구 쪽을 바라보았다. 그리고 바깥의 절망적인 광경에 다리에 힘이 풀렸다.

황토색 바다만 있었다. 막막한 수평선만 있었다.

산도 나무도 인간들이 사는 도시의 빌딩도 전신주도 그 무엇도 보이지 않았다. 그 모든 것들이 물 아래에 있었기 때문이다. 다 물에 잠겼기 때문이다. 그래서 온통 바다 같았다. 보이는 거라곤 수평선과 면한 회색 하늘이 전부였다.

태초의 지구를 보고 있는 것 같았다. 아직 생명도 대륙도 없던 그 시절처럼. 그때처럼 지구가 다시 태어나고 있었다. 다시 태어나기 위해, 지구는 과거의 것을 모두 지우고 있었다.

*

밖에서 들려오는 빗소리가 동굴 안에서 공명했다. 사육사와 나는 동굴 벽에 등을 기대고 나란히 앉아 있었다. 지금이 꿈인지 현실인지 잘 분간되지 않았다. 마치 지구상 모든 생물이 멸종하고 우리만 남은 듯했다.

그러고 보니 언젠가 조작가가 비슷한 이야기를 들려준 적 있다. 머나먼 옛날 지구에 거대한 홍수가 있었는데 방주에 타고 있던 생물들만이 살아남았다고. 즉 지금의 생물들은 모두 그 방주에 탔던 생물들의 후손이 되는 것이다.

그렇다면 사육사와 내가 미래 생물들의 시조가 되는 걸까. 그래서 종의 또 다른 출발점이 되는 걸까. 그래서 사육사와 나를 닮은 개체가 탄생하는 걸까. 나는 그런 미래를 상상해 보았다. 못생긴 사육사와 감자 원숭이를 섞은 새로운 인류, 새로운 호모는……,

으악! 대단히 끔찍해 나도 모르게 비명을 질렀다.

그렇지만 어쨌든 모든 종에는 그 시조가 되는 최초의 개체가 있을 것이다. 하지만 정작 그 개체 본인은 자신이 그런 역할인지는 모르겠지. 그러다 죽고 난 뒤 무수한 시간이 흘러 후손들에게 화석으로 발견되겠지. 나는 멀거니 눈앞의 동굴 벽을 바라보았다. 그러자 궁금해졌다.

만약 내가 지금 이 동굴 벽에 그림을 그린다면, 혹은 어떤 문장을 쓴다면, 그리고 그것이 시간을 견딜 수 있다면 머나먼 미래에 누군가 그것을 읽어 줄까. 까마득한 과거 한 시절에 존재했던 나를, 상상해 줄까.

미래를 떠돌던 나는 시간을 역행해 다시 이야기의 처음으로 향했다. 나의 첫 기억. 사육사와 나의 첫 만남. 그러고 보니 그때도 동굴이었다. 여기서 나의 모든 이야기가 시작됐다.

내가 그때의 기억을 더듬는데 사육사의 목소리가 들려왔다.

"너와 내가 처음 만났을 때. 정숙 씨랑 결혼 45주년이 되는 해였어. 정숙 씨랑 나는 오래전부터 함께 에티오피아에 가기로 했거든."

그런데 사육사의 목소리가 평소랑 달랐다. 일흔 넘은 남자의 그것이라고는 믿기 어려운, 꼭 젊은이의 목소리 같았다.

나는 깜짝 놀라 사육사를 바라보았다. 그러자 그곳엔 늙은 사육사가 아니라, 장발 머리를 한 청년 시절의 사육사가 앉아 있었다. 비유가 아니라 정말 주름도 흰머리도 없이 사육사는 젊어져 있었던 것이다. 나는 어리둥절해 나도 모르게 사육사의 볼을 손가락을 꼬집어 보았다.

"뭐 하는 짓이야! 아프잖아!"

꿈이나 환상이 아니었다. 이십 대의 볼답게 탱탱했다.

쏴아아아, 쏴아아아. 바깥의 빗소리가 우리 주변을 감쌌다. 그리고 그 빗소리를 배경 삼아 사육사의 과거 이야기가 시작되었다.

1978년. 당시 사육사와 정숙 씨에겐 한 친구가 있었다. 두 사람과 여러모로 인연이 깊었던 그 친구는 어느 날 비밀스러운 애기를 들려주었다.

그는 동물원에서 태어났다. 그의 엄마도 동물원에서 태어났다. 엄마는 미국 동물원에서 태어났고, 또 외할머니는 프랑스 동물원에서, 증조 할머니는 콩고 동물원, 고조 할머니는 영국 동물원에서 태어났다. 그처럼 자신뿐만이 아니라 엄마의 엄마도, 엄마의 엄마의 엄마도 모두 동물원에서 태어났다는 그는 동물원 말고는 자신의 뿌리를 상상하기 힘들다고 했다.

하지만 그가 어렸을 때 들은 이야기가 있다. 아주 까마득한 옛날에,

그러니깐 엄마의……

하다 보면 그 끝에 있는 엄마.

최초의 엄마. 그 엄마는 동물원에서 태어나지 않았다고. 바람이 자유롭게 불어오는 어느 초원에서 태어났다고.

그런데 최초의 엄마란 게 어떻게 가능할까. 최초의 엄마에게도 엄마가 있어야 하지 않을까. 알 수 없다. 다만 최초의 엄마에겐 엄마란 존재의 기억이 없었다. 자신을 돌봐 주거나 보살펴 주는 존재도 없었다. 어쩌면 돌연변이로 태어났다며 무리로부터 버림받았던 건지도 모른다.

최초의 엄마는 식물의 뿌리나 줄기를 씹어 먹으며 살았다. 날씨는 하루가 다르게 건조해졌고 주위에는 언제나 포식자가 넘쳐 났지만, 그리 나쁘지 않은 삶이었다고 했다. 하루 중 단 3시간만 먹을 것을 찾아 생존 활동을 했고, 나머지 시간 동안엔 하릴없이 하늘의 뭉게구름을 바라보았다. 각종 꽃냄새를 맡으며 낮잠을 잤고, 날씨가 따뜻할 땐 봄날의 초원을 데구르르 데구르르 굴렀다.

그런 삶의 이야기는 최초의 엄마가 낳은 딸에게로 전해졌다. 그리고 딸은 엄마가 되어 다시 자신의 딸에게 그 이야기를 전했고, 그 딸도 자신의 딸에게로, 그런 식으로 계속 전해지게 되었다. 10만 년도 넘게, 혹은 100만 년도 넘는 그 이상의 세월 동안. 이야기는 시간을 견디고 살아남았다. 지금까지 말이다. 그래서 설령 본인은 동물원에서 태어나 한 번도 동물원을 벗

어난 적 없다고 할지라도, 헤아릴 수 없을 만큼 오래된 과거의
풍경을, 그 초원을 뿌리처럼 간직하게 되었다.

사육사와 정숙 씨는 친구의 이야기를 믿고 싶었다. 그건 친
구가 덧붙인 마지막 말 때문이었다. 친구는 자기 딸만큼은 그
곳으로 돌아갈 수 있으면 좋겠다고 했다. 비록 딸도 자기처럼
동물원에서 태어났고 지금은 강제로 헤어지게 되었지만, 자기
와 다르게 행복하게 살았으면 좋겠다고. 눈물을 뚝뚝 흘리며
말했다.

딸과 헤어졌기 때문인지 친구는 몇 년 살지 못하고 세상을
떠났다. 사육사와 정숙 씨는 동물원 울타리 바깥 풀 속에 따로
묘비를 만들어 주었다. 묘비 위엔 줄리아라는 친구의 이름이
또박또박 기록되었다.

“정숙 씨와 나는 최초의 엄마가 살았던 곳이 어디일지 찾아
봤어. 그러다 한 신문 기사를 보게 됐지. 1978년이었던 그때로
부터 고작 4년 전에 도널드 요한슨이라는 학자의 팀들이 인류
직계 조상의 화석을 발견했다는 기록이었어. 그들은 그 화석
을 ‘인류 최초의 여자’라고 칭하고, ‘루시’라는 이름을 지었지.
우리는 직감했어. 그 화석의 주인이 바로 친구가 말한 최초의
엄마라고. 우리는 화석이 발견된 곳의 과거 생태계를 조사했
고, 그 결과 친구의 이야기 속 풍경과도 일치한다는 걸 확인했

지. 그곳이 바로 에티오피아 북동부 하다르 부근이었던 거야."

사육사의 두 눈이 빛났다. 마치 이제 에티오피아로 향할 날을 기다리는 사람처럼. 이를테면 아직 결말에 다다르지 않은, 현재 진행 중인 이야기 속 주인공만이 가질 수 있는 특권 같은 게 그의 젊은 얼굴에 있었다.

"정숙 씨와 나는 계획했어. 언젠가 결혼기념일에 에티오피아로 여행을 떠나자고. 그래서 그 최초의 엄마가 있던 곳으로 가 보자고. 왠지 우리는 그 친구를 대신해서 그곳으로 돌아가야 한다는 의무감이 든 거야. 잠깐. 내가 '돌아간다'고 했나? 응, 그렇지. 돌아가야 한다고. 이상하게도 그곳은 단지 내 친구의 엄마만이 아니라 정숙 씨와 나와도 관련된 거 같았거든. 그곳이 마치, 우리가 처음 시작한 곳처럼 느껴진 거야."

사육사는 흥분해 있었다. 그 어투가 언젠가 내가 정숙 씨의 일기장에서 읽었던 희망 섞인 문장들과 닮아 있었다. 미래에 어떤 세계가 펼쳐질지는 모르지만, 용기를 내어 두 사람이 손을 잡고 동굴 밖으로 한 걸음 내디디려던 그 시절. 지금 사육사는 그 시절이 보존된 어느 빙하 속에 있는 듯했다.

하지만 내가 그 빙하를 깨트리고 말았다.

"그런데 그 약속이란 건 뭘 말하는 거지?"

나의 물음에 사육사는 고개를 갸웃거렸다. 나는 다시 물었다.

"요즘 정숙 씨가 무슨 약속을 지켜 달라고 중얼거렸잖아."

사육사의 표정이 순간 굳었다. 경직된 그의 이목구비에 균열이 났다. 그리고 빙하가 갈라지듯 무너졌다. 그의 젊음이 허물어졌다.

현실을 자각했기 때문일까. 그의 얼굴은 마치 행복한 꿈에서 깬 불행한 사람처럼 절망적이었다.

그는 더듬거리며 말했다. 결혼 45주년을 맞이해 에티오피아로 여행을 가게 된 거고, 현지 가이드를 어렵게 섭외해 오지 투어를 신청했다고. 그런데 가이드를 따라다니다 한눈판 사이에 정숙 씨가 사라지고 말았다고. 어지러운 정글에서 그만 놓친 모양이라고. 그래서 정숙 씨를 찾으려 헤매다가 그만 자기도 길을 잃게 되었고, 그러다 절벽에서 발을 헛디디게 되었으며, 절벽 아래로 떨어져 나를 만나게 된 거라고.

그는 횡설수설하면서도 약속이 뭔지는 제대로 설명하지 않았다.

나는 알았다. 지금 사육사는 이야기 바깥으로 빠져나와 있었다. 현재 진행 중인 이야기 속 주인공이 아니었다. 지금의 그는 이야기의 결말을 알아 버린 자였다. 알고 있기에 그것을 어떻게 전달해야 할지 망설이고 두려워하는 자였다. 마치 조작가가 그렇듯이.

하지만 나는 더 캐묻지 않았다. 젊어졌던 그의 육체에 균열이 생기며 그가 다시 원래대로 늙어 가고 있었기 때문이다. 머리칼이 하얗게 새어 갔고 얼굴에 주름이 하나둘 아로새겨졌다. 어깨가 굽어지고 탄력 있는 피부가 사라지며 앙상한 뼈마디가 드러났다. 그 과정은 빙하 속에 보존되어 있던 매머드가 빙하가 녹자 급속도로 부패하는 모습과도 같았다.

이제 사육사는 원래의 늙고 못생긴 남자로 되돌아가 있었다. 현실이었다.

요란한 빗소리가 동굴 안으로 메아리쳐 들어왔다. 한기가 몸에 서렸다. 극심한 피로가 느껴졌다. 나는 몸을 바짝 웅크린 채로 고개를 들어 동굴 안쪽을 바라보았다. 그곳엔 아무것도 보이지 않는 심연만이 존재했다. 어둠보다 더 어두운 어둠이었다.

졸음이 쏟아졌다. 나는 빙하 속 매머드의 비참한 최후에 대해 생각했다. 차라리 애초에 얼지 않았더라면, 그래서 보존되지 않았더라면 더 좋지 않았을까. 그 처연한 물음을 끝으로 나는 깊은 잠에 빠져들었다.

*

강렬한 빛이 눈꺼풀 위를 때렸다. 눈을 뜨니 따가운 햇살이 동굴 안으로 비쳐 들고 있었다. 아침이 온 것이다. 나는 눈을 비비며 밖을 바라보았다.

동굴 입구에 누군가 서 있었다. 그런데 그 뒤로 보이는 바깥 풍경이 어제 봤던 것과 달랐다. 황토색 바다 같은 건 없었다. 맑은 하늘을 배경으로 산과 나무와 빌딩과 전신주가 예전처럼 그대로 보였다. 세상은 잘 마른 빨래처럼 제자리를 지키고 있었다. 어제 일은 마치 꿈이었던 것처럼.

동굴 입구에 서 있던 사람은 천천히 우리에게 다가왔다. 사육사와 나는 말없이 올려다 보았다. 정숙 씨였다. 아주 잠깐 정신이 맑아지는 순간인 듯 정숙 씨는 흐트러짐 하나 없이 단정하게 말했다.

"여기 있었구나."

마치 우리를 오랫동안 찾아온 사람 같았다. 정숙 씨는 사육사와 나를 번갈아 보더니 조용히 중얼거렸다.

"이제 됐어. 그만하자."

누구를 향한 말인지 알 수 없었다.

17 변태에 대하여

프랑스 철학자 메를로퐁티는 말했다.
우리가 신체를 가지고 있는 한 폭력은 숙명이다.

그 심오한 말을 나는 서울 지하철 안에서 절실히 느낀다.
몇 명까지 탈 수 있나 시험하려는 듯 밀려드는 사람들. 꽉꽉 들
어찬 그 신체들의 폭력이 사방에서 압박해 올 때면, 나는 애써
눈을 감고 생각한다. 이건 숙명이야, 숙명.
월수금은 병원에, 화목토는 유전공학센터에 간다. 그곳에
서 피를 뽑고 디엔에이를 추출하며 때로는 장기의 일부를 떼

어 낸다. 매 프로젝트마다 달라지는 생체실험의 대상이 되기도 한다. 일련의 과정이 끝나면 몸에 힘이 없고 몽롱하다.

하지만 견뎌야 한다. 자유를 위해서다. 성공만 하면 자유롭게 살게 해 준다는 조건으로 내가 선택한 것이다. 일종의 계약인 셈이다. 따라서 나는 내가 인류에게 가치 있는 생물이라는 걸 증명해 내야만 한다.

나는 종종 내가 엄청나게 성공하는 미래를 상상한다. 단 한 번의 성취로 인생이 완전히 역전되는 것이다. 나는 박수갈채를 받는다. 인간들 가장 위로 올라가 군림한다. 더 이상 눈치 볼 것도 없다. 모든 지긋지긋한 악연의 사슬을 끊는다. 그리하여 나는 드디어 자유로워지는 것이다. ……그 자유를 가지고서 뭘 할지는 아직 모르지만.

지난 3년 동안은 아무 성과가 없었다. 내 유전자를 활용해 성장 호르몬 주사와 노화 방지 기술, 심지어 탈모 치료제까지 다양한 연구 사업들이 추진되었으나 다 실패했다. 위원장은 괜찮다며, 위대한 발견은 갑자기 이루어지는 거라며 나를 격려했다. 하지만 나는 그가 불안을 숨기고 있음을 알 수 있었다. 나도 불안했다. 내게는 그리 많은 시간이 남아 있지 않으니까.

그런 불안이 인파들 사이에 있으면 그나마 나아졌다. 그래서 출퇴근 시간대의 지하철에서는 마음이 묘하게 안정됐다. 다만 몸에 땀이 너무 많이 흐른다는 게 좀 그랬다. 그럴 만했다. 모든 걸 바짝 마르게 만드는 8월인데도 나는 두툼한 긴팔 긴바지를 입고 모자를 눌러쓴 채 마스크까지 썼다. 당연히도 주위 사람들은 나를 힐끗거렸다.

그러나 이렇게 위장한 덕에 아무도 나의 정체를 알지 못했다. 내가 '인류 2호'라는 걸, '감자 원숭이'라는 걸 몰랐다. 그저 어린아이나 왜소증과 같은 장애가 있는 인간으로 판단할 뿐이었다. 나는 그게 좋았다.

지난 3년 동안 내 키는 하나도 자라지 않았다. 여전히 128센티미터다. 몸만 보면 여전히 땅꼬마다. 다만 얼굴을 보면 확실히 어른이 되었다는 게 느껴진다. 예전의 내가 아니다.

변태(變態)다. 애벌레가 고치를 뚫고 나비가 되듯이. 올챙이에 뒷다리가 생기며 개구리가 되듯이. 한 생물이 혼자서도 생존할 수 있기 위해 성체로 변하는 과정. 나는 내가 그 변태의 과정을 거쳤다고 여겼다. 새롭게 태어난 것이다. 더는 누군가의 보살핌이 필요 없다. 인간들 사이에 파묻혀 살며, 나의 가치를 증명하기 위해 알코올 냄새나는 수술실 침대에 눕는다. 주사기에 내 몸을 맡긴다. 장기를 내어 준다.

나는 나를 팔아 산다. 그게 무엇이냐. 나도 어엿한 인류라는 뜻이다.

그리고 가장 중요한 변화가 있다. 성대를 쥐어 짜고 붉은 피를 토해 낸 끝에 겨우 터득했다.

나는 이제 노래하는 것처럼 말을 하지 않는다.

인간들처럼, 말하는 것처럼 말을 한다.

출퇴근 시간대 지하철 속 인파들 사이에서 마음이 편안한 이유는 어쩌면, 그들도 나와 같은 처지라는 걸 느끼기 때문일지도 모른다.

그들도 태초의 인류와는 다르다. 이 사회에서 자유를 얻기 위해, 자신의 가치를 증명하기 위해 변태했다. 하지만 그 결과 지금 그들에겐 자유가 없다.

나는 애써 눈을 감고 생각한다.

이건 숙명이야, 숙명.

*

집에 오는 길, 주머니에서 진동이 느껴졌다. 위원회에서 마련해 준 핸드폰에 전화가 오는 중이었다. 액정 화면을 보니 발신자로 다음과 같은 이름이 떠 있었다.

인간 실격

'박사님 별명이 뭔 줄이나 알아요? 인간 실격이에요. 인간을 연구한다지만 정작 인간의 마음을 하나도 이해 못하는 사이코패스라고요. 박사님은 타인을 멋대로 판단하고 자기 손아귀 안에서 조종하는 데 희열을 느끼죠. 전공이 얼굴이라 했죠?

하지만 내 얼굴을 한 번이라도 제대로 봤다면, 절대 그런 사기극은 안 벌였을 거예요.

기억해요. 나에 관한 연구가 실패한 건 다 박사님 때문이라는 거.'

나는 3년 전 제인에게 마지막으로 쏟아부었던 말들을 떠올렸다.

그때 제인은 아무런 반박을 하지 않았다. 내가 위원장의 뜻에 따라 연구소를 떠나서 여러 실험들에 참여하겠다는 것에 반대하지도 않았다. 그는 호모 위원회의 부위원장 자리를 스스로 그만두었는데, 그만두는 동시에 자신의 사비로 내 집을 마련해 주었다. 앞으로 '인류 2호'를 어떻게 이용하든 간에 최소한의 독립적인 생활은 보장해 줬으면 좋겠다면서. 그건 부위원장으로서 행사한 마지막 권력이기도 했다.

나는 지금 그가 마련해 준 집에 혼자 살고 있다. 비록 24시간 내내 위원회의 관리와 감시가 있지만. 아무튼 그의 노력 덕분에 나는 독립할 수 있었다.

핸드폰 액정 화면을 멀거니 보던 나는 전화를 받았다. 약간의 감상적인 재회를 기대하며.

그러나 핸드폰 너머 제인은 꼭 엊그제 만난 사람처럼 다짜고짜 본론부터 얘기했다. 외국에 있던 자기 딸이 한국에 오게 되었는데 당장 지낼 곳이 없다고, 며칠만이라도 내가 살고 있는 집에서 함께 지내도 되겠느냐고. 어차피 그 집에 방도 두 개 있지 않냐고. 나는 얼떨결에 알았다고 대답했고, 제인은 고맙다며 전화를 끊었다.

통화가 끝나고 잠시 멍하니 있었다. 나는 제인에게 딸이 있었는지조차 몰랐다. 그건 그렇고 어떻게 딱 자기 할 말만 하고 전화를 끊냐. 좀 서운해하다가 문득 웃음이 나왔다. 제인다웠기 때문이다. 나는 다시 털레털레 집을 향해 걸었다.

하늘이 붉게 물드는 시간이었다. 낮엔 뜨겁기만 하던 공기가 이젠 적당히 미지근했다. 주위 사람이 없는 걸 확인하고 마스크를 아주 살짝 내렸다. 낡은 아파트 건물들에 하나둘 불이 들어왔다. 그 풍경은 정겨우면서도 어쩐지 나를 먹먹하게 만들었다. 저녁이 오는 이 시간에 나는 내가 혼자라는 걸 가장 크게 느낀다.

전해 듣기로 제인은 해 오던 연구를 모두 접었다고 한다. 나의 현장 학습, 배우들을 쓰고 상황을 연출했던 그 실험이 얼마나 비윤리적이었는지 이제야 깨달았다면서. 그렇게 학자로서의 삶을 중단하고는 대신 아프리카에서 자원봉사자로 일한다고 했다. 나는 선행을 베푸는 그의 모습이 잘 상상되지 않았다. 다만 그는 내게 이런 말을 남겼다고 한다.

잃어버린 얼굴을 다시 찾아볼게요.

…… 그에게 저주를 퍼부어 미안하단 말을 하고 싶었다. 하지만 이제 그는 여기 없다.

고개를 드니 전신주들을 넘나들며 복잡하게 얽힌 전깃줄들이 보였다. 밀림이었다면 타잔은 저런 줄을 잡고 종횡무진하며 노래 불렀겠지. 아아아아아. 그러나 여긴 밀림이 아니며 전깃줄을 잡았다간 감전되고 말 것이다. 타잔과 동물 친구들은 여기서 살 수 없다. 여기는 다만 길 잃은 고양이와 굶주린 비둘기와 자유를 잃은 호모 사피엔스만이 생존하는 도시다. 진화의 막다른 골목이다.

제인의 실험이 정말 옳지 못한 것이었을까. 나는 종종 생각한다. 실험 속 상황은 다 가짜이긴 했다. 그러나 내가 느꼈던 감정은 진짜였다. 그리고 나를 위해 그랬다는 제인의 마음도 진짜였을 것이다.

하지만 그렇다고 해도 이전으로 되돌아갈 수는 없다. 그게 변태의 숙명이다. 개구리가 올챙이로 돌아갈 수 없듯이. 허물을 벗고 나면 한때 자신의 몸이었던 껍데기는 뒤안길에 버려두어야 한다.

과거가 나를 붙잡을 때면 나는 텅 빈 껍데기를 생각하려고 노력한다. 조금만 힘주어 누르면 무력하게 바스라질, 그런 무의미한 것을.

그처럼 결심하고 집에 도착하자 편지 한 통이 와 있었다.

미국에서 온 편지였다.

*

잘 지내는 것인가.
참으로 오랜만인 것이다.

나는 미국에서 동생과 함께 살고 있는 것이다.
그날 일 때문에 징계를 받아 요원 일은 영영 못 하게
된 것이다.
그래도 괜찮은 것이다. 어차피 그만두고 싶었던 것이다.
다만 그 태국 친구, 쏨차이의 소식을 모르는 게 마음에
걸리는 것이다.
행방불명됐단 얘기만 들은 것이다.

그러고 보면 그날 일은 이해 안 가는 것 투성이인 것이다.
그 엄청난 비는 뭐였는지 모르겠는 것이다.
물론 세상 사람들은 그게 집단적으로 환각을 본 거라고
판단하는 것이다.
환각. 환상.

생각해 보면 우리가 동물원에서 함께한 그 모든 나날이 참,

동화 같다는 생각이 드는 것이다. 말도 안 되지만 아름다운 동화인 것이다.

허나 이제 동화는 끝난 것이다.

하지만 슬픈 말을 하려고 편지를 쓴 건 아닌 것이다.

지금 내가 미국에서 무슨 일을 하는지 알면 넌 아주 놀랄 것이다.

나는 학원에서 한국어를 가르치는 선생님이 된 것이다.

너에게 배운 한국어로 나는 새로운 인생을 찾은 것이다.

면접 때 한인 3세 출신 원장이 나보고 말투가 왜 그러냐고 물은 것이다.

그래서 요즘 나는 다른 말투들도 배우고 있는 것이다.

그랬다. 그랬단다. 그랬어. 그랬거든. 그랬지. 그랬더라. 그랬던 거야 등등…….

나는 주로 한국어 교재의 예문을 만드는 일을 하는 것이다.

한국어 학원에서는 일도 한국인처럼 터프하게 해야 하
는 것이다.

나는 요원 때도 안 흘려 본 코피를 쌍으로 흘리며 예문
을 만드는 것이다.

그럴 때면 나도 모르게 이런 문장을 만드는 것이다.

'사육사: 당신은 어디에 사나요?'
'감자: 나는 동물원에 삽니다~~~'

원장은 왜 그딴 예문을 만드냐고 혼내는 것이다.

……하지만 슬픈 말을 하려고 편지를 쓴 건 아닌 것
이다.

너도 새로운 삶을 산다는 얘길 들은 것이다.

그런 삶도 나름대로 즐거움이 있을 거라고 믿는 것
이다.

나는 종종 너에게 선글라스를 하나 선물하고 올걸 후회
되는 것이다.

왜냐하면 너는 호모 사피엔스들보다 선글라스가 잘 어
울리는 유인원인 것이다.

다들 잘 지내는 것인가?

여전히 너는 이렇게 노래 부르듯 말하는~~ 것~ 인가
~~~?

물론 나도 아무런 문제가 없이 잘 사는 것이다. 다 좋
은 것이다.

~~다만 사실 모두가 보고 싶~~

더 쓰면 슬픈 말을 쓸 거 같은 것이다.

이만 줄이는 것이다.

FROM, 타이슨인 것이다.
~~~

18 성(性)에 대하여

"으악!"

아침에 일어나 씻으려던 나는 비명을 질렀다. 화장실에서 웬 젊은 남자가 나왔기 때문이다.

"누, 누구세요!"

나는 타이슨에게 배웠던 복싱 자세를 취하며 물었다. 남자는 뚱하게 대답했다.

"우리 엄마가 여기서 지내라고 했는데. 나 제인의 자식이에요."

나는 그제야 전날의 통화 내용이 생각났다. 하지만 더 수상하게 느껴졌다.

"거, 거짓말! 누굴 속이려고 합니까! 제인에게는 딸이 있다고 했어요!"

"네. 내가 그 딸인데요."

"……."

"……."

그런데 그 남자는, 아니 딸이라 주장하는 그는 대뜸 반말하는 것이었다.

"너 나 기억 안 나? 예전에 엄마가 연구소로 몇 번 출장 갔을 때 나도 따라간 적 있었거든. 그때 너 본 적 있는데."

"네? 무슨……, 아? 아아……."

기억났다. 나의 유년 시절. 연구소 학자들의 아이들 중 유일하게 내게 말 걸어 주고 같이 놀자고 했던 아이. 멋진 커피색 피부에 가지런한 흰 치아를 가졌던 그 남자애.

확실히 그때의 모습이 남아 있었다. 그때보다 더 멋있어졌다.

그런데 여자란다. 내가 어리둥절하고 있는데 그가 머리를 긁적이더니 말했다.

"난 모글리라고 부르면 돼. 근데 넌 뭐라고 부르지? 따로 부르는 이름이 있니?"

"어. 나는…… 내 이름은……."

대답은 나오지 않았다. 이상하게 얼굴만 후끈거렸다. 처음으로 내 안의 낯선 무언가가 꿈틀거리고 있음이 느껴졌다. 그건 바로 성(性)이라 불리는 본능이었다.

*

옷 입은 인간의 성별을 어떻게 구분할까. 나는 잘 모른다. 다만 인간들이 하는 분류법을 흉내 낼 뿐이다.

가슴이 튀어나온 것 같으면 여자고, 그렇지 않으면 남자. 골격이 크고 머리카락이 짧으면 남자고, 그보다 덩치가 작고 머리카락이 길면 여자. 옷과 화장으로 신경 써서 치장하고 다니면 여자고, 개떡처럼 하고 다니면 남자.

그런 분류법에 따르면 모글리는 확실히 남자여야만 했다.

이제 고등학생이 되는 나이라는데 키는 이미 180센티미터가 넘었다. 군살이 없어 마른 편이었지만 어깨가 넓고 팔다리가 길어 전혀 왜소해 보이지 않았다. 까무잡잡한 피부는 건강한 느낌을 주었으며 잘 단련된 근육이 알알이 박혀 있었다. 짧은 단발머리를 한 채로 옷도 운동선수처럼 입고 다녔다. 꾸미는 것 따윈 하나도 없고 치장은커녕 정말이지 개떡처럼 하고 다녔다. ……그런데 개떡처럼 하고 다녀도 싱그러웠다.

모글리와 한집에 살면서 나는 몸이 자주 뜨거워졌다. 열이 난 것 같았고 마치 공기를 잔뜩 넣은 풍선마냥 터질 것 같았다.

옷을 입으면 나의 변화는 드러나지 않았다. 얼굴만 달라졌지 덩치는 모글리가 유년시절에 만났던 그 128센티미터의 감자 원숭이에서 하나도 변하지 않았으니까.

하지만 알몸으로 거울 앞에 섰을 때 나는 내 신체가 변형을 겪고 있다는 걸 알 수 있었다. 나는 나의 의지와는 무관하게 내 몸에서 일어나는 일이 두려웠고, 동시에 징그럽고 역겨웠다. 그래서 얼른 옷을 입었다. 그러나 인정하지 않을 수 없었다. 나는 모글리에게 성적으로 끌리고 있었다. 그 성이란 게 여성의 성인지 남성의 성인지 혹은 그 외의 성인지는 알 수 없었지만.

단지 나는 나 또한 성에서 자유로울 수 없는 동물이라는 당연한 사실이 견딜 수 없을 만큼 부끄러웠다. 메를로퐁티는 우리가 신체를 가지고 있는 한 폭력은 숙명이라고 했는데 나는 다르게 말하고 싶다.

우리가 신체를 가지고 있는 한, 수치는 숙명이라고.

모글리는 내게 수치를 가르쳤다.

그처럼 내게 성을 일깨운 그였지만 정작 그는 반대로 성의 존재를 무시하는 것 같았다.

이를테면 그는 집 앞 공원에서 웃통을 벗고 달리기했다. 물론 속옷 없이 상체를 전면 노출한 채로. 행인들은 가끔 모글리의 가슴 쪽을 힐끗거렸다. 허나 헷갈린다는 듯 쳐다보다가도 혹시 모글리와 눈이 마주칠 새라 얼른 눈을 피하기 일쑤였다.

모글리에게는 그런 아우라가 있었다. 딱히 무슨 말이나 행동을 하지 않더라도 온몸에서 뿜어내는 당당함이 위력을 발휘했다. 예컨대 누군가가 자신을 여자인지 남자인지 판단하려고, 어쩌면 무의식적일지도 모를 시선을 보내올 때 반대로 그 시선의 당사자로 하여금 부끄러움을 느끼게 만드는 것이다. 나도 예외가 아니었다. 모글리는 나를, 그러니까 성을 부끄러워하는 나를 왠지 촌스러운 존재로 만드는 것 같았고, 그래서 부끄러워하는 나를 부끄럽게 만들었다. 그의 곁에서 나는 초라해졌다.

얼떨결에 같이 살게 되었지만 처음 며칠 간은 거의 교류가 없었다. 그는 영국에서 다니던 학교를 그만두고 잠시 쉬고 있다고 했는데 뭘 하는지 항상 바빠 보였다. 스스로에 대한 의심이나 고민은 전혀 없는 사람처럼 언제나 직선으로 움직였다.

나는 종종 집 앞 공원에서 운동하는 그를 멀찍이서 보곤 했다. 그는 비 한 방울 내리지 않는 8월의 무더위에도 아랑곳하지 않고 턱걸이와 평행봉을 했다. 뙤약볕 아래 근육이 보기 좋게 음영졌다. 하교하던 여자 중학교 학생들이 입을 가린 채 상기된 얼굴로 그를 구경했다. 하지만 그는 그러거나 말거나 신경 쓰지 않는 것 같았다. 땀이 마구 흐르고 얼굴이 일그러지는

데도 개의치 않는 태도가 멋졌다. 그를 동경하고 욕망하는 마음이 솟구쳤다. 그러다가도 나는 갑자기 돌변하여 중얼거렸다.

재수 없어.

비뚤어지고 못난 마음이라는 걸 알면서도 어쩔 수 없었다. 원래 나는 삐뚤어지고 못난 유인원이니까. 더군다나 저주의 고수니까. 나처럼 음울한 자들이여, 함부로 밝은 자들과 가까워지지 마라. 당신의 그림자를 더 어둡게 만들 뿐이니.

그렇게 나는 빛나는 모글리에게서 돌아섰다. 두꺼운 후드 모자를 더 깊이 눌러쓰면서.

*

모글리가 이 세상에 자길 과시하듯 드러냈다면 나는 정반대로 나 자신을 감췄다. 그게 나의 생존법이라고 믿었다.

다만 작렬하는 한낮의 태양 아래에서도 옷을 꽁꽁 싸매고 다니다 보면 여기는 내가 있을 곳이 아니란 생각이 들었다. 그렇다고 해서 내가 어디에 있어야 하는지 아는 것도 아니었다. 한데 마음속에서 음험한 목소리가 고개를 내미는 때가 있었다. 그 목소리는 내게 답을 말해 준다.

동물원이야. 너는 그냥 동물원 우리에 갇힌 동물처럼 사는 게 맞아.

나는 반박하지 않는다. 반박할 말을 찾을 수 없다.

그럴 때면 시끄러운 속을 달래고자 동네에 있는 한적한 놀이터에 갔다. 각종 동물 모형의 시소와 그네가 있는 곳이었다. 시소에는 코끼리가 앉아 있고 정글짐에는 원숭이가 손짓하고 있었다. 사람은 거의 없었다. 가끔 예전처럼 노래를 불러 볼까 생각하다가 그만두었다. 노래를 안 부른 지 너무 오래되었다.

사실 내가 놀이터에 가는 이유는 하나 더 있었다. 그건 한 강아지 때문이었다. 그 강아지는 혼자 동네를 배회하는지 자주 놀이터에 나타났다. 주인 없이 떠도는 유기견인 것 같았다. 갈색 털 뭉치처럼 생겼는데, 찾아보니 토이 푸들 비슷한 종인 듯했다.

토이 푸들. 음. 토이 푸들이라니. 어처구니없는 이름이었다. 살아 있는 생물에게 어떻게 '토이'라는 이름을 붙일 수 있을까. 하긴 '인류 2호'라는 이름도 만만치 않긴 하다. 인간들은 어떻게 그 모양인지. 모든 게 자기들 위주다.

그렇다고 인간들에게서 독립할 수는 없다. 냉정히 봤을 때 그 강아지는 인간들의 토이로 사는 것 외에는 할 줄 아는 게 없는 것이다. 그렇게 태어났고, 애초에 그렇게 태어나도록 개량된 종일지도 몰랐다. 따라서 그 강아지에게 인간이 곁에 없다는 건 자유나 독립을 의미하지 않는다. 유기를 의미할 뿐이다. 나는 어째선지 자꾸 그 강아지에게 마음이 갔다. 꼭 나를 보는 것 같아서.

하루는 강아지가 먹을 만한 간식을 사서 놀이터로 갔다. 마침 강아지가 있었다. 어떻게 줘야 하는지 몰라 간식을 들고 쪼그려 앉아 있으니 강아지가 살금살금 다가왔다. 걷는데 발톱 때문에 토토토토 소리가 났다. 나는 가슴이 두근거렸다. 강아지가 거의 앞까지 온 순간, 무언가가 전광석화처럼 뛰어들어 간식을 채갔다.

어안이 벙벙했다. 간식 도둑의 정체는 삼색 고양이였다. 삼색이는 원래부터 자기 거라는 듯 새침하게 간식을 먹었다. 나는 자연스럽게 말을 걸었다.

"이봐 고양이. 그건 강아지용 간식인데 네 체질에 괜찮으려나……."

고양이가 알 바 아니라는 듯 자기 얼굴을 한번 긁었다. 강아지는 한쪽 발을 든 자세로 멋쩍게 멈춰 있었다.

나는 다시 다른 간식을 꺼냈다. 그런데 이번에도 고양이가 간식을 채 가려는 것이었다. 얼른 간식을 뒤로 숨기려는데, 고양이의 통통한 앞 발바닥이 내 이마를 퉁 때렸다.

"억!"

그 사이 고양이는 간식을 훔쳐 갔다. 나는 억울했다. 나름

복싱을 배웠는데 고양이 펀치에 맞다니. 솔직히 아프진 않았는데 기분이 나빴다.

"너도 줄 테니까, 기다려. 일단 저 강아지 좀 먼저 주자고."

고양이가 자긴 하찮은 간식엔 관심 없다는 듯 도도하게 하품했다. 나는 속이 부글부글 끓었지만 다시 또 다른 간식을 꺼냈다. 그런데 이번에도 고양이는 달려들었고, 나는 간식을 얼른 숨겼으며, 그 순간 고양이 펀치가 또 내 이마를 퉁 때렸다.

"정말 너무하는군!"

나는 벌떡 일어나 허리에 양손을 척 올렸다. 나름 위압감을 주기 위한 자세였다. 혹시나 내가 호모 사피엔스가 아닌 감자 원숭이 비슷한 종이란 걸 알고 만만하게 대하나 성도 났다. 한데 그때였다. 등 뒤에서 날카로운 음성이 들려왔다.

"뭐 하세요?"

돌아보니 사십 대쯤 되어 보이는 여자가 나를 보고 있었다. 얼굴엔 경계심이 가득했다. 여자는 미간을 좁히며 말했다.

"지금 혹시 고양이 괴롭힌 거예요?"

여자의 손에는 고양이 사료 봉지가 들려 있었다. 길고양이에게 밥을 주며 돌봐 주는 분 같았다. 나는 당황한 나머지 말은 못 하고 양손을 내저었다. 하지만 여자는 한여름에 긴 옷과 모자, 마스크로 무장한 나를 수상쩍다는 듯이 위아래로 훑었다. 어딘가 기묘한 내 신체 비율을 관찰하는 것 같기도 했다.

"너 몇 살이니?"

나는 나도 모르게 뒷걸음질을 쳤다. 여자가 한 발짝 내게 다가왔다. 갑자기 겁이 덜컥 났다. 그래서 얼른 돌아서서 뛰려는 순간 팍 뒷덜미를 붙잡혔다. 여자가 거친 손길로 나를 돌아세웠고 동시에 내 모자를 벗겼다.

"악!"

내 얼굴을 본 여자가 비명을 질렀다.

그 순간 여자가 지었던 표정이 사진처럼 내게 각인되었다. 경악과 혐오. 인간처럼 이목구비는 달렸지만 인간은 아닌 것을 보았을 때의 본능적인 거부감. 그 표정 앞에서 나는 얼어붙은 듯 꼼짝도 할 수 없었다. 여자는 믿을 수 없다는 듯 핸드폰을 꺼내 들었다. 마치 괴생명체를 목격해 신고라도 하려는 것처럼.

누군가가 우리 둘 사이에 끼어든 건 그때였다.

"괴롭힌 게 아니에요. 강아지한테 먹이 주려는데 고양이가 뺏어 먹은 것뿐이죠."

모글리였다. 모글리는 내 앞에 서서 여자를 마주 보았다. 여자는 좀 당황한 것 같았다. 모글리는 말했다.

"그리고 저기 좀 보세요. 저게 괴롭힘당한 고양이 같나요?"

모글리는 내 발치를 가리켰다. 나도 내 발치 쪽을 내려다보았다. 아까 펀치를 날리던 얄미운 모습은 어디로 가고 내 종아리에 얼굴을 비비고 있었다. 여자는 그 모습을 보고 뭐라 작게 중얼거렸다. 그리곤 눈치 보더니 그 자리를 뜨려고 했다. 하지만 모글리가 여자를 잡았다.

"사과하셔야죠."

모글리는 여자의 무례함에 대해 조목조목 따졌고, 결국 나는 사과를 받았다.

모글리와 나는 누가 뭐라 말하지 않았지만 자연스럽게 함께 집을 향해 걸었다. 몇 발짝 뒤에서는 강아지가 토토토토 소리 내며 따라왔다. 또 그 뒤로는 고양이도 심심한지 뒤따라왔다. 넷이 함께 걷고 있는 꼴이었다. 동행인 듯 아닌 듯 어정쩡하게. 기묘한 조합이었다. 여자인지 남자인지 알 수 없는 멋진 소년과 털 뭉치 유기견과 복싱의 고수 고양이와 그리고 감자 원숭이까지.

독립한 이후 처음이었다. 내 편이 생겼다는 기분을 느낀 건. 그리고 어쩌면 이젠 혼자가 아니게 될지도 모른다고 생각했다. 어쩌면, 아주 어쩌면, 예전처럼 다시 가족이라고 불릴 만한 관계가 시작될지도 모른다고 기대했다.

하지만 그건 섣부른 희망이었다. 모글리는 모자를 푹 눌러쓴 나를 보더니 단호하게 말했다.

"스스로를 감추지 마. 그건 비겁한 짓이야."

그때 나는 느꼈다. 모글리와 나 사이에 얼마나 먼 거리가 있는지.

*

스스로를 감추지 말라고? 그건 비겁한 짓이라고?
넌 참 당당하구나. 당당해서 멋지구나.
멋져서 좋겠다.
하지만 다 너 같지는 않아. 나는 말이야, 나는……,

긴긴밤을 지새우며 나는 그때 무슨 말을 했으면 좋았을까 곱씹었다.

놀이터에서의 사건이 있고 난 다음 날, 모글리는 고백했다. 사실 한국 오기 전부터 나에게 엄청난 흥미와 기대를 가지고 있었다고. 그런데 실제로 보고 나니 실망을 했다고. 나는 왜 실망했냐고 물었다. 그는 진지하게 대답했다.

"나는 네가 좀 더 대단한 일을 하고 있는 줄 알았어."

대체 뭐가 대단한 일이냐는 말이 목구멍까지 올라왔으나 꾹 참고 삼켰다. 왜냐하면 나를 보는 모글리에게서 진심으로 속상해하는 감정이 느껴졌기 때문이다.

대신에 나는 최대한 아무렇지 않은 척하며 말했다.

"나도 대단한 일을 안 하려고 하는 건 아니야. 그저……."

243

그저 나는 너처럼 태어나지 못했을 뿐이지. 너처럼 자길 어떤 이름으로 불러 달라며 당당하게 얘기할 만한 존재로 태어나지 못했을 뿐이라고. 밖에서 웃통을 훌러덩 깔 정도로 자신만만한 너처럼.

하지만 이 말들은 입 밖에 나오지 못했다. 그런 혼잣말을 할수록 나는 더 비참해졌다.

위원장을 만난 건 그로부터 이틀 뒤였다. 위원장은 최근 내가 참여한 프로젝트의 실험 결과가 나왔다고 했다. 나는 여태껏 그래 왔듯 또 실패일 거라 짐작했으나 그의 표정이 심상치 않았다. 그는 눈시울까지 붉히며 드디어 너의 가치를 찾았다고 했다. 이제 '인류 2호' 네가 인류를 구할 거라고 말이다.

19 돌연변이에 대하여

호모 사피엔스는 지금은 멸종한 또 다른 인류인 네안데르탈인과 교류했으며 그 결과 그들 유전자의 일부를 가지고 있다. SLC16A11라는 유전자도 그중 하나다. 지방을 체내에 축적하는 유전자로, 과거에는 생존에 큰 도움이 되었을 터다. 하지만 그것이 오늘날 현생 인류에겐 다름 아닌 비만과 당뇨를 일으키는 요인이 되었다. 질병의 씨앗이 된 셈이다.

그런데 위원장은 그 반대도 가능할 거라고 판단했다. 어느 인류 종의 유전자가 현생 인류의 질병을 고칠 단서가 될 수도 있을 거라고. 그는 기적의 씨앗이 바로 나에게 있다고 믿었

다. 나는 분명히 호모 사피엔스와는 다른, 돌연변이 유인원이

니까.

"역시 내 판단이 틀리지 않았네."

유전공학센터의 미팅룸에서 마주 앉은 위원장은 뇌 얘기

를 먼저 꺼냈다.

"호모 사피엔스의 두뇌가 다른 유인원과 달라지게 된 결정

적인 이유가 뭔 줄 아나? ARHGAP11B라는 특이 유전자 때문

이야. 대뇌 신피질을 확장시킨 유전자지. 쉽게 말해 인간 뇌에

수많은 주름을 잡히게 만든 유전자네. 그 덕에 우리는 지금처

럼 고차원적인 사고를 할 수 있었고, 결국 만물의 영장이라는

호사스러운 칭호까지 누리게 된 거지. 그런데 그 유전자는 처

음부터 우리가 가지고 있던 신의 선물이 아니네. 돌연변이로

우연히 생겨났을 뿐이지."

위원장은 검지로 자신의 머리를 가리켰다.

"우연히 생긴 돌연변이. 그 단 하나의 유전자가 지금의 인

간을 만든 거야."

나는 그의 말뜻을 고민하다 물었다.

"그럼 제게도 그런 돌연변이 유전자가 있다는 건가요?"

"그렇다네. ARHGAP11B의 변형 유전자로, 인간에게는 없

는 유전자지. 그리고 이 변형 유전자가 뇌 신경세포의 매우 특

이한 활동을 유발한다고 하네. 세포의 독성물질을 분해하는

동시에 손상된 세포를 독특하게 재생시킨다는 거야. 그 결과 인간과는 전혀 다른 사고 과정을 가능케 하지. 과학자들의 비유에 따르면, 뭐랄까……."

위원장은 표현을 고르다 자기 앞에 있는 종이 위에 볼펜으로 선을 그었다.

"호모 사피엔스가 이렇게 직선으로 사고한다면."

위원장은 종이를 뒤집더니 다시 볼펜으로 뭔가를 그렸다.

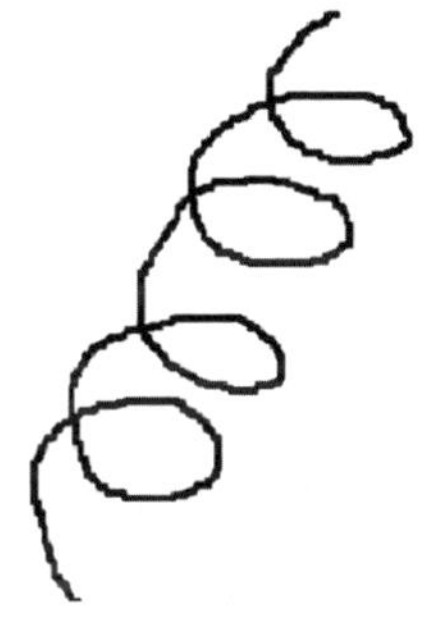

"자네는 이런 식으로 사고를 한다는 거야."

나는 다소 난감한 기분이 되었다. 깔끔한 직선이 좋아 보이지 돼지 꼬리 같은 방식은 어쩐지 별로 같았다. 위원장은 말했다.

"우리로선 이해할 수 없는 방식이지. 도대체 자네는 어떤 식으로 사고를 하며 살아온 것인가?"

"저는……."

나는 망설이다 답했다.

"글쎄요. 저는 알 수 없네요. 저 그림이 맞다면, 전 돼지 꼬랑지처럼 사고한다는 건데……. 돼지 꼬랑지는 자기가 돼지 꼬랑지라는 걸 모르지 않을까요?"

"돼지 꼬랑지? 재밌는 표현이군. 그렇지. 자네는 알 수 없겠지. 근데 호모 사피엔스도 마찬가지네. 우리도 우리가 어떻게 사고하는지 사실 모르는 거나 다름없어. 자네와 비교함으로써 우리도 우리를 알아 가는 거지."

위원장은 행복한 듯 웃었다. 근 3년 만에 보는 편안한 미소였다. 나와 관련된 프로젝트들이 줄줄이 실패하는 동안 예전 풍만하던 덩치는 점차 쪼그라들어 이젠 볼품없이 야윈 그였다.

나는 나의 생각하는 방식이 평범하지 않을 수 있다는 걸 처음으로 깨달았다. 어쩌면 마음속으로 혼잣말을 쌓아 두며 그 말들을 상상 속의 어딘가에 기록해 두는 내 오랜 습성도 특이

한 유전자 때문일지 몰랐다. 이제껏 나는 그게 나의 결핍과도 같다고 느꼈다. 하지만 위원장은 반대로 그 특이성이 인류의 새로운 대안이 될 거라 하고 있었다.

"인간의 오랜 뇌 질환을 치료할 수 있을 거야. 자네의 유전자를 인간에게 이식하여, 획기적인 방식으로 뇌를 다시 태어나게 하는 거지. 가능성이 확실히 있네."

위원장은 연구 자료가 적힌 서류들을 내게 내밀었다. 아무리 봐도 무슨 내용인지 이해는 안 됐지만 나 역시 위원장처럼 설레기는 매한가지였다. 하지만 반대 의견도 있었다.

"제 생각에 이건 너무 위험합니다."

그는 제인의 전전 남편이자 모글리의 아빠, 사업가였다. 그간 위원장의 사업 파트너로서 나에게 재정적 지원을 아끼지 않았던 그가 이번엔 반대하고 나선 것이었다. 위원장은 사업가에게 되물었다.

"왜 그렇게 생각합니까?"

"이런 유전공학적 분야의 경우는 최소한 한 번 이상의 불확실한 도전이 있을 텐데요. 실제 인간을 대상으로요. 그런데 실패했을 때 감수해야 할 게 너무 큽니다."

사업가의 말을 들으니 덜컥 겁이 났다. 만일 실패한다면 되돌릴 수 없을 것이다. 하지만 위원장은 말했다.

"맞습니다. 감수해야 할 게 크죠."

위원장의 움푹 들어간 눈자위에서 안광이 형형하게 빛났다.

"하지만 저는 이렇게 생각합니다. 우리 인류는 그 크나큰 위험을 감수하면서 지금까지 발전해 온 거라고."

그리고 위원장은 덧붙였다.

"만약 성공하면 무엇을 이룰지 아십니까? 인류가 지금까지도 치료하지 못한 뇌 질환. 인간으로 하여금 자신이 인간임을 잊게 만드는 비극적인 불치병. 바로 치매라 불리는 그 질병을 정복할 수 있는 겁니다."

치매를 정복한다. 위원장의 말을 듣자 나는 한 사람을 떠올렸다. 잊은 척했지만 절대 잊을 수 없는 사람이었다. 나에게 처음 말을 가르쳐 준 사람이었으니까.

*

위원장은 내가 로빈을 만나러 간다고 하니 그리 탐탁지 않아 하면서도 거주지역을 벗어나는 걸 허락했다. 다시 만난 로빈은 아이처럼 눈물부터 왈칵 쏟았다.

그는 그새 주름이 더 많아졌고 많이 늙어 있었다. 하지만 모순적이게도 그래서 더 아기 돼지처럼 보였다. 눈물을 찍어 닦으며 어떻게 지내냐고 묻는 그의 질문에, 나는 위원장이 제안한 뇌 질환 프로젝트에 대해 말했다.

애기를 다 들은 로빈은 걱정스럽게 말했다.

"그그그건 너너무 위위허험한 이일인데? 아안하면 아안될까."

"박사님도 사업가랑 똑같은 얘기 하시네요? 아, 사업가 누군지 아시죠?"

"개개자식!"

"아니 갑자기 왜……."

로빈은 뭐에 화가 났는지 캥커루처럼 폴짝폴짝 점프했다. 나는 뒤늦게야 사업가가 제인의 전전 남편임을 상기했고, 제인을 향한 로빈의 마음은 아직도 변함이 없다는 걸 확인했다.

"그런데 박사님은 어떻게 지내세요?"

"마말을 가가르쳐."

로빈은 경기도 외곽 한 대학의 강사로 있다고 했다. 내가 떠난 이후로 연구소가 폐쇄되자 학자들은 뿔뿔이 흩어졌다. 대부분이 한국을 떠나 본국으로 돌아갔는데 로빈은 남은 것이다.

현재 로빈은 대학에서 '프랑스어와 세계'라는 과목을 담당하고 있다고 했다. 다만 학생들의 컴플레인이 잦다고 했다. 아니 언어를 배우는 수업인데 가르치는 사람이 말을 잘 못 하니 어쩌냐는 것이었다. 그러나 로빈은 그 학생들이 뭘 모르는 거라고 했다. 꼭 말만 말인 건 아니라고 하면서.

"더더더듬는 거것도 나의 마말인데."

나는 로빈이 변하지 않아 좋았다. 그런데 로빈은 나를 슬픈 눈으로 바라보았다.

"너너는 더더는 예예전처럼 마말하지 않구나. 노노래가 머 멈췄어."

나는 그저 웃어 보였다. 로빈도 더는 말하지 않고 길을 앞 장섰다. 나는 그를 뒤따르며 새삼 고마움을 느꼈다. 그가 아니었다면 정숙 씨, 그리고 사육사의 근황을 알지 못했을 것이었다.

로빈은 나를 어느 낙후된 동네로 데려갔다. 그러더니 허름한 단층짜리 건물로 들어갔다. 나는 이 안에 정숙 씨와 사육사가 있냐고 물었고, 로빈은 자기가 여기서 재능 기부식으로 봉사활동을 한다며 동문서답을 했다. 나는 정숙 씨와 사육사가 어떻게 지내는지 알고 싶었을 뿐인데 그는 시간이 늦었다며 빠른 걸음으로 구불구불한 복도를 걸었다. 그리곤 복도 끝에 있는 문을 열고 들어갔다.

문 너머는 빛이 거의 없어 온통 캄캄한 곳이었다. 앞뒤로 두꺼운 검은색 커튼도 쳐져 있었다. 뭐 하는 데인지 알 수 없는 공간에 피아노 하나가 덜렁 있었다. 로빈은 피아노 앞에 앉았다. 뒤이어 누군가와 신호를 주고받는가 싶더니 피아노를 치기 시작했다.

대체 뭐 하는 거냐며 입을 열려고 할 때, 커튼 너머에서 빛
이 보였다. 나는 커튼을 살짝 들췄다. 그런데 커튼 너머 조명
아래로 아주 흉측한 외모의 남자가 보였다. 남루한 누더기 같
은 것을 입었고 허리가 90도 가까이 굽어 있었다. 남자는 스스
로가 천한 존재임을 과시라도 하듯 뒤뚱뒤뚱 걸으며 비굴하게
웃었다. 이윽고 나는 그가 누구인지 깨닫고 하마터면 비명을
지를 뻔했다.

사육사였다. 그 흉측한 남자가 사육사였던 것이다.

왜 저렇게 된 거지. 물론 원래부터 못생기긴 했지만. 그래
도 저 정도는 아니었는데. 그리고 왜 저렇게 주접스럽게 행동
하는 거야. 나는 내가 모욕을 받은 듯 치가 떨렸고 걷잡을 수
없이 속상했다. 얼른 사육사에게 뛰어가려는데 설상가상으로
그가 노래를 부르기 시작했다. 순간 나는 울컥해서 아니 지금
뭔 생쇼하나 싶었는데,

맞았다. 쇼였다.

커튼 너머의 풍경이 그제야 눈에 들어왔다. 조명 아래 사육
사가 있는 곳은 바로 무대였다. 그리고 객석에 앉은 사람들이
노래하는 사육사를 보고 있었다. 잘 보니 그 사람들은 모두 노
인들이었다. 머리가 하얗고 피부는 주름졌으며 육체가 허물어
져 가는 쓸쓸한 노인들.

이상한 일이었다. 그 순간, 기도하듯 양손을 마주 잡고 발

그레한 얼굴로 공연을 보는 그들은 노인이 아니라 아이처럼 빛났다. 그것이 보기 좋았다.

그리고 그들 한가운데서 나는 알아볼 수 있었다. 정숙 씨. 정숙 씨도 사육사의 공연을 보며 아이처럼 눈을 빛내고 있었다.

나는 얼핏 보이는 현수막 속 글귀들을 읽었다. 어떤 병동 어르신들을 위한 뮤지컬 공연이라고 했다.

즉 객석에 있는 노인들 모두 어딘가 아픈 사람들이란 뜻이었다. 어쩌면 정숙 씨랑 같은 그 치매란 병을 앓고 있을지도 몰랐다. 하지만 공연에 몰입한 그들은 전혀 아픈 사람들 같지 않았다. 누구보다 살아 있는 사람들 같았다.

나도 멍하니 공연을 보았다. 여러모로 조악한 공연이었다. 음향 시설이 열악해 로빈이 연주하는 피아노 소리가 잘 들리지 않았다. 사육사를 비롯한 배우들의 실력도 대부분 민망할 정도로 형편없었다. 관객들처럼 배우들 역시 노인이었는데, 노래를 부르다가 숨이 달려 갑자기 콜록콜록 기침하다 다시 노래하기도 하고, 연기하다 말고 중간에 떨린다며 청심환을 삼키기도 했다. 무대 아래에선 장군이 아부지 힘내요! 라는 응원도 터져 나왔다. 제대로 된 뮤지컬 공연을 본 적은 없었지만 이런 건 아닐 거란 생각이 단번에 들었다.

그러나 중요한 건 어느샌가 나도 그 엉성한 공연에 빠지게 되었단 것이었다.

공연하는 작품은 「노트르담의 꼽추」였다. 예전에 사육사와 정숙 씨가 밥 먹다 말고 식탁 앞에서 연기하던 그 작품, 과거 젊은 시절 사육사가 오디션을 준비했던 바로 그 작품이었다.

작품의 줄거리는 대성당의 종지기이자 흉측한 꼽추 콰지모도가 아름다운 집시 여인 에스메랄다를 마음에 두며 일어나는 비극이었다. 사육사가 콰지모도를 연기하고 있었다. 추한 외모와 다르게 착한 마음씨를 가진 콰지모도는 에스메랄다를 돕는다. 왜냐하면 에스메랄다는 이 세상에서 유일하게 자신을 잘 대해 준 사람이기 때문이다. 콰지모도에게 에스메랄다는 구원의 빛이다. 이에 에스메랄다는 자신의 운명을 개척하려 한다.

나는 공연이 거기서 끝났으면 좋겠다고 생각했다. 행복한 그들의 모습에서 마무리되길 바랐다. 하지만 아니었다. 공연은 이어졌고, 이야기는 계속됐다. 이야기의 끝에서 그들의 꿈은 좌절되고 결국 에스메랄다는 교수형에 처해 죽는다.

그리고 공연 마지막, 콰지모도는 에스메랄다의 시신 앞에 무릎을 꿇는다. 콰지모도가, 사육사가 눈물을 흘린다. 삶의 유일한 빛이었던 여인 앞에서. 사육사는 노래를 부른다. 그런데 그 노래가 꼭 말 같다. 말이 노래가 되고, 노래가 말이 되는 것 같다.

사육사는 말한다.

"많은 세월이 흐른 뒤 그들은 찾겠지. 끌어안은 채 썩어 간 두 사람의 뼈를. 슬픈 콰지모도 그가 에스메랄다를 얼마 나 애타게 사랑했는지. 저주받은 그 영혼이, 어떻게 사랑했는 지……."

나는 더는 지켜보지 못하고 공연장을 뛰쳐나갔다.

가슴이 파도치듯 울렁거렸다. 처음 보는 뮤지컬이라는 공 연이 내 심장을 뛰게 했다. 배우들이 노래하듯 말하고 말하듯 노래하는 것이 마치 꼭 예전의 나와 같았기에 더 그랬다. 예전 의 나는 그런 내가 잘못된 거라고만 생각했다. 하지만 아닐지 도 몰랐다.

그리고 목에 핏대를 세우고 노래하던 사육사. 그것을 지켜 보던 정숙 씨. 멀리서 봐서 잘 모르지만 아마 두 사람 모두 많 이 늙었을 것이다. 차마 그들 앞에 내 모습을 드러낼 수 없었 다. 다만 그들이 계속 행복했으면 좋겠다는 생각이 들었다. 어 디도 아프지 말고.

그들을 위해서 나는 뭘 할 수 있을까.

집에서 가만히 앉아 생각하던 나는 거실로 나갔다. 거실 조 명을 적당히 조절했다. 몇 시간 전 봤던 장면들을 떠올리며, 나 는 허리를 굽히고 뒤뚱뒤뚱 걸으며 노래를 불렀다. 혼자 콰지 모도를 연기했다.

"슬픈 콰지모도 그가 에스메랄다를 얼마나 애타게 사랑했는지. 저주받은 그 영혼이, 어떻게 사랑했는지!"

마침 집에 들어오던 모글리가 그 광경에 흠칫 놀랐다. 우리는 얼어붙은 듯 멈춰 서로를 보았다. 모글리가 간신히 한마디 했다.

"누가 너 괴롭혔니?"

며칠 뒤 모글리는 나를 진짜 뮤지컬 공연에 데려갔다. 나는 옷으로 꽁꽁 싸맨 채 모글리 뒤에 바짝 붙어 공연장 안으로 들어갔다. 똑같이 「노트르담의 꼽추」였다.

공연을 보기 전 나는 작품의 줄거리를 미리 찾아보았다. 그 덕에 에스메랄다의 죽음 이후 이야기도 알 수 있었다.

시간이 흐른 뒤 사람들은 두 개의 유골을 발견한다. 하나는 교수형을 당한 여자의 유골이고 다른 하나는 등뼈가 구부러져 불구로 보이는 남자의 유골이다. 그런데 남자의 유골이 여자의 유골을 꼭 껴안는 모양새로 되어 있다. 아마도 여자가 먼저 죽은 뒤, 남자도 그 자리에서 여자를 따라 죽은 것 같다. 사람들이 두 유골을 떼어 내려 하자, 남자의 유골은 먼지가 되어 버린다……

모글리와 함께 본 진짜 뮤지컬 공연은 내가 그 허름한 건물에서 봤던 것과는 차원이 달랐다. 배우들이 다 프로답게 연기도 잘하고 노래도 잘했다. 하지만 어째선지 나는 자꾸 콰지모도 역의 배우를 보면서 너무 잘생겼단 생각을 버릴 수 없었다.

흠, 콰지모도는 멋있으면 안 되는데. 콰지모도는 사육사 같아야 하는데. 나는 언젠가부턴 콰지모도를 연기하는 그 배우가 자꾸만 사육사로 보였다.

그렇게 공연은 막바지를 향했고 콰지모도가 마지막 노래하는 대목에 이르렀다. 먼젓번엔 뛰쳐나가느라 듣지 못했던 노래의 나머지 부분이 울려 퍼졌다. 나는 눈을 감았다. 나만의 동굴 입구에 앉아 밤하늘을 바라보았다. 노래가 들려왔고, 밤하늘 위로 사육사와 정숙 씨의 나날이 영사되었다.

　　　많은 세월이 흐른 뒤
　　　그들은 찾겠지
　　　끌어안은 채 썩어 간
　　　두 사람의 뼈를

　　　슬픈 콰지모도 그가
　　　에스메랄다를 얼마나
　　　애타게 사랑했는지
　　　저주받은 그 영혼이
　　　어떻게 사랑했는지

　　　나의 피와 살을 뜯거라

어둠의 독수리여
시간과 죽음을 넘어
하나가 되도록

고통스러운 내 영혼이
이 땅을 떠날 수 있게
간절한 나의 사랑이
저 하늘에 닿을 수 있게
저 하늘에 닿을 수 있게

춤을 춰요, 에스메랄다
노래해요, 에스메랄다
조금만 더 날 위해
죽도록 그댈 사랑해

춤을 춰요, 에스메랄다
노래해요, 에스메랄다
함께 갈 수 있다면
죽음도 두렵지 않아

노래가 끝났을 때 나는 울고 있었다. 모글리는 어쩔 줄 몰라 하다 자기가 입고 있던 티셔츠 자락을 주욱 잡아당겨 내 눈물을 닦아 주었다.

*

모글리는 뮤지컬을 본 뒤 집으로 가는 택시 안에서 계속 고개를 갸웃거렸다. 그는 어째서 현실에 존재하지 않는 감정들 때문에 눈물을 흘리는지 이해가 안 된다고 했다.

"현실에 존재하지 않는 감정들이라고?"

내가 묻자 모글리는 순수한 눈을 껌뻑이며 말했다.

"응. 영화나 소설에 나오는 저런 감정들. 다 가짜잖아. 솔직히 저렇게 노래까지 부를 만큼 격양될 일이 있나? 혹시 사람들이 실제로 저런 감정들을 느낀다고 말하려는 건 아니겠지?"

"그래도 그럴 때 있잖아. 가족처럼 가까운 사이인데도 서로 마음이 어긋날 때. 그런데도 불구하고 말로 무어라 표현할 수 없을 때."

"왜 표현 못 해? 왜 말을 안 해? 난 엄마랑 어긋나는 게 있으면 말로 토론하는데. 토론해서 답을 내야지."

"아…… 인간…… 실격."

"응? 뭐라고?"

"아, 아니야."

모글리가 제인의 딸이었다는 걸 잊었다. 두 사람이 마주 앉아 토론하는 장면이 어째 상상이 갔다. 구질구질하게 감정을 쌓는 일 없이 말로 다 풀어내는 멋지고 쿨한 그들이. 그럼 나 같은 사람은 전혀 이해 안 되겠지. 나 같은, 그리고 사육사 같은 사람의 침묵은.

나는 차창 밖을 보며 조용히 중얼거렸다.

"너한테 이해 안 된다고 그게 잘못된 건 아니잖아."

모글리는 한참 말이 없었다. 그러다 내 어깨에 손을 얹고는 말했다.

"그거 멋진 말이다. 맞아."

뒤이어 시간을 확인한 모글리는 말했다.

"지금 나랑 같이 어디 좀 가자."

모글리는 그곳을 '에덴'이라고 표현했다.

집으로 가던 택시는 방향을 돌려 모글리가 말한 곳으로 향했다. 도착지는 곳곳에 시위하는 사람들로 가득한 광장이었다. 귀 아픈 확성기 소리가 들렸고 각종 깃발과 국기가 휘날렸으며 욕설과 고함도 들렸다.

저녁에 가까운 시간이었지만 아직 해가 지지 않아 그들의 면면이 눈에 잘 보였다. 그들은 누군가를 향해 분노를 쏟아 내고 있었다. 나는 본능적으로 움츠러들었다. 시위대 중 누군가가 나를 붙잡고 내 옷을 벗겨 낸 뒤 나의 정체를 만천하에 알릴 것만 같았다. 식은땀이 비 오듯 흘렀다.

그때 모글리가 땀으로 흥건한 내 손을 꼭 잡아 주었다. 그러자 이상한 용기가 생겼다.

모글리는 큰 거리에서 빠져나와 골목으로 들어섰다. 좁은 골목을 몇 번 지나니 천막이 나왔다. 천막 안은 정체를 알 수 없는 소품을 비롯하여 화장도구와 괴이한 옷, 거울, 간이 탈의실로 이루어져 있었다. 모글리는 나를 탈의실 안으로 집어넣고는 자기도 따라 들어왔다. 그러더니 옷을 훌러덩 벗는 것이었다. 나는 반사적으로 눈을 감았다.

"가만 있어 봐."

뒤이어 모글리의 손길이 내 몸에 닿았다. 나는 경직된 채 그저 눈을 감고만 있었다. 옷이 벗겨졌고, 차갑지만 부드러운 무언가가 맨살에 닿았다. 머리에 가발 같은 걸 씌우는 거 같기도 했다. 그렇게 몇 분이나 지났을까.

"자. 눈 떠 봐."

모글리의 말에 눈을 떴다. 거울 속에는 피부가 파란색인 괴물이 있었다. 거기다 대머리 모양 가발을 씌운 뒤 꽁지 머리를 달아 놨다. 턱에 너덜거리는 턱수염도 있었다.

"이게 무슨……."

욕이 나올 거 같아 뒷말은 하지 못했다.

"어때? 괜찮지? 요술램프의 요정, 지니야!"

모글리는 뿌듯하다는 듯 말했다. 감자 펀치를 날릴까 싶어 모글리를 봤다가 나는 다시 멈칫했다.

"너는 무슨……."

모글리 대신 초록색 피부의 괴물이 있었다.

"나는 슈렉이야. 어때?"

천막의 출구는 어느 특별한 거리와 연결되어 있었다. 그 거리로 나가자 우리 둘은 지극히 평범하게 느껴졌다. 늑대인간이 조개를 까먹는 해달 인간의 손을 잡고 지나갔다. 회색 외계인이 맥주를 마시고 있었으며 히말라야에 산다는 전설의 유인원 예티가 아이스크림을 팔고 있었다. 조악한 분장으로 다들 이상한 존재로 변신해 있었다. 하지만 아무도 서로를 이상하게 보지 않았다. 어차피 모두가 이상하니까.

그곳은 일반인들은 거의 찾지 않는 거리였다. 좁은 골목을 통과해야만 갈 수 있는 거리로, 주말 저녁마다 이런 축제의 현장이 된다고 했다. 초입부터 끝까지 걸어서 10분 정도 길이의 골목에 수많은 괴인들이 꽉꽉 들어차 자기들끼리 토론하고 춤추고 술 마시고 물건을 팔았다. 각종 구호들도 들려왔다. 북극곰을 살리자는 구호가 있는가 하면, 주민등록체계의 성별 표시를 없애야 한다는 구호도 있었다.

"여기가 왜 '에덴'인 거야?"

내가 어리둥절해 물었다.

"자유로우니까."

모글리가 바닥에 떨어진 자신의 슈렉 귀를 주워 붙이며 답했다.

"자유롭게 자기 얘기를 하는 거야. 너도 알다시피 바깥 사회는 별종을 싫어해. 정확히 말하면 두려워하지. 그래서 박멸해 버리려고 한단 말이야. 하지만 여기서만큼은 안전한 거지. 시위도 자유롭게 하고."

"넌 여기 자주 오니?"

"응. 한 번 저 인간들을 봐 봐. 엄마 같은 학자들은 인간이 무엇인지 연구하지만, 난 그런 건 관심 없어. 그거 알아서 뭐하게. 내가 관심 있는 건 인간이 무엇인지가 아니라, 인간이 무엇까지 될 수 있느냐야. 인간의 가능성이지."

가능성. 그 표현을 곱씹으며 나는 이상하게 변장한 사람들을 다시 바라보았다. 그들의 구호를 다시 귀에 담았다.

묘한 반감이 들었다. 결국엔 자기들은 인간이면서, 호모 사피엔스면서 저렇게 다른 존재로 변장한 게 거슬렸다. 더불어 북극곰이니 뭐니 하며 자신의 이익 때문이 아닌 더 의미 있는 것을 위해 구호를 외치는 것도 위선적으로 느꼈다. 그들의 의도가 그런 게 아니라는 걸 알면서도, 내 뒤틀린 마음이 날 선 말을 내뱉는 걸 멈출 수 없었다.

그리고 무엇보다도 모글리에게 부아가 치밀었다. 날 왜 여기로 데려온 거지? 내가 이런 것에 관심 있을 거라고 생각한 건가. 인권의 확장이나 동물 보호에 대해서? 왜? 내가 동물이라서? 아니, 동물과 인간 사이의 그 무엇이라서? 그래서 그런 걸 위해 구호를 외칠 만한 존재라고 생각하는 건가? 하지만 인간도 그저 인간이라는 이유만으로 인류애를 가지고 살지는 않는다. 오히려 인간을 가장 학대하고 괴롭히는 건 바로 인간들 자신 아닌가.

모글리는 내 딱딱한 얼굴을 살피다가 물었다.

"기분이 안 좋니?"

"넌 나를 뭐라고 생각하는 건데?"

"뭐랄까. 희망 같은 거."

모글리는 조용히 덧붙였다.

"우리 인간의 희망이라고 생각해."

나는 모글리를 마주 보았다. 진지한 표정을 하고 있던 모글리의 슈렉 귀가 다시 바닥에 떨어졌다.

*

사업가는 뇌 질환 프로젝트에 마지막까지 반대했다. 이건 합리적인 비즈니스가 아니라고 했다.

"실패하면 모든 게 무너질 거예요. 아예 감자 씨의 존재 자체가 부정될지도 모릅니다. 감자 씨는 대체 뭘 위해서 이 프로젝트를 하려고 하죠? 혹시 이 프로젝트를 성공시켜서 자유를 얻기 위해 그러는 건가요? 자유롭게 살기 위해?"

사업가는 자유란 허상일 뿐 존재하지 않는 거라고 했다. 허상을 좇다 도착한 곳엔 아무것도 없을 거라고도 했다. 그 말의 의미를 알 거 같으면서도, 한편으론 그가 나의 앞길을 막는 것처럼 느껴졌다. 내 미래를 예단하는 것처럼 느껴졌다.

"꼭 자유 때문은 아니에요."

나는 정숙 씨를 떠올렸고, 내게 희망이란 말을 하던 모글리를 떠올렸으며, 아무도 들어주지 않는 나의 혼잣말과 위원장이 그린 돼지 꼬리를 떠올렸다.

나는 사업가를 외면한 채 차갑게 말했다.

"내가 뭐가 될 수 있는지는 아직 아무도 모르잖아요."

사업가는 더 이상 나를 설득하지 않았다.

나는 위원장에게 갔다. 그리곤 프로젝트를 해 보겠다고 했다. 위원장은 나를 따듯하게 포옹했다. 그리곤 속삭였다. 우리 함께 인류의 역사를 바꿔 보자고.

20 희망에 대하여

프로젝트가 공개되자 반응이 폭발적이었다. 치매를 정복하겠다는 엄청난 계획에 대해 전 세계 언론이 앞다투어 보도했다. 사람들은 흥분했다. 이미 성공하기라도 한 듯 축제 분위기가 만연했다.

해당 프로젝트에는 '스페스(Spes)'라는 이름이 붙었다. 라틴어로 희망이라는 뜻이었다.

위원장은 각종 언론 인터뷰와 행사에 저돌적으로 참석했다. 모두 홍보를 통해 투자받기 위해서였다. 프로젝트를 시작도 하기 전에 먼저 공개한 것도 그 일환이었다. 프로젝트가 성공하기 위해선 무엇보다 돈이 필요했다.

돈을 벌러 나간 각종 인터뷰와 행사에서 위원장은 성공한 과학자처럼만 보였다. 하지만 그와 함께 매주 교회를 가면서부터, 나는 그의 전혀 다른 모습을 보게 되었다. 그는 십자가 앞에 두 눈을 꼭 감고 기도했다. 마치 자신이 가치 있는 존재가 되길 진심으로 바라는 것 같았다. 한때는 그를 거만하다고만 생각했는데. 하지만 기도하는 그는 거룩해 보였고, 동시에 가련했다.

나는 가끔 우리가 항해에 반드시 성공해야만 하는 어느 방주 속 두 사람 같다고 생각했다. 우리가 방주에 실은 건 인류의 희망에 다름 아니었다.

나를 향해서도 사람들의 이목이 쏠린 건 물론이었다. 지난 몇 년간 내 존재를 잊었던 사람들의 관심이 다시금 폭증했다. 그런데 그 양상이 내가 처음 발견되었을 때와는 사뭇 달랐다. 그때와 달리 나는 사람들의 환호와 박수를 받았다. 나로 인해 치매를 치료할 거라는 기대 때문만은 아니었다. 그들은 내게서 일종의 혁명을 기대하고 있었다. 어느 저명한 학자의 다음과 같은 문장도 유행했다.

호모 사피엔스의 뇌는 지난 4만 년간 변함이 없었다. 지금까진 그대로도 충분했다.

하지만 이젠 아니다. 우리는 그 이상을 원한다.

사람들은 4만 년 만의 진화를 기대하고 있었다.

기업들은 앞다투어 나를 모델로 한 캐릭터들을 만들었다. 나랑 약간만 닮고 귀여움은 극대화된 유인원 캐릭터들이었다. 그것들은 인형이나 티셔츠, 열쇠고리 따위로 만들어지며 전 세계로 팔려 나갔다. 심지어 나를 브랜드로 한 빵도 나왔다. 빵 이름은 '희망의 감자 빵'이었다. 먹어 봤는데 맛대가리 없었다. 대체 무슨 인과 관계인지 모르겠지만 전 세계의 감자 섭취량도 급증했다. 어안이 벙벙했다. 하루아침에 스타가 된 기분이었다. 예전엔 사람들의 시선이 두려워서 변장했다면, 지금은 사람들이 알아보면 사인해 달라고 몰려드는 통에 변장해야 할 지경이었다.

한편 프로젝트가 크나큰 화제를 불러일으킨 데에는 획기적인 마케팅의 몫도 컸다. 위원장은 프로젝트의 모든 과정을 투명하게 공개할 거라고 선언했다. 이에 따라 마치 리얼 버라이어티 프로그램처럼 실험에 참여할 대상을 공개 모집하기 시작했다. 실험 대상은 당연히 치매를 앓고 있어야 하며, 모집 인원은 단 한 명이었다. 전 세계의 치매 환자는 약 1억 4천만 명이었다. 치매 완치를 목표로 하는 이 실험에 자신의 부모, 연인, 친구 등을 참여시키려는 지원자들의 수는 어마어마했다.

그중 오직 한 명일 행운의 주인공이 누가 될지 아무도 알 수 없었다.

세계는 열광했다. 그 어떤 스포츠 축제보다 박진감 넘쳤고 그 어떤 스캔들보다도 흥미진진했다.

그리고 이런 분위기에 가세해 또 다른 이벤트 하나가 열렸다. 그건 바로 나의 이름을 지어 주는 공모전이었다.

주최 측은 비록 예전에 한 번 실패했지만 이번에야말로 나의 명예에 맞는 이름을 탄생시켜야 한다고 주장했다. 더 이상 '인류 2호'나 '감자 원숭이'라고 부를 수는 없다면서. 지구상 모든 인간들을 대상으로 하여 천문학적인 상금을 걸었다. 공모전의 지원자들은 나를 위해 '호모 사피엔스'처럼 '호모 ○○○'의 그 '○○○'을 작명해야 했다. 물론 '호모 스페스(Spes)'는 심사에서 제외된다고 했다. 이런 단순한 공모에 하루에도 몇만 명씩 응모했다.

이 모든 일들이 파도처럼 한꺼번에 몰려왔다. 그리고 나는 해안가에 멍하니 서서 다가오는 파도를 가만히 지켜보는 것 같았다.

*

남들이 내 이름을 지어 준다고 난리를 치는 와중에 나 역시 생전 처음으로 누군가의 이름을 짓게 되었다.

놀이터에서의 그 강아지였다. 집까지 따라온 그 갈색 털 뭉치를 결국 키우게 된 것이었다. 다만 그 강아지를 뭐라 부를지가 문제였다. 처음엔 이렇게 불렀다.

"저기, 강아지야."

그런데 좀 정이 없는 것 같았다. 그래서 이렇게도 불러 보았다.

"저기, 토이 푸들아."

"장난하는 거니?"

듣고 있던 모글리가 물었다.

하여 이름을 짓게 되었다. 강아지를 키우는 인간들이라면 당연하게 그러듯이.

하지만 그 당연한 일이 내게는 당연하지 않았다. 지구상 그 어떤 동물도 인간처럼 누군가를 위한다는 이유로 이름부터 지어 주려 하지 않는다. 다만 나는 이 강아지만큼은 다른 강아지들이 당연하게 받는 그 대우를 똑같이 받기를 바랐다. 그래서 인터넷으로 가장 흔한 강아지 이름을 찾아 하나씩 불러 보았다. 초코, 코코, 보리, 호두, 구름, 마루 등등. 그 이름들엔 아무런 반응 없던 강아지가 '콩이'라는 이름엔 귀를 쫑긋하며 반응했다.

그렇게 콩이의 이름이 정해졌다.

콩이는 귀여운 외모 아래 자신의 정체를 감춘 악마견이었
다. 토토토토 소리 내며 달려와 먼저 안길 땐 언제고 내가 쓰다
듬을라치면 이를 드러내고 으르렁 소리를 냈다. 그래서 안 만
지고 가만히 있으면 또 쓰다듬어 달라고 코로 툭툭 건드렸다.
그러다 뭔가가 마음에 안 들면 다시 으르렁거렸다. 내 침대에
내가 올라가는 건데 침대 위에서 미칠 듯이 짖기도 했다. 그런
데 또 잘 때는 내 품에 그 작고 따뜻한 몸을 착 붙이고 잤다. 종
잡을 수 없는 악마였다.

"콩! 아가 주제에 왜 이렇게 버릇없어! 난 어른이라고!"

나는 자주 그렇게 말했다. 하지만 콩이와 동물병원에 갔다
온 모글리는 콩이의 나이가 열 살이었다고 했다. 알고 보니 나
랑 살아온 햇수가 얼추 비슷했다. 더군다나 종의 시간 계산법
에 따르면 소형견 나이 열 살은 사람 나이로 오십 대 중반 정도
라고 했다.

"…… 아가가 아니었구나."

그 후로 나는 콩이를 콩 누나라고 불렀다.

콩 누나는 모글리에겐 으르렁거리지 않았다. 모글리 앞에
선 천사견이었다. 자길 가장 많이 챙겨 주는 게 나인데도 나한
테만 으르렁거렸다. 서운함에 화가 나다가도 이따금 콩 누나
가 내게 쏙 안기면 얘기가 달라졌다. 가만히 눈을 감은 채 그
작은 동물의 냄새를 맡고 있으면 치솟았던 화가 사르르 녹았

다. 그래서 나는 지치지 않고 콩 누나를 훈련시키려 했다.

"손! 콩 누나, 손! 손! 손 주세요, 손! 소온, 손!"

콩 누나는 말 그대로 뭔 개가 짖나 하는 표정으로 날 봤다. 간식이나 주시지, 감자!

그래도 콩 누나가 있기에 마음 속 어딘가가 채워지는 것 같았다. 뭐랄까.

내가 콩 누나를 키우지만, 사실은 콩 누나가 나를 키우는 것 같았다.

나는 하루하루 더 충만한 존재가 되기 위해 노력했다. 유전자 검출과 이식 과정을 위해선 피실험자의 건강도 중요하기에 운동을 시작했다. 땀 흘리며 달렸고 근육 운동도 빠트리지 않았다. 운동을 끝마치고 거울을 보면, 진화하듯 변하는 몸이 있었다. 나는 확신했다.

지금 나는 더 나은 내가 되고 있다.

주말에는 '에덴' 거리에 갔다. 모글리 없이도 혼자 가던 게 몇 번 반복되자 곧 모글리는 아예 안 가고 나만 가게 되었다. 그 거리에 있으면 마음이 편안했다. 변장으로 자신을 가리는 그곳의 문화 때문이기도 했지만, 그보다도 내가 받아들여진다는 느낌 때문이 컸다. 알고 보니 그곳의 사람들은 모두 사회에서 '소수자'라고 불리는 이들이었다. 누군가는 육체적으로, 누군가는 정신적으로, 누군가는 사회적으로 그랬다. 그렇기 때문에 그들은 약자이기도 했다.

나는 이해되지 않았다. 소수자라는 게, 즉 숫자가 적다는 것이 어째서 약자가 되는 조건과 일치하는지. 숫자가 적다는 게 왜 차별과 멸시의 이유가 되는 건지. 그러다 문득 종의 유일한 개체인 나 자신의 존재를 상기했다. 나는 숫자가 적다는 걸 넘어서서 오로지 하나뿐인 존재다. 그렇다면 나도 일종의 소수자인 건가. 그런 생각은 나를 기쁘게 했다. 왜냐하면 나도 소수자라는 그룹에 속하는 것이니까. 나도 어느 무리의 일원이 되는 거니까.

에덴 거리가 친숙해지기까지는 오래 걸리지 않았다. 변장 때문에 내가 정확히 누구인진 모르지만 요술램프의 지니는 알아보는 이들이 늘었다. 만나면 인사하는 관계들이 생겼다. 지니 씨, 오늘따라 더욱 파랗군요? 서로가 비슷한 처지일 거라는 동족 의식이 우릴 가깝게 만들었다.

내게는 두 가지 마음이 공존했다. 하나는 이들이 차별과 멸시를 받는 현실을 내가 바꿔 주고 싶은 마음이었다. 나는 예전에 종종 하던 그 말도 안 되는 상상을 다시 했다. 나의 스페스(Spes) 프로젝트가 성공하는 데에서 한 걸음 더 나아가, 내가 퍼트린 희망의 씨앗이 온 인류의 비극과 모순을 해결해 주는 상상이었다. 그때쯤이면 내게도 멋진 이름이 지어져 있을 것이었다.

그런데 다른 한편으론 정반대를 바라는 마음도 있었다.

이들이 영원히 지금과 같은 처지이기를. 소수자이고, 소수자여서 약자이기를. 그래서 지금처럼 우리가 '우리'이기를. 설령 차별과 멸시가 사라지지 않는다고 해도 말이다.

더 은밀하게는 이런 생각도 했다.

우리가 '우리'이기 위해선, 어쩌면 차별과 멸시가 필요한 건지도 모른다고.

밖으로 드러내면 안 되는 생각이라는 걸 모르지 않았다. 다만 어쩐지 '우리' 중 나만 이런 생각을 하는 것 같진 않았다.

모글리는 새로운 국제 학교 입학을 위해 공부하느라 바빠졌다. 나는 우리가 미래를 향해 함께 힘차게 나아가길 바랐다. 서로를 의지하면서, 두 손을 꼭 잡고.

그런데 그는 나의 상황을 곱지 않은 눈으로 바라봤다. 나의 프로젝트도, 또 내가 에덴 거리에 정착하게 된 것도 모두 마음에 안 든다는 태도였다. 한번은 내가 에덴에서 있었던 일들을 신나게 떠드는데 그의 입가에 냉소가 어리는 게 눈에 들어왔다. 나는 돌연 울컥해서 질문을 내뱉듯 물었다.

"무슨 문제라도 있니?"

모글리는 정색하고 대답했다.

"네가 도대체 거기서 뭘 하겠다는 건지 모르겠다."

"뭘 하냐니? 에덴을 소개시켜 준 건 너잖아."

“그렇지. 하지만 나는 너에게 자신감을 심어 주려 한 거야. 나는 너가 너이기를 바랐으니까. 그곳의 사람들이랑 어울리고, 끼리끼리 무리를 이루길 바란 게 아니라고. 잘 들어, 너는 유일한 존재야. 그런데 왜 너의 유일함을 자꾸 훼손하는 거야?”

그는 내게 크게 실망했다는 표정이었다. 나는 역류하는 듯한 감정을 겨우 억누르며 다시 물었다.

“넌 이번에 내가 하는 프로젝트도 마음에 안 드니?”

그러자 그는 자그맣게 한숨을 쉬더니 말했다.

“글쎄다.”

뭘 어쩌라는 거냐고 묻고 싶었다. 네가 그렇게 잘났냐고 따지고도 싶었다. 하지만 그보다 더 절실하게 일렁이는 말들은 마음속에 따로 있었다.

에덴에서 내가 발견한 ‘우리’에는 너도 있다. 아니 사실 너와 나야말로 그 ‘우리’의 실체다. 우리 둘이야말로 ‘우리’의 본질이다. 너 하나만으로 ‘우리’는 완성된다. 왜냐하면 너야말로 내게 유일한 존재니까. 나에게 희망의 씨앗을 심은 사람은 너였다. 나로 하여금 더 나은 존재가 되도록 노력하게 만든 건 너였다. 나는 네가 말한 인류의 가능성을 실현시키는 존재가 되고 싶었다. 그런데 지금 너는 그런 나를 예전처럼 똑같이 실망스럽다는 듯 보고 있다. 마치 자기가 씨앗을 심어 놓고 정작 그 씨앗 안에 있던 게 발아되자 기대했던 것과는 다르다고 하는 것처럼. 나에게 실망하고 있다. 너에게 실망스러운 존재가 된다는 것이 나를 얼마나 고통스럽게 하는 일인지도 모르고.

하지만 입 밖으로 튀어나온 건 마음과는 다른 말이었다.

"모글리 너는 질투하는구나."

"뭐?"

"내가 대단해지니까 질투하는 거지. 넌 말만 그럴듯하게 하지 사실 별 볼 일 없이 다른 사람이랑 똑같이 학교 입학시험이나 준비하는데. 나는 전혀 다른 차원의 위대한 일을 하니까. 그렇지?"

모글리는 흥분해 붉어진 얼굴로 날 빤히 보다가 한마디 했다.

"됐다. 그만 말하자."

돌아서는 그의 뒷모습을 보며, 나는 그만 말하기는커녕 아직 내가 해야 할 말을 한마디도 하지 못했다고 생각했다. 하지만 그를 붙잡을 수 없었다. 내 안의 말을 실제로 어떻게 해야 할지 그 방법을 잊은 것 같았다. 담아 두기만 하다 보니 이제는 꺼내는 법을 모르게 된 것 같았다.

로빈은 그럼 글을 써 보라고 했다. 글로 그것을 꺼내 보라고. 고민 상담을 하러 만난 자리에서였다.

글이라. 괜찮은 방법 같았다. 마침 로빈도 제인에게 보낼 편지를 쓰는 중이라고 했다. 여태껏 하지 못한 사랑의 고백을 말이 아닌 글로 써서 드디어 전달하겠다는 것이다. 그는 정말이지 비장한 표정이었다. 나도 모글리에게 편지를 써 봐야겠단 생각이 들었다. 편지를 통해 내 마음을 오롯이 전달하는 것이다.

그런데 내 눈치를 살피던 그가 쓱 물었다. 왜 그날 그냥 공연장을 뛰쳐나갔느냐고. 왜 정숙 씨와 사육사를 만나지 않느냐고. 그들은 널 기다리고 있을 거라고.

"만날 거예요."

나는 대답했다.

"다만 제 프로젝트가 성공한 다음에요. 성공만 하면, 그러면 가장 먼저 정숙 씨의 병을 치료해 줄 거예요."

자유를 얻고 뭘 할지는 그다음이다. 나는 이 말은 꾹 삼켰다.

곧 그럴 수 있을 것 같았다. 프로젝트는 문제없이 준비를 마친 상태였다. 당장이라도 시작할 수 있었다. 아니나 다를까 얼마 안 있어 프로젝트의 주인공이 정해졌다는 소식이 들려왔다. 드디어 수많은 경쟁률을 뚫고 실험 대상이 될 한 사람이 뽑힌 것이었다.

*

펑펑은 우리 프로젝트의 이름인 '스페스(Spes)'의 뜻과는 전혀 어울리지 않는 여자였다.

핑핑을 처음 보자마자 나는 그가 실험 대상일 거라고 확신했다. 그는 전형적인 몽골리안의 외모를 가진 사십 대 여자였는데, 독특하게도 홍채가 파란빛을 띠었다. 하지만 그런 이국적인 외모에도 불구하고 생명의 빛이 전혀 느껴지지 않았다. 삶의 의지가 없었다. 단순히 우울해 보인다는 정도가 아니었다. 그에겐 우울조차 없었다. 그에겐 슬픔이나 고독조차 부재했다.

텅 빈 사람이었다. 핑핑의 얼굴에서 나는 아무것도 읽을 수 없었다.

그러니 핑핑을 치매 환자로 판단한 건 자연스러운 일이었다. 그러나 알고 보니 실험 대상은 핑핑이 아니었다. 바로 핑핑의 아버지였다.

병원 사람들에게 모아이라는 별명으로 불린다는 핑핑의 아버지는 기골이 장대한 거구였다. 얼굴이 각지고 험악해 젊었을 땐 기세가 무시무시했을 것 같았다. 하지만 노인이 된 지금은 몸의 근육과 함께 인간으로서의 무언가가 빠져나가 허물만 남은 듯했다. 모두가 떠난 곳에서, 오지 않을 이를 한없이 기다리다가 돌이 되어 버린 어느 전설 속 인물처럼. 어째서 모아이라고 불리는지 이해가 갔다. 딸인 핑핑을 알아보지 못했고, 과거 기억도 없었다. 더욱이 언어 능력도 상실한 듯 한마디 말도 못했다.

모아이는 1년 내내 녹지 않는 땅인 시베리아의 툰드라에서 살아온 원주민이었다. 평생 순록을 키우며 순록과 함께 자고, 그 순록을 죽여 고기를 먹으며, 남은 순록의 가죽으로 추위를 견디며 살아가는, 그런 부족이었다. 몽골리안의 외모에 푸른 눈은 그들 부족이 핏줄로 이어 가고 있는 유전자였다. 평평은 그 같은 아버지와 어머니, 이렇게 셋이서 툰드라를 떠돌며 살아갔다.

툰드라는 말조차 얼어붙는 곳이었다. 아버지와 어머니는 거의 대화를 하지 않았다. 며칠 동안은 예사였고 심지어 몇 개월 동안 서로 아무 말도 하지 않은 때도 있었다. 굳이 말을 할 필요가 없다는 듯 각자의 할 일을 했고, 밤이면 상대방을 꼭 껴안고 체온을 나눴다. 평평은 자신의 미래도 굳이 말할 필요 없는 그런 형태라고 생각했다. 순록을 키우며 순록과 함께 자고, 그 순록을 죽여 고기를 먹으며, 남은 순록의 가죽으로 추위를 견디며 살아가는, 그런 삶.

하지만 평평의 키가 어머니보다 커졌을 무렵이었다. 몇 년 사이 툰드라는 빠르게 녹고 있었다. 눈이 아닌 비가 오는 날이 잦아졌고 순록을 키우기 힘들어졌다. 그러던 어느 날 아버지는 짐을 쌌다. 평평은 아버지가 어디로 잠시 떠나려나 보다 했다.

하지만 그 짐은 아버지의 것이 아닌 핑핑의 것이었다. 아버지는 핑핑에게 넌 도시에게 살게 될 거라고 말했다. 순록 가죽을 거래하며 알고 지내던 도시민의 집에서 자랄 거라고. 핑핑은 그럼 나는 언제 다시 우리의 땅으로 돌아오냐고 물었다. 아버지는 돌아오지 않을 거라고 말했다. 설령 돌아오더라도, 그때는 이 땅이 존재하지 않을 거라고 했다.

핑핑은 별다른 말 없이 아버지를 따랐다. 차 바퀴 자국이 나 있는 툰드라 경계까지 두 사람은 함께 갔다. 핑핑은 자신의 운명을 정한 건 아버지라고 생각했다. 가족의 중요한 일들은 아버지가 결정해 왔다고 믿고 있었으니까. 하지만 핑핑을 태우러 온 차가 도착하고, 핑핑이 그 차에 타야 할 그 시점에 아버지는 조용히 말했다. 이건 어머니의 뜻이었다고.

핑핑은 멍한 상태로 차를 탔다. 그리고 아버지에게 무어라 질문을 던지려 한 그 순간 차가 출발했다. 아버지의 큰 몸집이 흰 초원 위의 검은 점으로 빠르게 작아졌다.

그 후 핑핑은 러시아 도시에서 자랐다. 희한하게도 아버지와 어머니가 그립지는 않았다. 순록의 목에 칼을 들이대던 손으로 펜을 잡고 공부를 했다. 툰드라에서의 나날은 꿈처럼만 느껴졌다. 실제로 종종 그때의 꿈을 꾸기도 했다. 모든 걸 얼어붙게 만드는 툰드라. 어딜 봐도 초원이던 그곳. 그곳엔 여전히 아버지와 어머니가 그 모습 그대로, 침묵을 지킨 채 변함없이 살아가고 있을 것 같았다.

반면 툰드라 밖 세상은 빠르게 변했다. 핑핑은 결혼을 하고 아이를 유산했으며 이혼을 했다. 몇 번의 비정규직 일자리를 거쳤고 그러다 보니 사십 대가 되었다. 갈수록 산다는 것이 버겁게 느껴졌다. 그런데 어느 날 툰드라로부터 거의 처음으로 소식이 들려왔다. 어머니가 돌아가셨다는 소식이었다.

핑핑이 툰드라에 갔을 땐 이미 부족 전통의 장례가 끝난 뒤였다. 그리고 아버지는 허공만 보고 있었다. 이전의 아버지와는 달랐다. 핑핑은 아버지가 병에 걸렸다는 걸 알았다. 언제부터인지는 모르지만.

핑핑은 아버지를 도시로 데려왔다. 아버지는 좋다 싫다 아무런 뜻도 내비치지 않았다. 정확히 말하면 그럴 수 있는 상태가 아니었다. 다만 툰드라를 마지막으로 떠나는 차 안에서, 아버지는 자신이 살던 곳을 하염없이 바라만 보았다. 마치 자기 종족이 멸종되는 순간을 눈에 담는 동물처럼.

"핑핑 씨가 바라는 건 무엇인가요?"

위원장은 핑핑에게 러시아어로 물었다.

"아버지가 기억을 되찾는 거요. 아버지가 예전처럼 말을 하는 거요."

핑핑은 특유의 공허한 표정으로 대답했다.

“네. 그렇게 아버지의 병이 완치가 된다면 가장 먼저 뭘 하고 싶어요?”

위원장은 다정하게 물었다.

“아버지와 어머니 둘이서 그간 어떻게 살았는지 묻고 싶어요. 그리고 왜 나를 툰드라 밖에서 살게 한 건지 묻고 싶어요.”

핑핑은 곁에 앉은 모아이를 보고는 덧붙였다.

“어머니가 대체 무슨 뜻으로 그랬는지 궁금했거든요. 하지만 어머니는 죽었으니 대답해 줄 수 없죠. 남은 건 오직 아버지뿐이에요. 아버지의 머릿속 어딘가엔 어머니의 대답이 남아 있겠죠. 만약 아버지도 죽는다면…… 영영 사라지겠죠. 아무도 모르겠죠.”

핑핑의 마지막 말에 분위기가 걷잡을 수 없이 가라앉았다.

나는 어째서 핑핑과 모아이가 이 프로젝트의 주인공으로 뽑힌 건지 의아했다. 물론 프로젝트를 대신 신청한 그의 친척들은 태도가 적극적이었다. 언론에다 둘의 사연을 과장하여 공개했고, 만약 모아이가 제정신으로 돌아오면 분명 예전의 일화들을 기억해 낼 것이며 어떤 말을 할 거라고 떠벌리기도 했다.

하지만 핑핑은 사람 자체가 그리 간절해 보이지도 않았다. 간절함조차 없는 절망 그 자체였다. 곁에만 있어도 나까지 밑바닥으로 추락하는 기분이 들었다.

그런 펑펑의 손을 위원장이 따스하게 잡았다. 그리고 사려 깊은 목소리로 말했다.

"해가 뜨기 전 가장 어둡다고 하잖아요. 펑펑 씨. 희망을 가지세요."

그제야 나는 어째서 펑펑과 모아이가 프로젝트의 주인공으로 뽑혔는지 알 수 있었다. 희망을 이야기하기 위해선 절망이 필요하고, 빛을 비추기 위해선 어둠이 필요하다. 그리고 두 사람이야말로 가장 어두운 어둠이었다. 위원장은 가장 낮은 곳에 임했다는 예수처럼 두 사람을 자애롭게 바라보았다.

그때 펑펑이 뭐라고 말했다. 하지만 위원장은 알아듣지 못했다. 러시아어가 아니었다. 원주민의 언어였다. 위원장은 원주민 언어를 할 줄 아는 통역사를 바라보았다.

"뭐라고 하신 거죠?"

위원장의 물음에 통역사는 대답을 하는 대신 난감해하는 기색으로 펑펑에게 원주민어로 물었다. 그러자 펑펑은 아까랑 뜻이 비슷한 듯한 말을 다시 내뱉었다.

통역사는 망설이더니 입을 열었다.

"왜 희망을 가져야 하냐고 하는데요."

펑펑의 덤덤한 얼굴을 힐끗 본 통역사가 다시 말했다.

"왜, 그것을 바라야만 하는 거냐고요."

위원장이 입을 다물었다. 석고상처럼 굳었다.

몇 초 후 위원장이 입꼬리를 부드럽게 올렸다. 그리고 낮지만 다정하게 속삭였다.

"희망은, 좋은 거니까요."

21 에덴에 대하여

첫 번째 실험이 실패했다. 이식 절차를 끝낸 모아이는 헛헛하게 앉아 있을 뿐 입을 열지 않았다. 전 세계가 실시간으로 지켜보는 앞에서 조용히 절망만을 전시했다.

그래도 세상 사람들은 낙관적이었다. 고작 한번 실패했을 뿐이었다. 실험의 강도가 더 높은 다음 단계들이 아직 남아 있었다. 위원장은 교회를 찾아 더 열심히 기도했다. 나는 위원장이 기도하는 동안 슬그머니 나가 주변을 산책했다. 그럴 때면 사업가가 종종 나를 찾아왔다. 모글리에게 줄 옷이나 음식들을 대신 전해 달라는 것이었다.

"나는 겁은 많은 사람입니다. 태생이 소심하고 우물쭈물합니다. 예를 들어 볼까요. 익스트림 스포츠 같은 걸 하다 보면 과감하게 뛰어들어야 다치지 않는 순간들이 있는데, 전 그때마다 멈칫거리는 나머지 결국은 다치게 되는 부류예요."

늦여름의 강한 햇살이 내리쬐는 벤치에 앉아 사업가는 말했다.

"하지만 정반대의 사람들도 있죠. 망설이기보단 뛰쳐나가는 사람들. 뒤돌아보기보단 전진하는 사람들. 상처 따윈 안 받는……. 제 곁에도 그런 사람들이 있었습니다."

"맙소사. 누구 말하는지 알 것 같네요. ……모녀가 참 닮았어요, 그쵸?"

내 말에 사업가는 작게 웃었다. 나는 그의 옆얼굴을 들여다보았다. 확실히 매력적인 중년 남자였지만 어딘가 위화감이 느껴졌다. 그에겐 무언가가 결여되어 있었다. 그는 마치 자연스러운 노화의 과정 없이 소년에서 바로 중년으로 늙어 버린 것 같았다.

"솔직히 말하면, 맞아요. 두 사람 곁에서 나는 혼자 상처받곤 했습니다. 이를테면 고슴도치 사이에 낀 털 없는 생쥐 같았죠. 고슴도치는 자기들끼린 몸을 맞대고 있어도 가시에 찔리지 않아요. 그래서 생쥐를 이해하지 못하는 거죠. 자기는 별거 안 한 것 같은데 왜 저 생쥐는 가시에 찔리는 건지, 그리고 자기의 가시가 얼마나 아픈지, 이해하지 못해요. 반면 생쥐는 고통스럽죠. 그런데 생쥐의 진정한 고통은 가시 때문이 아니에요. 바로 그 상처를 이해받지 못한다는 사실 때문이죠. 하지만 생쥐에게는 두 가지 선택밖에 없어요. 고통을 감내하며 그들 곁에 있거나. 아니면 그들을 떠나거나. 고슴도치가 달라질 순 없죠. 고슴도치는 고슴도치고, 고슴도치가 아닐 수는 없으니까요."

나는 내 이야기를 털어놓고 싶은 강한 충동을 간신히 억제하며 물었다.

"그래서 상처받아서 이별한 건가요? 제인 박사님과 모글리, 두 사람이랑?"

"그래서는 아니에요."

사업가는 벤치에서 일어나 옷매무새를 정리했다.

"원래는 그냥 참으려고 했습니다. 고통을 감내하고 참는 것만큼은 자신 있거든요. 스스로를 일방적으로 상처받는 피해자라고 생각하긴 했지만요. 하지만 어느 순간 알게 됐습니다. 반대로 내가 그들 곁에 있어서, 즉 나로 인해서 그들은 누군가에게 상처 주는 사람이 되어 버렸구나. 내가 그렇게 만들었구나. 그걸 깨닫자 이별해야겠단 확신이 들었죠."

그는 교회 쪽을 힐긋 보고는 내게 물었다.

"감자 씨는 종교가 있으신 건가요?"

"그냥 삼손만 알아요."

"삼손이라. 장발의 삼손."

그는 이글거리는 아스팔트 위로 걸음을 옮기며 말했다.

"삼손은 자신과 결혼한 이방인 여인에게 속은 나머지 장발을 잘랐고, 그 결과 두 눈이 뽑혀 죽었다죠."

떠나는 그의 뒷모습을 보며 그가 최근 추진했던 사업을 떠올렸다. 뉴스에서 본 것이었다. 그는 침팬지 같은 유인원을 개나 고양이 같은 반려동물로 대중화하는 사업을 추진했다. 품종 개량을 하면 충분히 가능하다고 했다. 하지만 여러 단체들의 반대에 부딪혀 결국 무산됐다.

비윤리적이라는 이유에서였다. 그렇게 반대한 단체들 중엔 동물 보호 단체도 있는가 하면, 인권 보호 단체도 있었다. 그런 걸 상기하자 왜인지 나는 동물 보호와 인권 보호 그 사이에 있는, 가시가 가득 박힌 생쥐를 상상했다.

*

실험의 성공을 위해 내게 추가적인 약물들이 투여됐다. 처음부터 계획한 과정이었다. 하지만 내 몸에서 예상치 못한 이상 반응이 나타났다. 피부색이 푸르죽죽하게 변색되었고 가스가 찬 듯 배가 부풀었다.

실험 담당 과학자는 사색이 되어 어쩔 줄 몰라 했다. 그만
둬야 할지도 모른다고 했다. 위원장도 어두워진 얼굴로 나를
바라보았다. 나는 괜찮다고 했다. 괜찮다고. 계속 진행하자고.
위원장은 답이 없었다.

나는 그에게 말했다. 여기서 그만둬 봤자 돌아갈 곳이 없지
않냐고.

위원장은 말없이 고개를 끄덕였다. 실험은 계속 진행되었
고, 대신 나는 언론이나 사회에 모습을 드러내지 않기로 했다.
그 순간에도 내 캐릭터로 만든 상품은 불티나게 팔리고 있었
고 이름 공모전엔 쉴 틈 없이 응모작이 들어오는 중이었다.

나는 거울을 잘 보지 않게 됐다. 보고 싶지 않았다.

다만 요술램프의 지니로 변장하고 나면 괜찮았다. 점점 원
래의 나보다 지니가 된 내가 더 진정한 나처럼 느껴지기 시작
했다. '에덴' 거리 안의 또 다른 에덴의 존재를 알게 된 건 그즈
음이었다.

인조인간으로 변장한 남자가 나를 초대했다.

"지니님. 그간 지켜봐 왔습니다. 확실히 뭔가 좀 다르시네
요."

소수의 선택된 자들만이 올 수 있는 모임이라고 했다. 나는
그를 따라 '에덴' 거리 옆의 좁고 구불구불한 골목들을 통과한
끝에 어느 공터에 도착했다. 담벼락에 가려져 있어 잘 모르는

사람은 그 존재도 모르고 지나칠 만큼 비밀스러운 곳이었다. 공터 중앙에는 작은 천막이 있었고, 천막 안엔 판넬이 하나 세워져 있었다. 모임의 계율이 써 있는 판넬이라고 했다.

나는 판넬을 읽어 보았지만 무슨 말인지 잘 이해할 수 없었다. 유독 '윤리' '재현' '현시' '전시'라는 말들이 가득했는데 철학자들이 쓰는 어려운 말 같았다.

"우리 모임이야말로 '진짜 에덴'입니다."

인조인간이 말했다.

"'진짜 에덴'이란 게 무슨 뜻인가요?"

내가 물었다.

"아무런 편견 없이 자유로운 모임이라는 뜻이지요."

모임 이름은 '아담회'라고 했다. 나를 초대한 인조인간이 모임의 리더였고, 리더를 '아담'이라고 부르는 것이 모임의 규칙이었다. 아담회의 일원은 스무 명 남짓이었다. 한눈에 보더라도 '에덴' 거리의 돌연변이들 중에서도 가장 독특하고 특별한 사람들만 모인 듯했다.

인조인간 아담이 리더로서 모임의 시작을 알렸다. 사람들이 아담을 빙 둘러쌌고 아담은 중간에서 중얼중얼 기도를 했다. 사람들도 아담의 기도를 따라 했다. 아담을 향해 고개를 조아리고 바닥에 엎드려 이마를 땅에 찧기도 했다. 나는 혹시 어떤 종교 의식에 잘못 온 건가 당황했다. 그런데 기도를 마친 아담은 누군가를 호명했고, 그렇게 그의 진행에 따라 한 명씩 단상 위에 올라와 말을 하기 시작했다.

가장 첫 번째 순서는 자신을 떡갈나무라고 주장하는 사람이었다. 그는 실제로 나무껍질을 온몸에 가득히 붙인 채 나뭇잎을 매단 두 팔을 치켜들고 있었다. 분장이 무척 실감 나 기묘하게 소름이 끼쳤다. 모든 광경이 우스운 장난 같기도 하고 불길한 악몽같기도 했다.

"오늘 보니 저 바깥사람들은 비건 운동의 구호를 외치고 있었습니다. 동물성 음식 대신 식물성 음식만 먹자고요. 얼마나 끔찍한 말입니까."

그는 자신의 떡갈나무 껍질을 쥐어뜯는 시늉을 했다.

"식물성 음식은 괜찮다 이겁니까? 식물도 고통을 느낀다는 연구가 밝혀진 게 언제인데요! 오 맙소사, 어찌 생각이 그리 짧을까요?"

그의 열변에 사람들은 '아' '오' '맞습니다!'하는 감탄사를 냈다. 다 뭐에 홀린 것 같았다.

그다음 순서도 비슷했다. 떡갈나무 못지않게 독특한 사람들이 나와 각자 여러 이유로 바깥 사람들을 비난했다. 결론은 한결같이 바깥의 구시대적인 규범과 편견, 나아가 기득권적인 사고를 부숴야 한다는 것으로 마무리되었다.

잘은 모르겠지만 그럴듯하게 들렸다. 그런데 그들이 말하는 '바깥'이란 보통의 사회를 가리키는 게 아니었다. 그 '바깥'은 다름 아닌 공터로부터 얼마 떨어져 있지 않은 '에덴' 거리를 가리키는 것이었다. 즉 '에덴' 거리의 사람들이 구시대적인 규범과 편견, 나아가 기득권적인 사고를 가지고 있다는 것이었다.

'에덴' 거리의 사람들은 보통 사회에선 기득권은커녕 아주 특별한 소수자들이었다. 하지만 이곳 '아담회'의 일원들은 그 소수자 중에서도 소수자를 자청했다. 소수자 중의 소수자에겐, 소수자도 기득권이었다. '아담회'는 소수자 중의 소수자로서 바깥세상과 싸운다는 정체성을 가지고 있었다. 그것이 그들의 긍지였고, 자격이었으며, 권위였다.

"가련히도 섹스를 빼놓곤 사랑을 상상하지 못하는 거예요."

자유로운 동성연애를 응원하는 '에덴' 거리의 분위기에 대해서도 누군가는 그렇게 말했다.

사람들의 간증이 끝나자 아담이 단상 위에 올라가 마지막 연설을 했다.

"우리는 이제 진보된 윤리를 위하여 폭력의 재현에 대한 현시를 전시하는 걸 멈춰야 합니다. 좀 더 쉽게 말하면, 전시의 현시에 대한 폭력을 재현하는 걸 멈춰야 한다는 겁니다. 역사가 만든 인간을 벗어나는 거예요. 그래서 저는 주장합니다. 우리는 모두 인간이 아니라고 외쳐야 한다고. 인간이 아님을 부정하고, 더 나아가 그 부정조차 부정함으로써 변증법적인 정반합의 긍정을 이룩하고, 또 그 긍정 역시나 부정됨으로써 부정의 긍정과 긍정의 부정으로 우리가 나아가는……!"

콩 누나 말이 더 알아듣기 쉽겠다 싶었다.

하지만 인조인간의 목소리는 사람을 끌어당기는 힘이 있었다. 듣고만 있는데도 어딘가 심장이 두근거리고 흥분됐다.

"자 따라합시다! 우리는 인간이 아니다!"

인조인간이 선창하며 마이크를 이쪽으로 들이댔다.

"우리는 인간이 아니다!"

사람들은 하나의 목소리로 후창했다. 나도 어느샌가 따라 하고 있었다. 우, 우리는 인간이 아니다!

이윽고 스피커에서 경쾌한 음악이 흘렀다. 맑고 청아하면서 신나는 음악이었다. 사람들은 다 같이 리듬에 따라 짝짝짝 박수를 치더니 곧 춤을 추기 시작했다. 춤도 제대로 된 춤이 아니라 다들 제멋대로였다. 음악과 분위기에 도취되어 아무렇게나 몸을 움직여 댔다. 절대 따라하고 싶지 않았다.

근데 정신을 차렸을 땐 내 몸도 움직이고 있었다. 여전히 당황스럽긴 했지만, 나는 분명 즐거워하고 있었다. 웃고 있었다. 얼마 만에 이렇게 자유롭게 춤을 추는지 알 수 없었다.

이후 내게는 '아담회'야말로 진정한 에덴으로 받아들여졌다. 그곳이야말로 타락하지 않은 순수한 공간이었다. 인간이 다른 무엇과 자기 자신을 구분하기 전. 가장 태초의 시간이었다.

'아담회' 모임이 끝나고 나면 몸이 땀으로 흠뻑 젖어 녹초가 됐다. 하지만 기분은 이루 말할 것 없이 황홀했다. 우리는 헤어지기 전 서로를 포옹하며 다음 주에 만날 날을 기약했다. 나는 우리가 선택받은 존재고 특별한 존재라는 자의식에 뿌듯했다.

하루는 다 끝나고 돌아가려는데 인조인간 아담이 나를 불러 말했다.

"지니님, 다음 주에는 지니님도 단상 위에서 말해 보는 거 어때요?"

"제가요?"

"네. 지니님에겐 어떤 특별한 이야기가 숨겨져 있을지 궁금해서요."

단상 위에서 말을 하기 위해선 자신이 얼마나 독특한 존재인지 밝혀야 했다. 독특하기에 겪는 차별과 배제를 성토해야 하며, 하지만 그렇기에 얼마나 의미 있는 존재인지 설파해야 했다.

아담은 잘 생각해 보라고 하곤 인조인간답게 절도 있는 걸음걸이로 멀어졌다. 나는 만일 저 단상 위에서 나의 정체를 밝힌다면 어떻게 될지 상상해 보았다. 가슴이 두근거렸다.

떨리는 마음으로 집에 돌아오니 모글리가 기다렸다는 듯
현관 앞에 서 있었다. 지난번 말다툼 이후로 모글리와는 서먹
서먹해져 있었다. 대충 인사하고 들어가려는 내게 모글리는
말했다.

"손님이 와 있어."

그의 시선을 따라가니 소파에 앉은 한 사람이 보였다. 짧은
바가지 머리에 동그란 안경. 그리고 중학교 남자애처럼 생긴
외모. 조작가였다. 몇 년 동안 보지 못했지만 그의 외모는 하나
도 변하지 않았다.

"네가 알아야 할 이야기가 있어."

그런데 언제나 ㅎㅎㅎㅎ 웃으며 기이한 이야기를 들려주
던 조작가의 얼굴이 지금은 굳어 있었다. 나는 그가 지금 들려
주려는 이야기가 그리 좋은 이야기가 아니라는 걸 직감했다.

22 직립에 대하여

병원에 들어서자마자 악취가 엄습해 왔다.

희미하지만 분명한 오줌 지린내. 똥 냄새.

하지만 악취는 그것들에서 기인하는 게 아니었다. 오줌 지린내와 똥 냄새를 가리려는 알코올 향. 그게 오히려 냄새를 더 역하게 했다.

모글리가 접수대에서 방문 목적 등을 얘기하는 동안 나는 병원 안을 살폈다. 분홍색 환자복을 입은 노인들이 곳곳에 보였다. 눈에 초점이 없었다. 입에선 침이 흘렀다. 어딘가 고장났지만 고칠 수는 없는 기계 같았다. 그들도 딱히 더 살고 싶어

하는 것처럼 보이진 않았다. 하지만 아직 죽지 않고 있었다. 그건 단지 그들을 죽게 내버려 둘 수는 없기에, 그랬기에 어쨌든 최소한의 조치는 해 주기 때문인 듯했다.

하지만 어째서 그들을 죽게 내버려 두면 안 되는가. 내 동굴의 어둠 속에선 그런 말이 꿈틀거렸다.

죽음은 역하지 않다. 죽음 자체는 생명의 가장 역동적이고 정력적인 순간일지 몰랐다. 다만 그 죽음을 유예시킬 때 인간에게선 본능적인 역겨움이 느껴지는지도 몰랐다. 마치 오줌 지린내와 똥 냄새를 가리려는 알코올 향처럼. 나는 병원을 나가고 싶었다. 복도 너머에서 사육사의 목소리가 들려오지 않았다면 그랬을 것이었다.

나는 먼발치에서 몰래 사육사를 보았다. 사육사는 푸른 유니폼을 입고 있었다. 요양 보호사가 입는 유니폼이었다. 이미 완연한 노인이 된 사육사는 유니폼이 아니었으면 다른 환자들과 구분 안 될 만큼 늙어 있었다. 지난번 무대에선 미처 알아차리지 못한 세월의 흔적이 여실히 보였다. 헌데 다른 요양 보호사들도 마찬가지였다. 환자들과 똑같은, 노인들이었다.

노인들이 노인들을 돌보고 있었다. 늙은 인간들이 늙은 인간들을 보살피고 있었다. 단지 입은 옷이 유니폼이냐 환자복이냐만 달랐다.

그래도 사육사는 기운차게 움직였다. 어린아이처럼 떼쓰

는 할아버지에게 밥을 먹이고, 사육사가 아닌 다른 요양 보호사랑은 화장실 안 간다는 할머니를 어르고 달래 같이 화장실에 갔다. 바지와 속옷도 내려 주는 듯했다. 사육사는 그러면서도 웃음을 잃지 않았다. 어떤 할머니는 자길 챙겨 주는 사육사를 멍하니 보더니, 자신이 가장 빛나는 시기에 있다고 생각하는지 자기 부모님한테 인사드리러 가자며 중얼거렸다. 사육사는 영광이라며 익살스럽게 고개를 숙였다. 나는 사육사에게서 저런 넉살 좋고 푸근한 모습을 처음 봐서 놀랐다.

그러나 어느 병실에 들어섰을 땐 사육사도 웃지 않았다. 깡마른 할아버지가 병실 침대에 누워 있었다. 할아버지의 한쪽 팔목에는 밴드가 묶여 있었고 연결된 끈이 침대 모서리에 고정되어 있었다. 결박당해 있는 것과 다름없었다. 할아버지는 덫에 걸린 짐승처럼 발버둥 쳤다. 시퍼런 멍이 든 손목을 비틀어댔다. 다 빠진 이로 울어댔다.

사육사는 손목의 밴드를 느슨하게 해 주면서도 차마 풀지는 못했다. 자꾸 침대에서 떨어지셔서 어쩔 수 없다고, 침대에서 떨어지면 뼈가 다치셔서 큰 고생이라고, 우리가 계속 지켜보면 좋겠지만 그럴 수 없다고, 그래도 움직이지만 않으시면 덜 아플 거라고 말했다.

그런 말을 하는 사육사의 마른 목소리에서 물기가 뚝뚝 떨어지는 것 같았다.

전날 찾아온 조작가는 내게 사육사와 정숙 씨의 근황을 알고 있느냐고 물었다. 두 사람은 한 요양 병원에서 지내고 있다면서. 그러면서 조작가는 그들이 어떻게 사는지, 그 이야기를 들려주려 했다.

하지만 나는 듣고 싶지 않다고 했다.

조작가는 싸늘하게 말했다. 아무리 듣고 싶지 않아도 알아야 하는 이야기가 있는 법이라고. 나는 내가 왜 그래야 하냐고 되물었다. 조작가는 너는 지금 과거로부터 도망친 뒤 애써 외면하며 살고 있기 때문이라고 했다. 자기가 글을 왜 가르쳐 준 거 같냐고, 피하지 말라고 했다. 아무리 괴로워도 동굴 속 어둠을 직시해야 한다고 했다.

나는 대꾸했다. 무서워서 한 문장도 못 쓰는 사람보다는 낫죠.

내가 무서워한다고? 조작가가 되물었다. 나는 잔인하게 말했다. 30년 전 그 사람을 만나러 약속 장소에 가지 않은 이후로, 당신은 평생 도망치며 살아왔잖아요. 하지만 아무리 전 세계를 떠돌아도 당신은 여전히 제자리죠. 나는 알아요, 당신은 죽을 때까지 소설을 못 쓰고 변명만 할 거라는 걸. 하지 못한 선택에 대해 후회하며 남은 평생을 보낼 거라는 걸.

조작가는 떨리는 눈으로 날 보다가 힘없이 집을 떠났다. 그날 나는 한숨도 자지 못했다. 내가 뱉은 저주의 말들이 내게 달

라붙어 내 삶을 조롱했다. 기나긴 밤 끝에 날이 밝자마자 나는
나갈 준비를 했다. 모글리는 내가 어딜 가려는지 안다는 듯 따
라왔다.

조작가가 알려 준 병원으로 향하는 택시 안에서 모글리와
나는 별다른 얘기를 하지 않았다. 다만 모글리는 핸드폰을 보
더니 내 작명 공모전에 응모된 이름들과 그 뜻을 비꼬듯 중얼
거렸다. '호모 스피리투알리스', 영적인 인간. '호모 이코노미
쿠스', 경제적 인간. '호모 루덴스', 유희하는 인간. '호모 에렉
투스', 직립하는 인간.

모글리는 말했다. 이 이름들은 다 '호모 사피엔스'처럼 예
전에 우리가 우리 스스로에게 지어 준 이름이기도 하다고.

하지만 요양 병원에서 본 인간들은 그렇지 않았다.

영적이거나 경제적이지 않았고 유희하지도 않았다. '사피
엔스'라는 뜻처럼 지혜롭지도 않았다.

그들은 직립조차 못했다. 누군가의 도움 없이는 스스로 설
수조차 없었다.

그들을 돕는 사육사 역시 영적이지도 경제적이지도 지혜
롭지도 않은 건 마찬가지였다. 그럼에도 먹고 살기 위해 요양
보호사로 일하는 것이었다. 아마도 병원 안에 마련된 직원 숙
소에서 숙식하는 것 같았다. 나는 정숙 씨도 그 숙소에 있으리

라 예상했다. 사육사를 조금만 더 관찰하다가 정숙 씨를 찾으러 가야겠다고도 생각했다.

또 다른 병실 안에 들어간 사육사는 가장 구석에 있는 침대로 다가갔다. 병실 안은 커튼이 닫혀 있어 어둑했다. 상태가 좋지 않은 환자 같았다. 어렴풋한 윤곽으로 볼 때 아이처럼 잔뜩 쪼그라든 할머니가 누워 있는 듯했다. 사육사가 다정하게 말을 걸었다. 하지만 상대가 내뱉는 말은 아기의 옹알이였다. 사육사는 그 옹알이를 알아들었는지 익숙한 듯 기저귀를 갈기 시작했다. 묵은 똥 냄새와 오줌 지린내가 멀리 있는 나한테까지 끼쳐 왔다. 사육사가 조그맣게 콧노래를 불렀다.

살짝 열린 창문으로 바람이 들어오며 커튼이 살랑였다. 그 사이로 햇살이 내비치며 침대 위를 비쳤다. 그 순간 나는 침대 위의 여자와 눈을 마주쳤다.

여자의 눈은 나를 알아보지 못하는 듯했다. 내가 누구인지 전혀 기억하지 못하는 것이었다. 그저 기저귀를 갈아 주는 사육사의 손길에 몸을 맡긴 채 아기처럼 인간의 언어가 아닌 소리만 내질렀다. 나는 그러나 그 사람이 내게 말을 처음 가르쳐 준 사람이라는 것을 생각해 냈고, 나도 모르게 입 안에서 소리 나지 않게 정숙 씨……, 하고 부르고 말았다.

*

‘정글북 파크 동물원’은 폐쇄된 지 오래였다. 하지만 시설물들은 철거되지 않은 채 그냥 버려져 있었다. 울타리 너머의 텅 빈 우리는 공룡의 화석 뼈처럼 보였다. 동물들이 없는 동물원의 풍경만큼 을씨년스러운 건 없을 것 같았다.

그 수많은 동물들은 어떻게 된 걸까. 다 어디로 가버린 걸까.

정숙 씨와 대화를 나누던 그들은, 그 모든 반짝이던 말들은 다 어디로 간 걸까.

언제나 초라함만이 남는다.

동물원의 경계를 이루는 울타리를 넘어갔다. 초원의 풀이 길게 자라 허리까지 올라왔다. 무성한 풀들을 헤치고 가니 기억 속 똑같은 자리에 그 컨테이너가 보였다.

“저기가 어디니?”

모글리가 뒤에서 물었다.

“저기가 원래 내 집이었어.”

우리는 컨테이너 쪽으로 걷기 시작했다. 사육사와 정숙 씨가 떠난 뒤 흉물처럼 방치되어 있는 듯했다. 그런데 바로 뒤에서 따라오던 모글리가 뭔가 이상한 점을 발견했다. 컨테이너의 문이 살짝 열려 있었던 것이다.

“안에 누가 있는 것 같은데?”

대체 이런 데에 누가 있단 말인가. 폐쇄된 동물원 구석, 그것도 어느 버려진 숙소에.

모글리는 한쪽 팔로 나를 가로막더니 본인이 앞장섰다. 널찍한 그의 등이 내 앞을 가렸다. 갑자기 덜컥 긴장됐다. 그는 살금살금 컨테이너 문 앞까지 다가갔다. 그리고 천천히 손을 뻗어 문고리를 움켜쥐려 할 때였다.

안에서 문이 벌컥 열렸다. 동시에 모글리는 주먹을 날렸다. 반사적인 행동이었다. 그러나 문 안의 누군가는 그 짧은 순간에 모글리의 주먹을 능숙하게 막았다. 실력이 보통이 아니었다.

모글리는 당황해 주춤거렸다. 곧 문이 활짝 열리며 안에 있던 사람의 정체가 드러났다. 나는 화들짝 놀라서 외쳤다.

"쏨차이!"

마치 내가 올 줄 알고 있었다는 듯이 여유롭게 인사하는 쏨차이였다.

컨테이너 내부는 휑했다. 침대 매트리스와 장롱 하나를 제외하곤 가구가 하나도 없었다. 쏨차이는 몇 주 동안 이곳에서 지냈다고 했다. 몇 년 전 태국으로 추방된 이후 전 세계를 떠돌아다니다 다시 한국으로 왔다고 했다.

"여기서 뭘 했는데요?"

"널 기다렸지."

쏨차이는 품에서 공책 하나를 꺼내 건넸다.

"사육사와 정숙 씨가 이걸 두고 갔더군."

낯익은 공책이었다. 그것은 정숙 씨의 일기장이었다. 예전에 내가 몰래 보다가 뒷부분은 읽지 않고 덮어놨던 것이었다.

"그럼 난 가 보겠어."

쏨차이는 조그만 짐 보따리 하나를 들고 떠날 채비를 했다.

"어디로 가게요?"

쏨차이는 어디로든, 하며 어깨를 으쓱했다.

아직도 얼떨떨한 모글리와 나를 두고 쏨차이는 걸음을 옮기다 문득 멈춰 섰다. 그리고 돌아서서 말했다.

"기억하나? 예전에 내가 우리 할아버지가 코끼리 키퍼라고 말했던 거. 그런데 사실 코끼리 키퍼는 할아버지가 아니라 나였어. 그리고 나는 풍 말리의 코끼리 키퍼였지. 풍 말리가 태어나는 모습도 지켜봤거든."

"풍 말리요? 일흔 살 가까이 됐던 그 코끼리요?"

"그래. 이상하게 들리겠지만, 나는 사실 아주 오래 살았단다."

쏨차이는 반복해 말했다.

"나는 아주 오래 살고 있어."

"그게 어떻게……."

"그냥 특이체질이라고 해 두지. 신의 실수일까? 나는 유별난 유전자를 가지고 태어났거든. 근데 뭐, 감자 너 같은 애도 있는데 이상할 건 없지."

그제야 쏨차이가 그간 조금도 늙지 않았다는 게 눈에 들어왔다. 몇 년 전 모습 그대로였다. 쏨차이는 하늘을 올려다보았다. 정말이지 아주 오랫동안 살아온 사람처럼.

하지만 그럼에도 불구하고 풍 말리의 죽음 앞에서 마치 처음인 것처럼 코끝이 빨갰던 그를 떠올렸다. 어떤 슬픔은 무뎌지지 않는 모양이었다. 아주 오래 살아도…….

"날이 조금씩 쌀쌀해지네. 다시 빙하기가 오려나 봐."

홀연히 떠나는 쏨차이를 쳐다보며 모글리는 물었다.

"저 사람 대체 뭐야?"

나는 멍청히 대답했다.

"…… 무에타이의 고수."

컨테이너 뒷문에는 여전히 의자가 놓여 있었다. 그리고 나는 여전히 의자에 앉으면 두 다리가 땅에 닿지 않았다. 뒷산이 나를 굽어보았다. 나는 소리를 질러 보았다. 예전처럼 새와 다람쥐와 노루 녀석들이 나타나기를 기대하며,

우아아아아!

하지만 아무 반응이 없었다. 이제는 아무도 날 찾아오지 않았다. 그때와 똑같은 곳이지만 소중한 것들은 지나가 버렸다

는 느낌이었다. 핑핑이 느낀 감정도 그랬을까. 다시는 돌아갈 수 없는 툰드라에서의 나날이 그렇게 느껴졌을까.

모글리가 내 옆에 쪼그려 앉아 입을 열었다.

“너는 있잖아, 감자…….”

뭔가를 물어보려다 멈칫했다. 그는 다시 말했다.

“그러고 보니 우리가 처음 만났을 때, 나는 너를 뭐라고 불러야 하는지 물었지. 하지만 넌 대답하지 않았어. 아직도 그렇고.”

“모르니까 그렇지.”

“몰라? 그럼 넌 너를 뭐라고 부르면 좋을 거 같은데?”

“글쎄……, 그냥…….”

“그냥?”

“그냥. 평범한 이름.”

“평범한 이름이 뭔데. 예를 들면?”

“예를 들면 최동석, 이런 이름?”

모글리가 푸핫 웃음을 터트렸다.

“최동석? 뭐야 갑자기.”

“예를 든 거야. 꼭 그렇다는 건 아니고.”

“아니 너무 뜬금없잖아. 최동석이 뭐야.”

나 역시 왜 그런 말을 했는지 영문을 모른 채 뒷산을 바라보았다. 그러다 뒤늦게 최동석이라는 이름이 사육사의 본명이었다는 걸 기억해 냈다.

나는 내 손에 들린 정숙 씨의 일기를 내려다보았다. 예전에 일기를 읽다 중간에 그만둔 이유는 뒤로 갈수록 정숙 씨와 사육사의 이야기가 더 비참해질 거라고 생각했기 때문이었다.

그 생각은 틀리지 않았다.

그들의 이야기는, 적어도 내가 현재까지 본 그들의 삶은 전혀 아름답지 않았다. 사랑의 그럴듯한 의미는 사라지고, 구질구질한 육체만 남았다. 갈수록 추해지지만 그렇다고 버리지도 못할 육체. 나는 병실에서 본 정숙 씨와 그런 정숙 씨를 돌보던 사육사의 모습을 떠올렸다. 인간은 참 대단치 않은 동물이었다. 호모 사피엔스라는 종도 결국은 별거 없었다.

그러나 어째서일까. 전혀 그럴듯할 거 없는 추하고 구질구질한 육체가, 그 동물적인 육체를 보듬고 살아가는 모습이 그 무엇보다 크고 높게 느껴지는 건.

"그 할아버지."

모글리의 말에 나는 그를 바라보았다. 사육사를 말하는 것이었다.

"꽤 멋지던데."

그도 나를 바라보았다. 우리의 얼굴은 숨결이 닿을 정도로 가까웠다. 그리고 서서히 더 가까워졌다. 우리가 움직여서라기보단 그저 우리 둘 사이의 거리가 좁혀진다는 느낌이었다.

우리는 딸려 갈 뿐이었다.

　이윽고 그와 나의 입술이 닿았다. 우리는 동물처럼 깊고 깊
게 입을 맞췄다.

23 제물에 대하여

실험이 연이어 실패했다.

모아이의 뇌는 아무런 변화를 보이지 않았다. 그럼에도 불구하고 펑펑은 실망하지 않았다. 껍데기만 남은 아버지를 익숙한 듯 돌볼 뿐이었다. 하지만 프로젝트를 둘러싼 모든 상황은 악화되는 중이었다. 여론이 변해 가는 게 느껴졌다. 사람들 사이에서 조금씩 의심과 회의가 섞인 의견들이 들려왔다.

궁지에 몰린 위원장은 실험실보다도 교회를 더 자주 찾았다. 그가 가는 교회에선 멀끔한 목사가 설교하며 성경을 읊었다.

여호와께서 사탄에게 이르시되, 내가 그를 너의 손에 붙이노라. 다만 오직 그의 생명만은 해하지 말지니라.

사람을 끌어당기는 그 목소리가 어쩐지 익숙했다. 그렇게 설교를 마친 목사는 아내, 딸과 함께 화목하게 웃으며 집으로 돌아갔다. 목사를 비롯한 신도들이 신과의 만남을 마치고 가정으로 떠난 뒤에도 위원장은 홀로 교회에 남아 기도했다. 위원장에게는 가족이 없었다. 때문에 그를 책임질 사람은 오직 그뿐이었다. 그는 이번 프로젝트에 자신의 모든 걸 걸었다. '과거를 파헤쳐서 미래를 발굴하자.'는 좌우명처럼 그는 미래를 향해 고독한 시추를 이어 갔다.

내게 투여되는 약물의 양은 점점 많아졌다. 그에 따라 부작용도 심해졌다. 피부색이 하루가 다르게 보라색에 가까워졌다. 배도 더 심하게 부풀었다. 약물을 투여한 당일엔 조금만 움직여도 피로해서 집에선 거의 누워 있을 수밖에 없었다. 화장실 갈 힘이 없어 속옷에다 오줌을 지리기도 했다. 꼼짝하지 못하는 내게 콩 누나가 다가와 얼굴을 핥아 주었다. 그리곤 얌전히 앉아 내 곁을 지켰다.

모글리는 의도적으로 나를 멀리했다. 지난번 입맞춤 이후로 눈에 띄게 나를 불편해 했다. 꺼림칙해 하고, 심지어는 밀어내려는 것 같기도 했다. 나를 바라보는 모글리의 눈빛에는 혼란스러움과 차가움이 공존했다. 그건 마치 그날의 입맞춤은 절대 일어나선 안 되는 일이었다고 말하는 것 같았다. 잘못된 일이었다고 말하는 것 같았다.

부당하다. 나에 대한 이런 대우는 부당하다.

뜨거운 무언가가 몸 안에서 꿈틀거렸다. 그동안 살아오며 쌓아 두기만 했을 뿐, 한 번도 바깥으로 꺼내 놓지 못한 무언가가…….

그것은 '아담회'에서 터져 나왔다. 나는 '아담회'의 일원들 앞에서 내 정체를 밝혔다. 사람들은 너무도 놀란 나머지 한동안 아무 말도 못 했다. 하지만 그것도 잠시였고 곧 환호성이 터져 나왔다. 메시아를 만난 것처럼.

나는 단상 위에서 '인류 2호'로서, 즉 이를테면 유사 인류로서 내가 지금껏 받아온 핍박과 멸시를 토로했다. 동시에 그런 핍박과 멸시를 받아 온 내가 얼마나 특별한 존재인지 강조했다. 사람들은 내게 경배하듯 고개를 숙였다. 그 누구도 나보다 특별할 수 없었다. 그 누구도 나보다 소수자일 수 없었다. 소수자가 권력인 이곳에서 그 누구도 나보다 강한 권력을 가질 수 없었다.

단상 위 나를 바라보는 그들의 눈은 꼭 신을 영접한 신도들과도 같았다. 나는 분노 섞인 연설을 쏟아 냈다. 그런데 나의 분노가 그들에게 전염되기라도 한 것처럼 그들도 똑같이 화를 내며 분노했다. 내 연설을 들으니까 심장이 쿵쾅거리면서 꼭 내 말대로 행동해야 할 것 같다고 했다. 실제로 몇몇은 나의 분노에 영향을 받아 주변의 천막이나 물건들을 부수기도 했다.

나는 나의 말과 음성에 평범하지 않은 힘이 깃들어 있음을 체감했다. 연설할 때면 성대가 평소랑 달리 특수한 방식으로 움직이는 것이 느껴졌다. 그건 과거에 내가 말을 하던 방식과 유사했다. 그때 나는 인간이 듣기엔 노래 부르는 것처럼 말을 했다. 나의 말은 곧 노래였다. 하지만 이제는 달랐다. 방식은 비슷하지만, 그것이 인간에게 어떻게 전해지느냐는 천지 차이였다.

이제 나의 말은 일종의 방아쇠였다. 인간 종 내부에 탄환처럼 장전된 분노, 그것을 발사시키는 방아쇠였다.

*

방아쇠가 당겨지기까지는 오랜 시간이 필요하지 않았다.

'아담회'에서 나의 영향력은 순식간에 가장 강해졌다. 나의 연설을 들은 '아담회'의 일원들은 점점 인간이라는 종에 대한 분노와 혐오를 키웠다. 인간은 위선에 가득 찬 폭력적인 종이라면서, 그들의 세상을 무너뜨려야 한다는 의식이 생겼다. 잘난 척하는 저 '에덴' 거리의 소수자들을 습격하자는 의견도 그런 맥락에서 나왔다. 소수자들도 결국 인간이었으니까.

이에 제동을 건 것은 '아담회'의 리더이자 아담인 인조인간이었다.

그는 우리 '아담회'의 목적이 무조건적인 전복과 파괴에 있지 않다고 했다. 소수자 중의 소수자라는 우리의 정체성은 기존 사회의 틀에 박힌 관점을 변화시킬 수 있다는 점에서 의의가 있는 것이지, 우리 빼고 다 틀렸다고 과격하게 접근하는 건 옳지 않다고 했다. 우리가 추구하던 게 평화라는 걸 잊지 말아야 한다고도 했다.

이에 더해 인조인간은 나를 추방하려 했다. '아담회'를 변질시켰다는 이유에서였다. 인조인간은 특유의 호소력 짙은 목소리로 모두에게 말했고, 이에 몇몇은 그에게 설득되려는 것 같았다. 나는 다급해졌다. 여기서마저 쫓겨난다면 이 세상에 내가 있을 자리는 아무 데도 없을 것 같았다. 무서웠다. 무서운 만큼 화가 났다. 나를 자신들 영역 바깥으로 밀어내려는 인간들에게, 나는 참을 수 없이 화가 났다. 그 와중에도 인조인간은 '아담회' 일원들을 선동하고 있었다.

그런데 그때, 나는 그 목소리를 어디서 들었는지 기억해 냈다. 그러자 변장으로 가린 그의 진짜 모습이 보였다.

위원장이 다니는 교회의 목사.

그랬다. 멀끔하게 설교하던 그 목사가 바로 '아담회'의 인조인간이었던 것이다.

나는 큰 소리로 인조인간의 정체를 폭로했다. 사회에서 존경받는 지위를 가진, 딸과 아내랑 화목한 가정을 이룬 중산층의 목사. 나는 그런 그가 소수자 중의 소수자를 자처한 건 비열한 거짓이라고 했다. 단순히 우리를 속인 것뿐만 아니라 모욕한 것이라고 했다. 추방당해야 하는 건 내가 아니라 저 목사라고 했다.

목사는 당황했다. 아니라고, 자신의 사회적 위치와 소수자성은 서로 다른 문제라고 했다. 하지만 누구도 그의 말을 귀담아듣지 않았다. '아담회'의 일원들은 이미 나의 말에 경도되어 있었다. 그들은 목사를 두들겨 팼다. 목사가 더는 말을 하지 못할 정도로 팼고, 마지막엔 그를 '바깥'으로 내던졌다. 에덴에서 추방시켰다.

인조인간이 사라진 뒤 '아담회'의 리더 자리는 비었다. 그 자리에 누가 앉을지에 대해선 이견이 없었다.

그렇게 나는 아담이 되었다.

가장 높은 곳에 있는 자. 가장 외롭지만 그래서 가장 숭고한 존재. 나는 내가 그런 존재가 되었다고 생각했다.

모글리는 계속해서 나와 거리를 두려고 했다. 하지만 모글리가 그럴수록 나는 그에게 더 헌신하기 시작했다.

그의 옷을 손수 빨래하여 다려 놓았다. 그가 좋아하는 음식을 차렸다. 그가 없을 때 그의 방을 구석구석 청소했다. 집에 오면 좋은 냄새가 나도록 하루에도 몇 번씩 향을 피우며 환기했다. 하루 대부분을 나를 위해서가 아닌 그를 위해서 보냈다. 그러다 밤이 되면 그에게 보낼 편지를 썼다. 몇 시간 동안 문장 하나를 겨우 썼다가 결국엔 그 문장을 지우는 덧없는 일들을 반복했다. 때때로 이 문장을 지우게 될 것임을 알고 있음에도 그 문장을 써야 할 때도 있었다. 긴긴밤 거의 잠을 자지 못한 나는 자주 코피를 흘렸다. 주말에는 '아담회'에서 연설했고 돌아오는 길에는 성대에서 피를 토했다. 하지만 모글리를 위한 일들을 멈추지 않았다.

나의 헌신을 모글리가 알아주는 건 아니었다. 일부러 외면하는 것 같기도 했다. 어떻게 보면 나의 일방적인 희생인 셈이었다. 하지만 그건 내게 아무런 문제도 되지 않았다.

되려 좋았다. 나의 일방적인 희생이라는 점이 나를 고무시켰다. 나는 그를 위한다는 명목으로 나 자신을 학대했다. 나에게 벌을 주듯이 몸을 쉬게 놔두지 않았다. 이미 몇 번이나 반복한 청소를 또다시 했고, 다릴 필요 없는 옷들을 다렸다. 그러면서 나는 그것이 사랑이라고 믿었다.

나는 우리 관계 위에 정숙 씨와 사육사의 관계를 투영했다. 내게 정숙 씨와 사육사의 관계는 숭고함 그 자체였다. 그래서 나는 사육사가 정숙 씨를 위해 감내하는 희생을 흉내 내려 했다. 그 희생을 통해 뭔가를 얻으려는 게 아니었다. 희생 그 자체가 목적이었다.

내 몸이 설령 부서져도 좋았다. 더럽혀지고 찢긴다고 해도 괜찮았다. 나는 나 자신을 일종의 제물이라고 상상했으니까. 위원장이 기도하는, 십자가에 못 박힌 남자처럼. 나 역시 내가 사랑하는 존재들을 위해 온갖 고통을 짊어진 것이라고 여겼다. 그 고통은 전부 최초의 아담으로서 내게 주어진 시련이라고.

그런 식의 생각은 나를 무척 만족스럽게 했다. 고통과 시련이 클수록 만족도 컸다. 단지 나의 이런 희생을 알아주기만 한다면. 그러면 나는 그 어떤 것이라도 감내할 수 있었다.

*

어느 순간부터 전 세계 사람들은 나를 욕하기 시작했다. 난항을 겪는 프로젝트에 대한 실망감은 나를 향한 원망으로 뒤바뀌었다. 미디어에 일절 나오지 않는 나보고 도대체 어디에 있느냐고, 숨어 있지 말고 모습을 드러내라고도 했다.

하지만 나의 외모와 육체는 그럴 수 있는 상태가 아니었다. 만일 나를 본다면 괴물이라고 비명을 지를 것이었다. 피부는 보랏빛을 넘어 새까맸다. 부풀어 오른 배는 임신한 인간의 배보다 두세 배는 컸다. 걸을 땐 뒤뚱거렸고 몸에선 알코올 향이 섞인 악취가 흘러나왔다. 콩 누나는 변한 내게 다가오지 않았다. 나를 보면 뒷걸음질을 치며 덜덜 떨었다. 나는 뒤뚱뒤뚱 다가가며 불렀다. 이리 와 콩 누나, 이리 와. 하지만 콩 누나는 겁먹은 얼굴로 맹렬히 짖었다. 서운한 감정이 스파크처럼 튀며 가슴에 불을 질렀다. 화가 치솟았다. 네가 나한테 이러면 안 돼, 콩 누나. 나는 콩 누나를 붙잡았다. 콩 누나가 발버둥 치며 손을 물었다. 손에서 피가 흘렀지만 콩 누나를 놓지 않았다. 뭘 하려던 건 아니었다. 그저 콩 누나가 예전처럼 내 품에 안겨 줬으면 했다.

그 순간 몸이 확 뒤로 밀리며 콩 누나가 내 손에서 빠져나갔다. 나는 뒤로 나뒹굴었다.

모글리가 나를 강하게 밀어 넘어뜨린 것이었다. 그는 대체 뭐 하는 짓이냐며 소리쳤다. 왜 이 작은 동물을 학대하냐고 했다. 나는 항변하고 싶었다. 하지만 입술만 들썩일 뿐이었다. 모글리는 콩 누나를 데리고 자기 방으로 들어갔다. 나는 내 입 안에서 어떤 종류의 말들이 부글부글 끓어오르는 것을 느꼈다. 저주의 말들이었다.

그 말들을 편지에 적었다. 밤마다 쓰던 모글리를 향한 편지는 이제 사랑을 속삭이는 내용이 아니었다. 나의 희생을 알아주지 않는 모글리를 탓하고 욕하는 내용이었다. 나는 모글리에게 너는 후회하게 될 거라고 썼다. 너는 나를 받아 주지 않은 것에 대해 분명 땅을 치고 후회할 것이며, 심장이 찢어질 만큼 아플 것이라고 했다. 하지만 그 심장은 영원히 재생되는 프로메테우스의 간과도 같아서 네 고통도 끝나지 않을 거라고 했다. 고통스럽게 울부짖으며 과거의 어리석었던 자신을 원망해봐도 어쩔 수 없을 거라고 했다. 나는 그렇게 예언의 형식으로 모글리를 저주했다.

내 저주의 언어는 '아담회'의 단상 위에서 더 강렬히 퍼져나갔다. 이제 '아담회'의 일원들도 더는 나의 공격으로부터 자유롭지 않았다. 소수자 중의 소수자라 할지라도 그들 역시 결국 인간이었다. 인간이 아닐 수 없었다. 나는 그들이 인간이기에 원죄를 가졌다고 했고, 벌을 받아야 한다고 소리쳤다. 나의 음성은 그들의 귓구멍을 타고 가슴 안까지 침입했다. 가슴속 가장 연약한 곳을 마구 휘저으며 찢어발겼다. 그들은 괴로움에 몸부림쳤다. 하지만 나는 아랑곳하지 않고 계속 말했다. 너희 호모 사피엔스는 죽어 마땅한 종이라고. 이 지구상에, 아니 우주 전체를 통틀어도 너희 호모 사피엔스만큼 다른 종을 학대하는 종은 찾아볼 수 없을 거라고.

연설을 끝마치고 나면 한참 동안 피가 섞인 기침을 했다. 단상을 내려오면 나는 다시 초라해졌다. '에덴' 거리를 나오면 나는 다시 가장 낮은 곳의, 어둠 속의 존재가 되어야 했다. 두꺼운 옷으로 몸 전체를 가린 채 지하철을 탔다. 하지만 아무리

꽁꽁 싸매도 나는 정상적이지 않아 보였다. 사람들은 공포스럽다는 듯이 나를 보았다. 나도 그들이 싫었다. 그러나 집으로 돌아가는 길의 지하철은 언제나 만원이었다. 사람들로 가득 차 있었다. 인파들 사이에서 마음이 안정되던 나는 이제 없었다. 내 몸에 부딪히는 다른 육체들을 느낄 때마다 나는 깊고도 진한 살의를 느꼈다.

그들을 힘껏 밀어 넘어뜨리고 싶었다. 머리통을 후려치고 싶었다. 그 육체가 으스러질 때까지 짓밟아 버리고 싶었다. 죽여 버리고 싶었다.

물론 실제로 그런 일은 일어나지 않았다. 하지만 실제로 일어난다고 해도 이상하지 않을 거라고, 나는 생각했다.

지하철에서 내린 뒤 숨을 몰아쉬며 동네를 걸었다. 걷는 것만으로도 숨이 차서 놀이터 벤치에 잠시 앉았다. 콩 누나를 처음 만난, 시소에는 코끼리가 앉아 있고 정글짐에는 원숭이가 손짓하고 있는 놀이터였다. 여름이 물러가며 해가 짧아져 사위는 어둑했다. 그런데 놀이터 구석에 거뭇한 무언가가 보였다. 움직이지 않는 쓰레기처럼 보이기도 했다. 나는 힘겹게 몸을 일으켜 가까이 다가가서 그것을 살펴보았다.

예전 그 삼색이 고양이였다. 숨을 거둔 지 며칠은 된 것 같았다. 어떤 사람에게 두들겨 맞아 죽은 것으로 보였다.

나는 격한 구역질을 했다. 다 토하고 싶었다. 잔뜩 부푼 배에 가득한 역겹고 추한 것들을, 다 게워 내고 싶었다. 하지만 그렇게 되지 않았다. 그저 상처 난 성대에서 흐른 피만을 토해 낼 따름이었다. 나는 내가 더는 예전처럼 노래 부를 수 없음을 알았다.

정말 마지막 시도였다.

이번 실험마저 별다른 결과가 없다면 이 프로젝트는 철저하게 실패하는 것이었다. 수많은 기업들에서 투자한 천문학적인 돈, 그리고 인류의 한계를 극복할 수 있을 거라 기대했던 전 세계 사람들의 꿈이 한꺼번에 절망의 구렁텅이로 고꾸라지는 것이었다. 프로젝트의 총 책임자인 위원장은 벼랑 끝에 서 있다고 해도 과언이 아니었다.

그런데 기적 같은 일이 일어났다. 성공의 조짐이 보인 것이었다.

마지막 실험에서였다. 내 유전자를 이식받은 뒤 마취 상태에 있던 모아이의 뇌 조직에서 이전의 실험 때와는 다른 반응이 보였다. 그건 애초에 과학자들이 기대했던 현상이기도 했다. 새로운 형식으로 뇌세포를 다시 태어나게 하는 것. 그래서 사고의 혁명을 이루는 것. 우리가 꿈꿨던 미래였다.

소식이 전해지자마자 나는 위원장과 만났다. 모아이는 아직 잠들어 있다고 했다. 다만 현재 상태로 볼 때 뇌가 재생되고 있는 건 확실하다고 했다. 내일 아침에 모아이가 깨어난 뒤 그가 실제로 치매를 극복하여 정상적으로 사고하고 말을 할 수 있는지만 확인하면 된다고 했다. 그 역사적인 순간을 담기 위해 전 세계 언론들이 모아이를 취재하러 모일 것이고, 이는 세계에 실시간으로 생중계될 것이라고 했다.

한창 고무적으로 현 상황을 설명하던 위원장은 긴 숨을 내쉬더니 작게 말했다.

"고맙네. 다 자네 덕분이야."

나도 조그맣게 말했다.

"수고하셨어요."

위원장이 나를 안았다. 그는 내 귓가에 대고 말했다.

"자네는 내게 빛나는 꿈을 꾸게 해 줬어……."

그의 말은 마치 길고 힘들었던 악몽의 끝을 알리는 것 같았다.

다음날이 되자 아침부터 흥분되어 몸을 가만히 놔둘 수 없었다. 프로젝트의 성공을 알리는 날이었고 모아이의 부활을 선언할 날이었으니까. 나는 드디어 내 지난날들이 보상받는 때가 왔다고 생각했다. 나의 희생을 알지 못했던 우매한 인간들이 과거를 참회하며 무릎 꿇고 나를 찬양할 순간이 왔다고 생각했다. 더군다나 그날은 '아담회' 모임이 있는 날이기도 했다. 완벽한 타이밍이었다.

나는 평소보다 이른 시간에 '아담회' 모임에 나갔다. 오늘은 다른 때와는 달리 신도들에게 축복의 언어를 선사해 줄 생각이었다. 어두운 날들은 모두 끝났으니까 말이다. 가슴이 설렜다. 웃음도 피식피식 나왔다. 헌데 도착하고 보니 아직 모임 시간이 되지도 않았는데 '아담회' 일원들이 모여 있는 게 보였다. 그들은 빙 둘러서서 뭔가를 얘기하고 있었다.

내가 들어서자 그들의 시선이 일제히 내게 꽂혔다. 몇 초의 숨 막히는 정적이 있었다. 그들은 서로 시선을 교환했다. 그들의 눈에는 붉은 핏줄이 서 있었다. 그들은 분노해 있었다. 내가 심어 준 분노였다. 그것이 발아했다. 그런데 그 분노가 향하는 곳은 다름 아닌 나였다.

죽여! 누군가 외친 소리를 필두로 그들이 내게 달려들었다. 이후 구타가 시작됐다. 그들은 나를 힘껏 밀어 넘어뜨렸다. 머리통을 후려쳤다. 육체가 으스러질 때까지 짓밟았다. 나를 정말이지 죽일 듯이 때렸다. 나는 비명을 질렀고 그들은 욕지거리를 내뱉었다. 그 사이사이로 몇몇 말들이 귀에 들어왔다.

우린 평화로웠어. 하지만 네가 있어서 다 엉망이 됐어. 그냥 너만 없어지면 돼. 너 때문에 우리가 이렇게 됐어! 너 때문에!

마치 나의 죄목을 말하는 것 같았다.

정신을 차렸을 때 나는 길거리 한복판에 뒹굴고 있었다. 주위를 보니 보통 사람들이 시위하곤 하는 거리의 광장이었다.

귀 아픈 확성기 소리가 들렸고 각종 깃발과 국기가 휘날렸으며 욕설과 고함도 들렸다.

나는 아담의 자격을 박탈당했고, 아예 '에덴' 거리 바깥으로 추방된 것이었다. 추방되어 이곳으로 던져진 것이었다. 이곳, 악다구니로 가득 찬 현실에.

나는 쓰러진 채로 간신히 고개를 들었다. 곳곳에 누워있는 노숙자들이 보였다. 나를 신경 쓰는 사람은 아무도 없었다. 높이 솟은 빌딩들을 배경으로 행인들이 바쁘게 지나갔다. 나는 찬찬히 시선을 돌렸다. 한쪽에 사람들이 모여 있었다. 그들은 하나같이 어딘가를 보고 있었다. 그냥 지나가던 사람들도 걸음을 멈춰 그들이 보는 곳을 똑같이 쳐다보았다. 그곳에는 바로 거대한 전광판이 있었다.

프로젝트의 결과가 실시간으로 생중계되는 중이었다. 전광판 속 모아이는 막 잠에서 깬 듯 눈을 껌뻑였다. 그 옆에 펑펑, 그리고 다른 친척들이 있었다. 위원장도 반은 긴장하고 반은 흥분한 표정으로 있었다.

모아이가 정신을 차리려는 듯 두 손으로 오래도록 눈을 비볐다. 이윽고 얼굴을 가리던 손이 내려가고 그가 눈을 떴을 때, 그의 눈은 예전과 달리 빛나고 있었다. 그것만 봐도 모아이가 달라졌음을 알 수 있었다. 전광판 속의 사람들과 전광판 밖 사람들 모두 흥분했다. 모아이가 급기야 입을 열어 말을 하기 시작했다.

원주민 언어였다. 모아이는 핑핑을 향해 조금도 더듬거리지 않고 유창한 원주민 언어로 말을 했다. 모아이를 찍던 카메라는 재빨리 핑핑 쪽을 비췄다. 핑핑의 눈가가 붉어져 있었다. 핑핑도 더는 예전처럼 텅 빈 인간 같지 않았다. 그는 금방이라도 눈물을 흘릴 듯 목멘 목소리로, 똑같이 원주민 언어로 아버지에게 대답했다. 그런 광경을 지켜보는 사람들은 이미 이 꿈 같은 순간에 감동할 준비를 모두 마쳤으며 얼른 통역사가 부녀의 대화를 통역해 주기만을 기다리고 있었다.

그러나 통역사의 통역보다 먼저 사운드를 채운 건 친척들의 목소리였다. 친척들은 원주민 언어가 아닌 러시아어로 빠르게 말했다. 그들은 마치 혼이 나간 것 같으면서도 공포에 질려 있었다. 핑핑과 모아이가 원주민 언어로 서로 대화하는 와중에 그들은 비명을 지르며 소리쳤다. 통역사는 황급히 그들의 말을 통역했다.

"핑핑의 아버지가 제정신으로 돌아온 게 아니다. 지금 핑핑과 대화를 나누고 있는 자는 핑핑의 아버지가 아니다. 미친 건가? 머리가 고장난 건가? 모르겠다. 다만 하나는 확실하다. 우리는 가족이라 잘 안다. 핑핑의 아버지는 지금 원래의 자신과는 전혀 다른 사람이 되어, 다른 기억을 가지고서 다른 말투로 다른 이야기를 말하고 있다. 지금 저 말을 하는 건, 그건……"

통역사는 잠시 망설였다. 그러나 이내 자포자기하듯 다음
말을 덧붙였다. 그 말이 전 세계 사람들에게 생중계되었다.
"핑핑의 죽은 어머니다."

24 아담에 대하여

인간들은 진보를 원했다. 앞을 향해 나아가길 원했다. 인류의 미래에는 반듯하게 뻗은 직선 길이 놓여 있을 거라고 믿었다.

하지만 내가 그 길을 헝클어뜨린 것이었다.

모아이의 상태를 제대로 설명할 수 있는 사람은 없었다. 다만 그가 사람들이 기대했던 명료한 이성을 되찾지 못했다는 것만은 분명했다. 그의 기억과 사고, 말들은 현실 세계에 정박해 있지 않았다. 그들 가족이 툰드라에서 살았던 과거의 이야기 속 어딘가를 표류하고 있었다. 그 이야기는 정처 없이 부는

바람처럼 시작도 끝도 없었고, 이야기 속에서 그는 때로는 핑
핑이 되었고 때로는 핑핑의 어머니가 되었다.

　어떤 사람들은 그의 증상이 망상증의 일환이라고 했다. 현
실과 상상을 구분하지 못한다는 분석에서였다. 쉽게 말해, 말
도 안 되는 말을 한다는 것이었다. 한편 또 다른 사람들은 그가
하는 말들은 단순히 타인을 모방하는 것에 지나지 않는다고
했다. 마치 앵무새가 사람의 말을 모사하듯이. 스스로 주체적
인 사고를 하는 게 아니라 기억 깊숙한 곳에 저장된 말들을 그
저 기계적으로 출력하는 것에 불과하다고 말이다.

　그가 그렇게 된 건 물론 나 때문이라고 했다. 나의 뇌는 처
음부터 정상이 아니었다고. 그런 주장에 따르면, 내가 하는 말
들도 겉으로 그럴듯해 보이지만 내가 스스로 사고하고 생각해
서 만든 말이 아니었다. 왜냐하면 나는 사고하고 생각할 내면
이란 게 애초에 없는 존재니까. 나의 말은 그저 인간들을 따라
하는 것에 불과했다. 나는 망상증에 걸린 유인원이자 감히 만
물의 영장을 흉내 내려 한 모조품이었다.

　어쩌면 정말 그럴지도 모르겠다고 생각했다. 나는 단지 작
가가 써 준 대로 움직이고 대사하는 인형극의 인형에 불과한
지도 모른다. 아니라는 증거가 없었다. 나의 생각과 말이 가짜
가 아님을 스스로 증명하는 건 불가능했다.

　프로젝트는 완전히 실패했다. 모든 게 돌이킬 수 없을 정도

로 추락했다.

오직 펑펑만은 만족했다. 그는 아버지와 둘이서 툰드라 땅으로 떠났다. 녹아 버린 땅을 지나, 다시 얼어붙은 초원을 찾아서 머나먼 곳으로 사라졌다. 이야기 속으로 들어가 버렸다. 하지만 아무도 그들을 신경 쓰지 않았다. 말도 안 되는 이야기란 존재하지 않는 이야기나 마찬가지였으니까. 사람들은 단지 이 실패를 누가 어떻게 책임질 것이냐며 한마음으로 분개할 뿐이었다.

나는 위원장을 만나고 싶었다. 하지만 연락이 닿지 않았다.

이 모든 게, 어디서부터 잘못되었을까. 앞으로는 어떻게 될까.

그런 물음 끝에 나는 쏨차이가 준 정숙 씨의 일기장을 펼치게 되었다. 그리고 예전에는 읽지 않았던 뒷이야기들을 읽기 시작했다. 엉망이 된 몸으로 집에 누워 한 장 한 장을 넘겨 갔다. 정숙 씨와 사육사가 막 결혼하여 함께 밝은 미래를 꿈꾸는 부분이었다.

그런데 한 대목에서 읽던 걸 멈췄다. 어떤 약속에 관한 대목이었다. 그건 예전에 정숙 씨가 입에 올렸던 약속이기도 했다. 비로소 나는 그 약속이 무엇인지 알게 되었다. 그리고 그건 사육사에게 내가 처음 '발견'되었던 그 태초의 사건과 무관하지 않은 것 같았다.

그때 틀어 놓은 티브이에서 위원장에 관련된 소식이 들려왔다. 나는 일기에서 시선을 거둬 티브이 속 화면을 바라보았다. 환한 표정으로 인터뷰하던 그의 얼굴이 자료 화면으로 나가고 있었다.

나는 며칠 전을 떠올렸다. 모아이의 결과가 나오기 전날이었다. 위원장과 나는 마지막으로 교회에 갔다. 다음날 일이 잘되기를 의심치 않으며 감사의 기도를 했다.

그런데 왜 그랬을까. 나는 뜬금없이 위원장에게 말했다.

"삼손이 있잖아요. 삼손이 이방인 여인을 사랑해서 결혼을 했는데요. 근데 그 여자에게 속아 장발을 잘랐다가 그만 두 눈이 뽑혀 죽었대요."

위원장은 기도하던 손을 풀지 않고 말했다.

"맞아. 삼손의 최후는 처참했다네."

위원장의 시선은 십자가에 고정되어 있었다.

"하지만 나는 이렇게 생각하네. 삼손은 정말 자길 속이려는 걸 몰랐을까. 알고 있지 않을까. 여인이 자신의 장발을 자르게 하고, 그래서 힘이 약해진 틈을 타 적들이 자신을 붙잡을 것을, 삼손은 알고 있지 않았을까. 알고 있으면서도 삼손은 여인의 청을 들어준 것 아닐까. 왜냐하면 머리를 잘라 달란 여인의 부탁에 망설이던 삼손에게 여인이 말하거든. 나를 사랑한다면서 왜 이 부탁을 안 들어주냐고 말일세. 사랑한다면서, 왜……. 그러니 삼손은 알고 있으면서도 속아 준 것이네. 여인의 말이 거짓이라는 걸 알면서도 여인을 믿은 것이네. 믿음이란 그런 것이니까.”

나는 위원장의 옆얼굴을 물끄러미 들여다보았다. 그리고 그에게도 그런 믿음이 있는지 묻고 싶었다.

하지만 이제 더는 그럴 수 없었다. 누구보다 가치 있는 존재가 되고 싶었던 사람. 깊은 구덩이 아래를 홀로 파고들어 갔던 사람. 뉴스에서 말하길 위원장은 아무런 편지도 남기지 않았다고 했다. 발견되었을 때는 이미 목을 맨 지 하루가 지나 있었다고 했다. 편안한 표정으로. 차분한 마지막이었다고 했다.

*

“어떻게 지냈니.”

사육사는 잠긴 목소리로 물었다. 만난 지 한참 만에 겨우 꺼낸 말이었다. 예전에 사육사와 나는 정숙 씨가 없이 둘만 있으면 서로 잘 대화하지 못했다. 마주 보지도 못했다. 그저 나란히, 같은 곳만을 바라보았다.

지금도 마찬가지였다. 그가 일하는 요양 병원의 휴게실에서 그와 나는 나란히 앉아 있었다. 그는 몇 년 만에 대면한 나를 어떻게 대해야 하는지 알 수 없어 했다. 예전처럼 대해야 하는 건지. 아니. 예전처럼 대한다는 게 뭔지.

예전에는 우리가 서로에게 어떤 존재였는지.

"뉴스 봤어."

사육사는 간신히 두 번째 말을 꺼냈다. 프로젝트의 실패와 위원장의 자살을 말하려는 것이었다.

하지만 그런 얘기를 하려고 찾아온 게 아니었다. 나는 그에게 물을 것이 있었다. 그래서 내가 예상한 게 맞는지 확인하고 싶었다.

그가 정숙 씨와 했던 약속에 대해서. 그리고 그 약속이 어떤 결과를 가져왔는지에 대해서. 그건 나와 무관하지 않았다. 무관하긴커녕 오히려 나라는 존재의 본질과 연관된 건지도 몰랐다.

모든 건 이 이야기의 시작으로 거슬러 올라간다.

"그날 얘기를 해 보자."

나는 말을 시작했다.

"정숙 씨랑 결혼 45주년을 기념으로 에티오피아 여행을 간 거라고 했지. 두 사람이 아는 한 친구를 통해 들은, '최초의 엄마'가 살던 곳이니까. 그래서 가이드를 섭외해서 오지 투어를 신청했어. 그렇지?"

사육사는 대답하지 않았다.

"그런데 그 과정에서 정숙 씨가 없어졌다고 했어. 투어 중에 그만 놓쳐 버렸다고. 그리고 사라진 정숙 씨를 찾으려 무리하게 헤매다 그만 길을 잃어버리게 되었고, 절벽으로 떨어진 거야. 그리고 나를 만난 거지. ……여기까지가 그때 비 오던 동굴에서 나한테 들려준 이야기야.”

무릎 위에 가지런히 올려 둔 사육사의 두 손이 조금 경련했다.

“만약 그때 정숙 씨가 없어지지 않았다면 길을 헤맬 일도 없었을 테고. 절벽으로 떨어졌다가 나를 만날 일도 없었겠지. 나를 발견할 일도 없었을 테고, 내가 세상에 발견된 일도 없었을 테지. 만약 그때 실수로 정숙 씨를 놓치지 않았더라면.”

옆을 보지 않아도 느껴졌다. 그는 떨고 있었다. 그는 이미 내가 무슨 말을 하는지 알고 있는 것이었다.

나는 물었다.

“그런데 있잖아. 정말 실수로 정숙 씨를 놓친 게 맞아?”

결혼한 뒤 몇 년 지나지 않아 두 사람은 인정할 수밖에 없었다. 정숙 씨의 병이 진행되는 걸 막을 수 없다는 사실을. 꾸준히 악화되어 결국은 정숙 씨의 머리가 깨끗이 비어 버리게 될 것임을. 그것은 결말이 이미 정해진 이야기와도 같았고, 이야기 속의 두 사람은 그렇게 미래를 본 것이었다.

이에 정숙 씨는 사육사에게 한 가지 부탁을 했다. 그들의 미래와 관련된 부탁이었다. 그 부탁을 들은 사육사는 생전 처음으로 정숙 씨에게 화를 냈다. 절대 그럴 수 없다고 했다. 사육사로서는 당연한 반응이었다. 정숙 씨가 부탁한 일은 사랑하는 사람에게는 절대로 할 수 없는 종류의 것이었기 때문이다. 그러나 정숙 씨는 물러서지 않았다. 단호하게 말했다.

나를 정말 사랑한다면 나의 요청을 들어주세요. 그렇지 않다면 나는 당신을 떠날 거예요.

그때의 정숙 씨는 삼손의 이방인 여인과 다르지 않을지도 몰랐다. 이방인 여인은 삼손에게 자길 사랑한다면 장발을 잘라 달라고 청했다. 그처럼 사랑을 인질로 뭔가를 요구할 때, 적어도 그 사람을 사랑하는 한 그 요구를 들어주지 않을 방도는 없다.

사육사는 못 이기는 척 알겠다고 했다. 그렇게 사랑을 포로 삼아 두 사람의 약속이 맺어졌다. 그리고 그 약속이 이행될 장소가 바로 에티오피아였다.

최초의 엄마가 살았던 곳이자 최초의 낙원. 두 사람에겐 그곳이야말로 에덴이었던 것이다.

성경에서는 먼 옛날 에덴엔 아담과 하와가 살았다고 말한다. 인간이란 둘밖에 없었다. 그러니 아담에겐 하와가, 하와에겐 아담이 유일한 인간이었다. 서로가 서로에게 유일한 인간인 것. 그것이 이 세계에 사랑을 탄생시킨 조건이었다. 사랑이 있기에 에덴은 악이 없는 낙원일 수 있었다. 하지만 낙원은 영원하지 않았다. 하와가 금지된 선악과를 탐한 탓에 두 사람은 에덴에서 추방되고 마는 것이다. 그 이후 지금 우리가 사는 세상이 시작되었다. 따라서 하와는 악을 탄생시킨 죄인 취급을 받는다.

그런데 그게 정말 하와 때문일까. 하와의 행위와는 상관없이 선악과는 에덴에 이미 존재하고 있었다. 시간이 지나면 썩거나 사라진다는 서술도 없었다. 따라서 선악과는 영원히 그곳에 있을 것이었다. 누군가가 그 선악과를 따 먹기 전까지, 그 존재는 무한히 지속된다. 그건 결국은 누군가가 선악과를 따 먹게 된다는 뜻이기도 하다. 언제가 되었건, 결국은 일어날 수밖에 없는 일인 것이다. 그리고 하와는 그 일어날 수밖에 없는 일을 떠안았다.

정숙 씨는 부탁했다. 자신의 병이 돌이킬 수 없을 만큼 악화되었을 때. 자신도 사육사도 둘 다 늙고 지쳤을 때. 더는 누군가를 돌보기보다는 누군가에게 돌봄을 받아야 할 때. 그럴 때가 오면 자신을 그만 놓아 달라고. 서로가 서로를 힘들게 하는 존재일 뿐인 그 상황을 끝내게 해 달라고. 그리고 자신을 만나기 전으로 돌아가, 민들레 씨처럼 날아가 버리라고.

정숙 씨는 거듭 말했다. 나를 정말 사랑한다면 나의 요청을 들어주세요.

"혹시 그때 정숙 씨를 실수로 놓친 게 아니라, 약속을 지키려 한 거야?"

아니라고 대답하길 바랐다. 나는 사육사가 설령 사랑을 저버릴지라도, 사랑하는 사람의 뜻을 꺾을지라도, 그 약속은 지키지 않은 것이기를 바랐다. 하지만 내 바람과는 달리 사육사는 고개를 들지 못했다.

나는 더 이상 묻기 싫었다. 하지만 어쩔 수 없었다.

"버리려 한 거야?"

한 번 더 물었다.

"정숙 씨를 거기다 버리려 한 거야?"

사육사는 침묵으로 대답을 대신했다. 나는 눈을 감았다.

나의 예상이 맞았다. 사육사는 정숙 씨를 버리려 했다. 실수로 정숙 씨를 놓친 게 아니었다. 일부러 숲속 깊은 곳에 정숙 씨를 데리고 갔고, 그곳에 정숙 씨를 두고 나왔다. 여기까지가 그가 자진해서 벌인 일이었다.

하지만 그다음부터 예기치 않은 상황이 벌어졌다. 그는 길을 잃었고 절벽에서 떨어졌다. 그래서 나를 만났다. 이후 사람들에게 구출되는 과정에서 다시 정숙 씨와 조우했다. 만약에 길을 잃고 나를 만나지 않았더라면 사육사의 계획은 성공했을지 모른다. 완벽하게 버렸을지 모른다.

완벽하게 버렸을 것이다. 정숙 씨를. 사랑하는 사람을. 자신을 버려 달라는 사랑하는 사람의 요구를 들어줬을 것이다.

그렇담 나의 발견은 한 인간이 다른 인간을 버리려 한 사건과 관계되어 있다고 할 수 있다. 나의 탄생은 에덴에서 시작된 사랑의 종말과 묶여 있다고 할 수 있다. 그것은 내게 필연적인 인과로 다가왔다. 나를 옴짝달싹할 수 없게 만드는 거대한 쇠사슬과도 같았다.

나는 자리에서 일어섰다. 나는 차라리 사육사가 부정하거나 변명하기를 바랐다. 어쩔 수 없었다고 항변하길 바랐다. 자기도 그저 병들고 나약한 인간일 뿐이라고, 분노하길 바랐다.

그러나 사육사는 고개를 들지 못했다. 그게 나를 하염없이 서글프게 했다. 나는 사육사를 내버려두고 휴게실을 나왔다.

집으로 가는 길에 지하철을 탔다.

커다랗게 부푼 배 때문에 숨 쉬기 힘들었다. 모습을 가리기 위해 껴입은 옷이 터질 것 같았다. 사람들이 지하철 안에 가득했다. 사방에서 그들의 육체가 밀려왔다. 나는 악취가 가득한 숨결을 내뱉으며 나의 운명처럼 된 말 하나를 떠올렸다.

프랑스 철학자 메를로퐁티는 말했다. 우리가 신체를 가지고 있는 한 폭력은 숙명이다.

배 속에 있던 것이 역류했다. 나는 입을 막으려 했으나 주위 사람들에 밀려 뒤로 넘어졌다. 이젠 참을 수 없었다.

나의 입에서 토사물이 쏟아져 나왔다. 화산 폭발하듯 위로

솟구쳤다. 보랏빛을 띤 거무튀튀한 액체가 사방으로 튀어 나갔다.

사람들은 비명을 지르며 피하려 했지만 지하철 안은 그들 자신들의 육체들로 꽉 막혀 있었다. 도망칠 자리가 없었다. 그들은 폭우 속 짐승처럼 허우적거릴 따름이었다. 그들의 육체를 나의 토사물이 뒤덮었다. 토사물은 끊임없이 내 속에서 쏟아져 나왔고 그 엄청난 양은 바닥에 차오르기 시작했다. 사람들은 미끄러져 넘어졌고 서로 부대끼며 고통스러워했다. 역겨운 것과 몸을 섞으며 역겨운 것이 되어 갔다. 울부짖었다. 아비규환이었다.

그런데 어째서였을까. 나는 그렇게 평온할 수 없었다. 아담은 죽었다. 오랫동안 어깨에 짊어졌던 짐을 드디어 내려놓은 거 같았다. 나는 중얼거렸다.

어차피 이렇게 될 일이었어. 잘 된 거야.

25 쇼에 대하여

인간들이 웃는다. 곰팡이 같은 웃음이다.

그들은 무대 아래에 있고, 나는 무대 위에 있다. 그들은 나를 본다. 자신들은 보이지 않을 거라고 믿는다. 쇼의 주인공은 나니까.

이 쇼의 이름은 '호모 쇼(Homo Show)'.

매 공연마다 주제는 다르다. '호모 ○○○'할 때 그 '○○○'이 주제가 된다. 쇼에서 나는 '○○○'한 호모가 된다. '○○○'한 호모를 흉내 내고 연기한다. 말을 하듯 노래를 부른다. 노래를 하듯 말을 하기도 한다. 춤을 춘다. 쓰레기 같은 모습을 보여 준다.

오늘 쇼의 주제는 '호모 안티호모(Homo Anti-Homo)'다.

나는 '안티호모'한 호모를 흉내 내고 연기한다. 북극곰과 유기견과 길고양이의 안위를 위해 노력하면서도 정작 자신과 같은 인간은 혐오하는 유형의 인간이다. 나는 자연환경과 동물 보호를 위한 노래를 열창한다. 다만 노래를 부르는 중간중간에 다양한 모습을 보인다. 거리의 거지들을 보곤 코를 막으며 얼굴을 찡그린다. 불쌍한 아이들이 신발 공장에서 잠 못 자고 만든 브랜드 운동화를 구입한다. 뉴스에서 한창 전쟁 중인 나라의 참상을 보여 줄 때 채널을 돌려 귀여운 아기 판다가 나오는 예능을 튼다. 이 모든 과정에서 나는 우스꽝스럽게 춤을 추고, 익살스러운 표정을 짓는다.

무대 아래 인간들은 나를 손가락질하며 비웃는다. 그들은 내가 흉내 내는 종류의 인간을 비난한다. 팔짱을 낀 채 앉아 고개를 절레절레 젓는다. 우월한 존재가 자신보다 하등한 존재에게 그러듯 조롱을 한다. 욕설을 내뱉는다.

하지만 중요한 건 그들은 그러면서도 즐거워한단 것이다. 인간은 다른 인간을 물어뜯을 때 가장 즐거워하니까. 그것이 이 쇼의 본질이다. 이 쇼는 인간들에게 마음껏 그럴 수 있는 자리를 마련해 준다.

근래 인터뷰에서 한 기자가 이런 질문을 했다.

호모 쇼는 분명 파격적인 형식이라고. 뮤지컬과 스탠딩 코미디와 일인극을 합쳐 이전엔 볼 수 없는 쇼의 경험을 선사한다고. 하지만 그럼에도 불구하고 이처럼 몇 년간 폭발적인 인기를 구가하는 데엔 다른 특별한 이유가 있을 거 같다고.

특별한 이유라. 질문한 기자의 눈은 마치 숨겨진 비밀이라도 찾으려는 것 같았다.

글쎄. 난 그 기자에게 뭘 말해 줄 수 있을지 잠시 고민했다. 나의 유년기까지 거슬러 올라가야 할까. 그래서 내가 실은 일찌감치 저주의 고수였다는 걸 밝혀야 할까. 단지 그때랑 다른 점이 있다면, 이제 나는 내 안에 뭔가를 쌓아 두지 않는다는 거다. 쌓아 두는 대신 싸지르는 쪽을 택한다는 거다. 난 예전에도 혼자 춤추고 노래하긴 했다. 다만 그 모습을 아무에게도 보여 주지 않았을 뿐이다.

그런데 그 순간, 나는 먼 옛날 동물원에서의 나들이를 떠올렸다.

매주 월요일에 동물원은 휴장했다. 그날만은 동물들도 쉬었다. 우리 ― 그러니까 나랑 사육사 그리고 정숙 씨는 돗자리를 챙겨 나들이를 갔다. 그때 나는 그들 앞에서 춤추고 노래했다. 사람들을 흉내 내며 그들을 웃게 했다. 행복하게 했다.

내가 한참 대답이 없자 기자는 재차 물었다. 나는 다시 웃는 얼굴로 돌아가 대답했다.

글쎄요. 저한테 뭐 특별한 게 있을 리 있나요. 다 여러분들 덕분이죠. 여러분이 이 쇼를 특별하게 만들어 주는 거겠지요. 쇼의 이름부터 그렇지 않습니까?

이 쇼의 이름은 '호모 쇼(Homo Show)'.

하지만 숨겨진 진짜 이름은, '프릭 쇼(Freak Show)'. 기형 쇼. 기형이나 장애 있는 인간들을 전시하고 구경하는 쇼. 인간들은 옛날부터 그 쇼를 즐겨 왔다. 이만한 구경거리가 또 없다.

인간들이 웃는다. 곰팡이 같은 웃음이다.

그들은 무대 아래에 있고, 나는 무대 위에 있다. 그들은 나를 본다. 자신들은 보이지 않을 거라고 믿는다. 쇼의 주인공은 나니까.

그러나 사실은 그렇지 않다. 그들이 나를 보듯, 나도 그들을 본다. 그들은 모르지만 무대 위에서 무대 아래는 아주 잘 보인다. 나는 그들의 웃음 하나하나를 눈에 담는다. 하나하나 구경한다. 그렇다. 진짜 쇼는 무대 위에서 벌어지는 게 아니다. 무대 아래에서 벌어진다. 쇼의 주인공은 내가 아니라 당신들이다.

당신들만 그걸 모른다. 당신들이 프릭이다.

하지만 몰라도 괜찮다. 중요한 건 어쨌든 우리 각자가 이 쇼를 즐기고 있다는 거다. 그렇지 않나. 그거면 됐다. 그게 이 '인류 2호'가 할 몫이다. 앞으로도 그럴 거다.

그러니 계속 가 보기로 하자.

26 자위에 대하여

사업가는 분명 성공한 남자였다. 그런 그가 아침에 일어나서 가장 먼저 하는 일은 자위였다. 자위는 팔굽혀펴기나 견과류를 챙겨 먹는 일과 마찬가지로 그의 모닝 루틴 중 하나였다. 성적인 기운은 전혀 느껴지지 않았다. 도리어 냉정했고, 경건했다. 그래서 쓸쓸했다. 그는 루틴에 따라 정해진 시간에 자위를 마친 뒤 샤워를 했다.

그가 샤워를 할 때쯤 나도 하루를 시작했다. 나는 종종 잠이 덜 깬 채 화장실에 갔다가 놀라곤 했다. 거울 속 내가 점점 낯설어졌다. 키는 여전히 128센티미터지만 얼굴에 검버섯이

피었다. 노화가 빨라지고 있었다. 하루가 다르게 온몸의 피부가 아래로 처졌고 주름이 늘었다. 나는 씻으면서도 내 몸을 거의 쳐다보지 않았다. 나이가 든다는 건 추해지는 자신을 외면하게 되는 일인지도 모르겠다.

준비를 다 마치면 사업가와 나는 거실에서 만난다. 거실의 커다란 통창 너머로 대도시의 전경이 내려다보인다. 사업가의 집은 메트로폴리탄의 한복판에 위치한, 근방에서 가장 높은 건물이다. 때문에 이곳에서 보면 모든 게 다 미니어처 같고 꼭 아이들 장난인 것 같았다.

사업가와 나는 조용히 커피를 마신다. 그리고 사업가가 정한 시간이 되면, 우리는 비즈니스 파트너로서의 대화를 시작한다.

*

과거 프로젝트가 실패하고 위원장이 자살한 뒤 내게는 막대한 빚이 남게 되었다. 그 빚을 모두 처리해 준 것이 사업가였다.

대신 사업가는 거래를 제안했다. 빚을 처리해 주는 대신에 나에 관한 모든 브랜드 사용 권한을 자기에게 넘기면 어떻겠냐고 말이다. 나로서는 제안에 응하지 않을 이유가 없었다. 어차피 브랜드 따윈 나에겐 더는 의미가 없었다.

계약이 끝난 뒤, 사업가는 내게 당신은 이제 자유라고 했다. 이제 아무도 내게 이래라저래라할 권한이 없다고 했다. 어디서 뭘 하며 살든 간에 간섭할 사람은 없을 거라고, 그러니 지금껏 당신을 이토록 괴롭힌 이 인간들 사회를 떠나도 된다고 했다.

그러나 그러지 않았다. 나는 떠나지 않았다.

나는 사업가에게 빚을 갚겠다고 했다. 사업가는 브랜드 사용 권한을 건네받았으니 그걸로 빚을 갚은 셈 치는 거라고 했다. 하지만 나는 아니라고 했다. 브랜드 사용 권한과는 상관없이 일단 나에 대한 빚이 모두 사라질 때까지 사업가의 곁에서 일을 하겠다고 했다. 내가 계속 고집을 부리자 사업가도 받아들였다.

그렇게 나의 자유는 다시 유예되었다.

사업가가 브랜드 사용 권한을 가지고 있었다고는 하나 당시 나에 관한 전 세계 사람들의 인식은 최악이었다. 나의 이미지는 이를테면 신이 인간을 만든 뒤 남은 재료로 탄생하게 된 실패작이었다. 인간의 가장 추하고 어두운 모습만을 흡수해서 모방하는 생물이었다. 인간의 저주받은 거울이었다.

그때 '호모 쇼'에 대한 아이디어를 제안한 건 나였다.

나는 현재 상황이 오히려 기회가 될 수도 있다고 보았다. 가만 보니 사람들은 나를 욕하면서도 즐거워하는 듯했다. 애초에 그들에겐 손가락질할 대상이 필요했던 것이다. 언제나 그래 왔다. 지금은 그 대상이 나일 뿐이다. 나는 생각했다. 그렇담 더 마음껏 손가락질하게 해 주리라. 더 마음껏 욕하고 조롱하고 혐오하게 해 주리라.

사업가는 나의 아이디어에 동의했다. 그리고 내가 기획한 '호모 쇼'가 실현되도록 많은 돈을 투자했다. 결과는 대성공이었다. 일주일에 한 번씩 대형 콘서트홀에서 유료로 진행되는 현장 쇼는 언제나 매진이었다. 인터넷에 업로드되는 하이라이트 영상 편집본은 매번 몇천만 명 이상이 시청했다. 물론 우리는 막대한 돈을 벌게 됐다.

성공은 바다 위의 파도와도 같다. 한꺼번에 밀려와 우리를 전혀 다른 곳으로 데려다 놓는다는 점에서 그렇다. 누군가는 그 파도 위에 서서 서핑하며 즐긴다. 성공으로 달라진 풍경을 만끽한다. 그러나 사업가와 나는 그러지 않았다. 우리는 파도 앞에서 깊이 잠수했다. 파도의 품은 고요했다. 성공이 커질수록 주변은 떠들썩해졌지만 그와 비례하여 우리가 잠수한 그곳은 더 깊고 은밀해졌다.

*

사업가와 나는 항상 같이 다녔다. 떨어져 있을 때가 거의 없었다.

우리는 명목상 비즈니스 파트너였지만 종종 그 이상의 관계로 보였다. 어느 때는 스타와 매니저처럼 보였고 어느 때는 운동선수와 코치처럼 보였다. 그리고 얼마 지나지 않아 동거인의 관계로까지 나아갔다. 나는 그가 사는 고급 펜트하우스의 빈방으로 들어갔다. 각자의 방에서 지내면 마주칠 일 없을 정도로 집이 넓긴 했지만 아무튼 한 집에서 사는 것이긴 했다. 이에 대해 누군가는 우리 둘의 관계가 정상적이지 않다고 했다. 사업가가 나를 심하게 감시하며 관리하고 있다고 하기도 했다. '사업가'가 아니라 '사육사'처럼 행동한다면서.

하지만 전혀 그렇지 않았다. 사업가는 나를 속박하지 않았다. 그보단 언제나 나를 배려해 주며 적절한 거리를 유지했다. 그와 있으면 마음이 편했다. 어쩌면 그에게서 나와 비슷한 점을 발견했기 때문일지도 몰랐다. 그도 나처럼 혼자였던 것이다.

자위를 하고 싶어서 하는 건 아니었다.

겉으로 보면 사업가는 화려한 삶을 살 것 같았다. 실제로 중년 막바지의 나이임에도 그에겐 만남을 전제로 접근해 오는 사람들도 많은 듯했다. 하지만 그는 누구에게도 곁을 내어 주지 않았다. 때문에 사람들은 그에게 엄청난 미모의 애인이 숨겨져 있다거나 혼자서 비밀스러운 향락을 즐긴다는 식의 추측을 했다. 낮에는 빈틈없고 냉철한 비즈니스맨의 삶을 살지만 밤이면 또 다른 멋진 삶을 살 거라고 예상했다.

하지만 그의 밤은 쓸쓸하기 이를 데 없었다. 그에겐 가족도 파트너도 친구도 없었다. 매일 밤을 혼자 보냈다. 가을날 메마른 낙엽이 바닥에 쌓이는 것처럼 껍데기만 남은 그의 내면에는 밤새 고독이 쌓였다. 그리고 다음날 아침이 되면 그는 자위를 해서 그 고독을 씻어 냈다. 외로움이 무엇인지 모르는 사람의 얼굴이 되어 하루를 시작했다.

나는 알았다. 그는 자위를 하고 싶어서 하는 건 아니었다. 자위를 하지 않을 수 없기에 하는 것이었다. 혼자서 할 수 있는 행위는 자위밖에 없다. 혼자서 하는 모든 행위는 결국엔 자위일 수밖에 없다.

그를 돌봐 주거나 보살펴 주는 이는 없었다. 심지어 본인조차도 스스로를 돌보거나 보살피지 않았다. 오히려 스스로를 학대하는 쪽에 가까웠다. 밤마다 혼자 술을 마시는 것도 그랬다. 그에게 음주는 유흥의 일환이 아닌 일종의 가학이었다. 그는 마치 어린아이가 여물지 않은 딱지를 자꾸 손으로 뜯어 대는 것처럼 가학적으로 술을 마셨다.

그가 딱지를 뜯는다. 상처는 낫지 않고 피는 굳지 않으며 아픔은 생생하다.

어쩌면 그는 그걸 느끼기 위해서 술 마시는 건 아닐까. 그

리고 나는 그와 비슷한 점이 많다. 언젠가부터 나도 그의 곁에
서 함께 술을 마시게 된 건 당연한 일일지도 모르겠다.

27 술에 대하여

쇼를 하며 많은 팬들을 만났다. 그중 몇몇은 잊히지 않는다. 쇼가 끝나고 콘서트홀 뒤쪽에서 한 꼬마 팬을 만난 적이 있다. 꼬마의 엄마는 나를 바로 앞에 두고도 마치 내가 인간의 말을 모르는 동물인 것처럼 아들에게만 호들갑 떨며 말했다. 저기 봐, 웃는다! 사람처럼 웃네? 신기하지? 응?

저 동물이랑 사진 찍어 줄 테니 가서 포즈 잡아 보라는 엄마의 성화에 꼬마는 주춤주춤 다가왔다. 일고여덟 살 됐을까. 꼬마는 나랑 키가 똑같았다. 나는 웃어 보였다. 그런데 꼬마가 예의 바르게 두 손을 모아 허리 숙여 인사했다. 공손한 태도였다. 엄마는 폭소를 터트리며 물었다. 얘, 왜 그러니? 그러자 꼬마는 대답했다. '인류 2호'한테요. 인간의 좋은 모습도 보여 주고 싶어서요.

또 한번은 '호모 소니안스(Homo Somnians)', 즉 꿈꾸는 인간을 주제로 쇼를 한 날이었다. 불가능은 없다면서 자기 계발유의 명언에 빠져 이상을 좇다 불나방처럼 사그라드는 인간들에 관한 내용이었다. 관객들 반응이 좋았다. 그런데 쇼가 끝나고 사인을 해 주던 중, 한 중년 남자가 조용히 내게 말했다. 내 삶은 그렇게 형편없지 않았어요.

나는 사인을 하던 종이에서 고개를 들어 남자를 보았다. 남자의 얼굴은 딱딱하게 굳어 있었다. 곁에 있던 경호원이 슬쩍 남자를 제지했다. 하지만 남자는 다시 말했다. 내 삶은 그렇게 의미 없지 않았어요. 이윽고 경호원들이 남자를 끌고 갔다. 남자는 끌려 나가면서도 끝까지 말했다. 내 삶은 당신들이 비웃을 정도로 한심하지 않았어요, 다른 사람은 인정하지 않더라도 나는 그걸 알아요.

이후로도 그 두 사람은 종종 생각났다. 그리고 어째선지 자꾸 말도 안 되는 상상이 떠올랐다. 꼬마가 자라서 나중에 그 중년 남자가 되는 상상이었다.

술을 마시기 시작한 건 그즈음이었다. 너무 깊이 생각하고 싶지 않았기 때문이다. 나는 통창 앞에 앉아 술 마시는 사업가

옆에서 함께 술을 마셨다. 우리는 몇 마디 대화를 나눌 때도 있었지만 한마디도 하지 않을 때도 많았다. 대개 각자가 각자의 술을 마셨다.

그렇게 매일 술을 마시게 되었다. 매일 마시는 술의 양이 늘어나게 되었다.

술을 마시니 좋은 게 많았다. 세상이 김 서린 유리창처럼 뿌옇게 되는 게 좋았다. 기분이 몽롱해지며 내가 바보 같아지는 게 좋았다. 생각이 이어지지 않고 뚝뚝 끊기는 게 좋았다. 심각하지 않아도 되는 게, 초라한 나를 웃어넘길 수 있는 게 좋았다.

*

자고 일어나도 술이 내 곁을 떠나지 않는 기분이 들었다. 입에선 달짝지근한 술 냄새가 났고 머리는 먹구름이 낀 듯 멍했다. 거울 속 퀭한 눈두덩이 안에 자리한 두 눈은 물이 말라 버린 우물 같았다. 입구가 막혀 버린 동굴 같았다.

나는 곧 술이 싫어졌다. 그러나 술이 싫어지자 술을 좋아했을 때보다 더 술을 마시게 되었다. 더 술을 필요로 하게 되었다. 술을 마시고 다음날 아침에 느끼는 불쾌함은 점점 심해졌다. 나 자신도 혐오스러웠다. 하지만 밤이 되면 내가 느낀 그

불쾌함과 혐오스러움에 대한 보상이 필요했고, 그 보상으로서 술을 찾았다.

몸과 정신이 빠르게 허물어져 갔다. 술은 나에게 독이었다. 그 독은 몸속을 흐르는 피처럼 한시도 나를 떠나지 않았다. 해가 뜨면 그림자 밑으로 슬그머니 사라지는가 싶다가도 해가 지면 다시 모습을 드러냈다. 나는 그 독을 거부할 수 없었다. 왜냐하면 술은 나에게 해독제이기도 했기 때문이다. 술은 나에게 독이었지만 동시에 그 독이 주는 고통으로부터 벗어날 수 있게 해주는 유일한 해독제였다. 술로 인해 무너지는 나를 위로해 주는 건 술밖에 없었다.

이른바 블랙아웃이 생기는 때가 잦아졌다. 별로 많이 마시지 않았는데도 다음날 기억이 나지 않았다. 사업가에 따르면 내가 평소처럼 말하고 술을 마셨다고 하지만 정작 내 머릿속엔 아무것도 남아 있지 않았다. 그리고 그와 함께 나의 과거 기억들도 조금씩 소멸되는 것 같았다. 어느 때는 거울 속 나를 봐도 내가 나인지 기억하지 못했다. 과거의 시간과 공간과 순간들이 손가락 사이 바람처럼 흘러가 버리는 것 같았다.

내 기억은 어디로 가 버린 걸까. 이따금 나는 그림으로 본, 돼지 꼬랑지처럼 꼬여 버린 내 머릿속에 대해 생각하곤 했다.

계절이 어떻게 바뀌는지도 몰랐다. 문득 주위를 보니 한창 가을이었다. 모든 생명이 죽어 가는 시기였다.

사업가는 망가지는 나를 가만히 지켜보기만 했다. 왜냐하면 그가 나보다 더 빠른 속도로 망가지고 있었기 때문이다. 밖에서 보기엔 모든 게 완벽한 그였지만 속은 이미 손 쓸 수 없을 만큼 썩어 있었다.

도시의 가로수가 자신의 모든 잎을 떨어트린 날, 여느 때와 다름없이 침묵하며 술을 마시던 사업가가 말했다.

"이제 얼마 안 남았더군요."

그가 품속에서 서류 몇 장을 꺼냈다. 근 몇 년간의 '호모쇼' 수익액이 정리된 정산서였다. 내가 서류를 들여다보고만 있자 그는 말했다.

"처음에 제게 빚을 갚겠다면서 일을 시작했죠. 근데 이제 거의 다 갚아 가네요. 곧 끝이네요."

"끝이요?"

나는 되물었다. 그는 답했다.

"드디어 자유라는 거죠."

자유. 그 너머에 뭐가 있는지는 아무도 말하지 않았다.

나는 대화를 이어가지 않고 술을 들이켰다. 그도 술을 마셨다. 그렇게 그날도 필름이 끊겼다.

그런데 다음날이 되자 그는 어젯밤 찾아온 남자를 기억하느냐고 물었다. 나는 기억이 하나도 안 난다고, 누가 날 찾아온 거냐고 물었다.

"글쎄요. 저도 오래전 어디선가 본 적 있는 것 같습니다만. 키가 작은 늙은 남자였습니다. 이름은 밝히지 않고 친구라고만 해서요."

"제가 그 사람을 어떻게 대했는데요?"

"친구처럼 대했죠."

"저한텐 친구가 없는데요. 혹시 무슨 목적으로 저를 찾아온 겁니까?"

수상쩍은 마음에 나는 더 캐물었다.

"작별 인사를 하겠다고 하더군요. 이제 이 나라를 떠난다고 했습니다. 그동안 고마웠다고요."

"그리고요?"

사업가는 어젯밤 일을 되새기는가 싶더니 천천히 말했다.

"그리고…… 이런 말을 하더군요. 더는 그 여자에게 편지를 안 쓴다고. 알고 보니 자기는 그 여자를 사랑했던 게 아니라고."

편지. 그 말을 들으니 돌연 누군가가 머릿속을 스쳤다. 잊고 있던 누군가가. 사업가는 내 표정을 읽은 듯 이어서 말했다.

"……사랑한 게 아니었다고. 그 여자를 사랑했던 과거의 자신은 오래전 사라졌다고. 그 이후로 자기는 그저 그때의 자기 자신에 관한 변명을 하며 살아왔을 뿐이라고. 그런데 이제는 그만해야 할 것 같다고. 그래서 떠난다고."

나는 마음이 다급해졌다. 붙잡고 싶었다.

"어디로 간답니까? 연락처라도 남겼을까요? 지금이라도 공항에 가면요?"

사업가는 살짝 고개를 저었다.

"늦은 거 같네요. 어젯밤에 바로 떠난다고 했거든요. 어디로 간다고도 말 안 하고……."

몸에 힘이 풀렸다. 로빈이 떠났다. 그는 어떻게 보면 나의 가장 오래된 친구였는데.

"저는 어땠어요? 작별 인사하는 그 남자한테, 저는 무슨 말을 해 줬나요?"

사업가는 안타깝다는 듯 대답했다.

"아무 말도 못 해 줬습니다. 어제 너무 취해서 제대로 발음조차 못 했어요."

"그렇군요……."

"그래도 그 남자의 표정은 좋아 보였어요. 마지막에 그러더군요. 옛날에 둘이 미술실에서 드라마 보던 때가 참 행복했다고."

기억이 났다. 그때 로빈은 주인공들이 행복해하는 장면이면 드라마가 여기서 끝났으면 좋겠다고 했다. 그리움이 무거운 추처럼 가슴을 아프게 눌렀다.

그 순간 갑자기 난 뭔가를 생각해 냈다. 그래서 사업가에게 다시 물었다.

"그 남자요. 혹시 말을 더듬던가요?"

"말을 더듬어요? 아니요."

사업가는 단호하게 말했다.

"한 번도 더듬지 않고 잘 말하던데요."

그랬구나. 그나마 기분이 괜찮았다. 내가 하지 못한 것을 그래도 로빈은 해냈다. 그것만으로 나는 괜찮았다. 난 나대로 이곳에서 살아가면 된다.

나는 앙상한 나무처럼 겨울을 준비했다.

28 섹스에 대하여

한동안 섹스에 몰두했던 적도 있었다. 정확히 말하면 인간들의 섹스를 흉내 냈다고 해야 할 것이다.

나는 길 잃은 아이처럼 다급히 섹스를 했다. 호기심에 나에게 접근해 오는 사람들을 나는 마다하지 않았다. 돌이켜 보면 뭔가를 기대했던 것 같다. 하지만 처음 몇 번을 빼곤 갈수록 상대가 누군지는 무의미해졌다. 바로 다음 날이면 관계를 한 상대의 얼굴이 가물가물했다. 그저 통증만이 몸에 흔적처럼 남았다. 섹스는 쾌락과 함께 고통을 주고받는 일이었다.

옛날에 조작가가 추천한 소설들 속에서의 섹스는 뭔가 굉

장히 의미 있는 일이었다. 두 사람이 육체의 장벽을 뛰어넘어 영혼으로서 하나가 되는 일처럼 묘사됐다. 그처럼 인간들의 섹스는 동물의 짝짓기와는 다르다고 주장하는 것 같았다.

다르긴 했다. 인간들이 하는 섹스는 동물의 본능적인 행위와는 결이 달랐다. 짝짓기랑 달리 지극히 계산적이고 규칙적인 일 같았다. 동시에 행위의 의도는 교묘하게 은폐되어 있는 듯했다. 격렬한 섹스 중에도 나는 한편으론 마치 객관적인 위치의 제삼자인 것처럼 섹스하는 상대와 나를 관찰하게 됐다. 기이했다.

섹스에서의 역할은 정해져 있었다. 누가 됐든 한 명은 가학을 맡고 다른 한 명은 피학을 맡아야 했다. 누군가는 상대에게 고통을 줘야 하고 누군가는 상대에게 고통을 받아야 했다. 쾌락을 빌미로 하는 학대였다. 놀이라고 하기엔 지독했다. 그런 걸 즐긴다는 건 전혀 자연스럽지 않았다. 만일 본능적인 행위에 지나지 않았다면, 그저 동물적인 짝짓기에 불과했다면 인간들이 그렇게까지 비정상적으로 섹스에 임하지는 않았을 것이다.

섹스를 그만두게 된 건 나의 상태가 더는 그런 일을 할 수 없게 되었기 때문이다. 나는 연료가 바닥 난 기계 같았다.

모두 고갈되고 소모되어 버렸다. 내 안에는 아무것도 남아 있지 않았다.

시간이 흐른 어느 날, 문득 이런 생각이 들었다. 인간들의 섹스가 내가 무대 위에서 하는 쇼와 비슷하다고.

쇼의 목적은 결국 뭔가를 흉내 내고 조롱하기 위함이다. 뭔가를 재현하여 모욕하기 위함이다. 그런데 섹스도 그렇다. 그리고 섹스가 흉내 내고 조롱하는 대상은 다름 아닌 짝짓기다.

모든 인간은 짝짓기로 태어났다. 섹스는 그런 짝짓기의 과정을 흉내 내는 것이다. 조롱하는 것이다. 그럼으로써 인간들은 곧 자신들의 태어남을 흉내 내고 조롱하는 것과 다를 바 없다. 자신들의 존재함을 재현하여 모욕하는 것이다.

동물 중에서 인간처럼 스스로의 탄생을 저주하는 종은 없다. 어쩌면 그것이야말로 인간의 정체성이라고 해야 할지도 모른다.

그리고 나는 그런 인간들을 흉내 낸다. 조롱한다. 그렇다면 이 또한 나의 정체성인지도 모른다. 나는 지금껏 내가 왜 이 세상에 태어나게 되었는지 물어 왔다. 나의 존재 이유가 무엇인지 질문해 왔다. 한데 그 질문에 대한 답을 찾은 거 같다는 생각이 든다. 이제 나의 삶은 결국 하나의 쇼였다는 진실을 인정해야 하는지도 모르겠다.

29 호모에 대하여

나는 더 이상 호모에 대해 깊이 생각하지 않는다.

30 태어남에 대하여

첫눈이 내리는 밤이었다. 사업가는 오늘부로 나의 빚이 전부 탕감되었음을 알렸다. 내일부터는 더는 쇼를 하지 않아도 된다고 했다.

"진짜 자유입니다."

사업가가 술잔을 들어 올리며 말했다.

"자유군요."

나는 술잔을 부딪치며 말했다. 우리는 사이 좋게 술을 들이켰다. 통창 너머 세상은 액자 속 사진처럼 고요했다. 저녁을 맞아 불이 켜진 빌딩들 위로 흰 눈송이들이 천천히 내려앉는 중이었다. 저 빌딩들 중엔 지금쯤 가족이 다 같이 모여 저녁 식사하는 곳도 있겠지. 그들은 첫눈을 축하할지도 모른다. 나는 그런 풍경을 상상해 보았다. 경험한 적도 없지만 내게 항상 그리움을 주는 그 장면을. 그건 바로 저녁이 되었을 때 돌아갈 곳이 있는 자들만의 풍경이었다. 고향이 있는 자들만의 장면이었다.

그때 사업가가 물었다.

"내일부터 뭐 하실 겁니까?"

나는 술잔에 술을 가득 채워 단번에 마시곤 대답했다.

"글쎄요. 뭐 여행을 갈 수도 있고요."

"도시를 떠나는 것도 좋겠네요."

"네. 자연에 파묻혀서 원시인처럼 사는 것도 좋겠죠."

"자연에서 원숭이들이랑? 아님 고릴라들이랑요?"

"글쎄요. 그나마 침팬지가 낫겠네요. 그럼 그쪽은 내일부터 뭐할 건가요?"

"난 여기에 있을 테죠."

"여기에서?"

"여기에서 계속 돈을 벌 테죠."

우리는 그렇게 시답지 않은 대화나 나누며 빠르게 취해 갔다. 특히나 사업가는 오늘따라 더 허겁지겁 술을 마셨다. 그러다 사레가 들렸는지 기침했다. 기침은 쉬이 가라앉지 않았다. 한 번 콜록거릴 때마다 숨이 넘어갈 듯 위태로웠다. 겨우 안정

된 그는 긴 한숨을 내쉬었다. 모든 기력이 다한 듯했다.

나는 새삼스레 그의 외모를 관찰했다. 그는 쪼그라든 소년 같았다. 참 많이 늙었구나. 그런 생각을 막 하는데, 그가 나를 보더니 혀를 차며 말했다.

"참 많이 늙었네요."

나는 작게 웃었다. 그리고 빈 술잔을 채운 뒤 그에게 조용히 말했다.

"오늘 배달 온 소포들이 많더군요."

그가 나를 보았다. 나는 그를 마주 보며 덧붙였다.

"케이크들이요."

그가 관심 없다는 듯 시선을 돌렸다. 그래서 나는 결국 하지 않으려 했던 그 뒷말까지 하고야 말았다.

"생일 축하해요."

그는 민망하다는 표정을 지어 보이며 말을 돌리려는 듯 중얼거렸다.

"쇼의 끝이군요."

그의 목소리가 힘이 없게 느껴져 나는 괜히 화답했다.

"뭐 갑작스럽긴 하네요. 이렇게 끝이라니요."

"하지만 딱 어울리는 마무리이긴 한걸요. 저는요. 사실 애초부터 이렇게 끝날 줄 알고 있었어요."

그 말을 끝으로 그는 한참을 말없이 눈 오는 풍경만 내려다

보았다.

우리는 계속 술을 마셨다. 마치 둘이 나란히 심해 아래로 가라앉으며 사이좋게 망해 가는 기분이었다.

그가 다시 입을 연 것은 꽤 긴 시간이 흐른 뒤였다. 이미 취기가 오를 대로 오른 나는 거의 잠이 들기 직전이었다. 비몽사몽 한 상태에서 그의 목소리가 들려와 살짝 의식을 되찾았다. 그처럼 혼몽한 정신으로 그의 과거 이야기를 듣게 되었다.

그는 자신의 어린 시절도 일종의 쇼 같았다고 했다. 그 쇼는 말하자면 역할극이었다.

아주 어렸을 때 그는 자신의 부모가 마치 부모의 역할을 맡은 배우 같다고 느꼈다. 그러나 처음부터 그걸 이상하다고 느끼진 않았다. 그가 기억할 수 있는 인생의 가장 첫 번째 기억에서부터 그에게 부모란 원래 그런 존재였기 때문이다. 그건 단순히 부모가 가짜 같다는 뜻이 아니었다. 진짜 가짜의 차원이 아니었다. 그가 부모를 역할극의 배우 같다고 느낀 건, 그들이 마치 성실한 배우처럼 자신이 맡은 그 역할에 충실하기 위해 애쓴다는 걸 느꼈기 때문이다.

실제로 그들은 좋은 부모였다. 교육을 잘 받은 사회 엘리트들이었고 성격도 온화하며 다정했다. 가끔 그들의 매끈한 얼굴 위로 균열이 생기며 어떤 감정의 기운이 불쑥 고개를 내밀긴 했으나 아주 잠깐이었다. 그들은 그를 사랑으로 아껴 주었다. 따라서 그 역시 자식의 역할을 다하기 위해 최선을 다했다. 그러다 초등학교에 입학할 무렵 그는 자신이 입양된 아이란 사실을 알게 되었고, 나아가 다른 부부에게 입양되었다가 이번이 두 번째로 입양된 거란 사실 역시 알게 됐다.

알게 되었다고 해서 부모가 미워지지는 않았다. 세상을 원망하지도 진짜 부모가 궁금해지지도 않았다. 그는 조숙한 소년이었다. 다만 그는 부모에게 미안해졌다. 왜냐하면 이제 그들이 부모 역할을 하기 위해 얼마나 애쓰는지 더 확연히 보였기 때문이었다. 그들은 힘에 겨워 보였다. 자기들 딴에는 부모로서 사는 것에 대한 의미와 가치를 찾는 것 같았으나 그것이야말로 그들의 부모 노릇이 고통이라는 증거였다. 인간이 의미와 가치를 찾는다는 건 곧 고통 속에 있다는 뜻이니까.

다 자기 때문인 것 같았다. 아니, 다 자기 때문인 게 맞았다.

죄책감이 들었다. 무엇을 잘못했는지 모르면서도 그랬다. 무엇을 잘못했는지 곰곰이 생각해 보면 결국 태어난 것으로까지 거슬러 올라갔다.

내가 태어나지 않았더라면. 그랬다면 나로 인한 고통은 존재하지 않았을 텐데. 그건 원죄에 대한 최초의 깨달음이었다. 아직 여덟 살에 불과했던 그의 깨달음에 자기연민은 조금도 없었다. 그는 세상에 대해 냉정했고, 자기 자신에 대해서는 더 냉정했다.

그는 부모 역할을 하는 그들을 위해 더 노력했다. 좋은 부모에 걸맞는 좋은 자식이 되기 위해, 그 역할을 오롯이 다하기 위해 치열하게 애를 썼다. 공부도 열심히 했고 투정 한 번 부리지 않았으며 그들이 한번 말한 것은 절대적으로 지키려 했다.

한번은 자신이 이불에 오줌을 쌌다는 걸 깨닫고는 벌떡 일어나 화장실에서 밤새 이불을 빨기도 했다. 그는 한숨도 자지 않고 작은 손으로 이불을 조물조물 세탁했고, 해가 뜰 때까지 두 손으로 이불의 물기를 꼭 짰다. 그래도 축축하긴 했지만 겉으로 보면 괜찮았다. 그는 부모가 방에 찾아올 시간이 되자 다시 그 축축한 이불을 덮고 누워 있다가 막 잠에서 깬 척을 했다. 그런 일들을 하는 게 버거워 몰래 우는 날도 있었다.

마치 극기 수련을 하는 것 같은 나날이었다. 하지만 참았다. 그에게 그것은 이를테면 죗값을 치르는 행위와도 같았다. 채무자가 빚을 갚는 일과도 다르지 않았다.

하지만 그가 그럴수록 부모 역할을 하는 그들도 더더욱 힘겹게 애를 쓰게 되었다. 그들은 여덟 살에 불과한 조그만 아이가 벌써부터 뭔가를 알고 있는 듯한 눈을 가진 게 견딜 수 없었다. 그래서 더 좋은 부모가 되기 위해 치열하게 노력했다. 그리고 그것이 자식인 그를 더 힘들게 했다. 악순환이 이어졌다. 죗값을 치르기 위한 행위가 또 다른 죄를 불러왔다. 빚을 갚으려는 노력이 더 많은 빚을 지게 했다. 이 굴레에서 벗어나려면 어떡해야 할까. 그는 고민했다.

그러다 첫 번째로 자신을 입양했던 그들도 많이 힘들었을 거란 생각이 들었다. 하지만 다행히도 그들은 자신을 보낸 뒤 그 고통에서 벗어났다. 약간의 죄의식이 있을 수는 있지만 아이를 버렸다는 비난을 받거나 부모로서의 역할을 다하지 못했다는 자괴감은 느끼지 않았을 터였다. 듣기로는 그들은 갑자기 벌어진 사고 때문에, 정말이지 어쩔 수 없는 이유 때문에 자신을 다시 입양 보낼 수밖에 없었다고 했다.

그는 그렇다면 이번엔 자기가 그 어쩔 수 없는 이유를 만들기로 했다.

치밀하고도 끈기가 필요한 일이었다. 부모 역할을 하는 그들에게 피해를 주지 않으면서도 그들의 곁을 떠날 수 있게 해야 했다. 그는 정기적으로 만나는 학교의 상담사에게 자신이 현재의 주거 환경, 생활 공간 등에 대한 본능적 두려움이 있는 것처럼 꾸몄다. 마치 자신이 입양되기 전, 머나먼 과거의 어떤 무의식적인 기억 때문에 지금 이곳에 적응하지 못하는 것처럼 말이다. 다만 현재 부모의 잘못은 물론 아니게 했다.

그렇게 그는 열두 살이 되던 해에 부모 역할을 하던 그들을 떠날 수 있었다. 그들을 놓아줄 수 있었다. 헤어지기 전 그들은 그를 꼭 포옹하며 진심으로 슬퍼했지만, 동시에 진심으로 후련해하고 있음을 그는 느낄 수 있었다.

그 이후에도 그는 서너 차례 몇몇 이들에게 입양되었다. 그러나 그때마다 비슷한 방법을 통해 그들을 놓아주었다. 그리하여 나중엔 시설에 들어가게 되었다. 훨씬 나았지만 그곳에서조차 자신을 보살펴 주려는 이들이 있어 불편하긴 했다.

그리고 시간이 흘러 열여덟 살이 되자 그는 시설을 나갈 수 있게 되었다. 비로소 자유였다. 그는 시설을 나가게 된 날을 자신의 생일로 정하기로 했다. 그날이야말로 자신이 정말로 태어난 날이라고 말이다. 자신의 인생도 지금부터였다. 그는 시설을 뒤로 하고 가벼운 발걸음으로 세상을 향해 걸음을 옮겼다.

그런데 몇 걸음 가지 못하고 우뚝 멈춰 섰다. 자유의 문턱에서 그는 망연히 물었다.

어디로 가지?

갈 곳이 없었다.

그 뒤로 몇십 년 동안 비슷한 꿈을 꿨다.

묘한 꿈이었다. 꿈속에서 벌어지는 일은 자신이 태어나기도 전에 있었던 일 같다. 한편으론 그럼에도 불구하고 언젠가 자신이 겪었던 일 같다.

그는 사람들 사이에서 던져지고 있다. 마치 공처럼 이 사람 손에서 저 사람 손으로 옮겨 간다. 잘은 모르지만 아무도 자신을 품고 싶어 하지 않는 것만은 확실하다.

나는 그가 자신의 꿈 이야기를 하는 동안 서서히 잠의 수면 아래로 빨려 들어갔다. 그의 음성이 물속의 목소리처럼 메아리쳤다.

……이 사람 저 사람에게서 던져졌습니다…… 공중으로 튀어 올랐고요…… 그런데 겨우 어느 품에 안착했는데…… 그런데 그 품은…….

그의 말이 나의 꿈으로 이어지는 것 같았다. 꿈에서 나는 동굴 안에 있다. 동굴 안에서 바깥에 펼쳐진 밤하늘을 보고 있다. 밤하늘에는 그가 하는 이야기에 따라 여러 장면들이 영화처럼 영사된다. 나는 몽롱한 기분으로 그 장면들을 본다. 아기였던 사업가가 사람들 손에서 이리저리 던져지다가 어느 거대한 품으로 들어가는 장면을. 그 품은 세상에서 가장 따뜻한 품이다. 만약에 평생을 외롭게 살아온 그가 어딘가로 돌아가야 한다면, 아니 돌아갈 수 있다면, 바로 그 품으로 돌아가야 할 것이다.

그때였다. 꿈결의 몽롱함을 깨고 내 머릿속으로 한 사건이 스쳐 지나갔다.

그 사건은 정숙 씨와 사육사를 처음 만나게 한 사건이었다.

그제야 나는 사업가가 누구의 품에 안겨 있었던 건지 깨달았다. 그의 꿈에 나온 장면들은 환상이 아니었다. 실제로 있었던 일이었다.

나는 이 이야기를 꼭 사업가에게 들려줘야 한다. 돌아갈 곳이 없다고 생각하는 그에게. 그가 한때 얼마나 사랑받았는지. 누군가가 당신을 얼마나 소중하게 품었는지 알려 줘야 한다. 그런 뒤 줄리아에 대해 더 말해 주리라. 줄리아의 엄마의 엄마의 엄마를 거슬러 올라가는 최초의 엄마에 대해서도 들려주리라.

잠에서 깨어나자마자 벌떡 몸을 일으켰다.

동트기 직전이었다. 창밖 푸르스름한 새벽빛 아래로 가득 쌓인 눈들이 보였다. 사업가는 내가 잠들기 전 보았던 그 자세 그대로 눈을 감고 있었다. 깊은 잠에 빠져 있는 것 같았다. 나는 설레는 마음으로 그에게 가까이 갔다. 그리고 그의 어깨를 흔들었다. 어서 그를 깨우고 싶었다.

그러나 그러지 못했다. 깨어날 수 있는 상태가 아니었다. 나는 손을 거둔 채 잠시 멍하니 있었다. 그는 숨을 쉬고 있지 않았다.

나는 그를 꼭 껴안아 보았지만 아무런 무게도 느껴지지 않았다.

인류 2호

화장실 바닥에 고여 있던 작은 물기 때문에 미끄러져 넘어
지고 말았다.

젊었을 때라면 절대 미끄러지지 않았을 테지. 약해진 근육
으로는 내 몸 하나 지탱하기 버겁다.

볼썽사납구나. 얼른 몸을 일으키려 하는데 이번엔 허리에
서 찌릿한 통증이 전해졌다. 작은 비명을 토해 내며 다시 철푸
덕 누웠다. 꼼짝도 할 수 없었다. 문득 몇 개월 전 집에 가사도
우미를 두지 않겠냐는 누군가의 제안에 내가 코웃음 치며 거
절했던 게 떠올랐다. 아직 그렇게 늙지 않았다고 과시라도 하

고 싶었나.

하지만 지금 나는 스스로 서는 일조차 하지 못하고 있다.

화장실 바닥은 얼음장처럼 차가웠다. 누운 채로 있는데 언젠가 본 영화가 생각난다. 어떤 인물이 태어날 때는 노인이었다가 살면서 시간을 거꾸로 거슬러 오른다는 내용의 영화였다. 그 인물은 나이를 먹을수록 젊어지다가 결국 죽을 땐 갓난아기의 모습으로 죽는다.

모든 아기는 아름답다. 인간은 노인을 보면 얼굴을 찡그리다가도 아기를 보면 웃는다.

나도 그렇게 죽을 수 있다면 행복할 것이다. 늙고 늙다가 더 늙을 수 없어서 맞이하는 그런 죽음을 바라는 이는 아무도 없을 것이다. 다들 모두의 축복 속에서 죽고 싶을 것이다.

나는 그 화장실 바닥에 3시간 동안 누워 있다가 겨우 사람들에게 발견됐다.

*

회의에서 특별 쇼 개최를 잠시 연기하는 게 어떠냐는 의견이 나왔다. 화장실에서 넘어진 이후 내 몸 상태가 좋지 않다는 이유에서였다.

나는 의견을 낸 직원을 그 자리에서 해고시켰다.

해고당한 직원은 울 것 같은 표정으로 힘없이 자리를 떠났다. 실수도 몇 번 했지만 열정 있는 젊은 직원이었는데. 나는 떠나는 그 뒷모습을 보며 남몰래 생각했다. 주변을 보니 다른 직원들은 바짝 긴장해 있었다. 아마 이들도 곧 나를 떠날 것이다. 내게 해고되거나 자진해서 나가겠지. 그래도 상관없다. 사람이야 다시 구하면 된다. 오히려 너무 오랫동안 내 곁에서 일하는 게 더 불편하다.

무엇보다 지금 나는 가장 중요한 쇼를 목전에 두고 있다.

'호모 쇼'의 500회 기념 특별 쇼.

일주일에 한 번 열리는 나의 쇼가 이제 500번째에 이른 것이다. 그간 많은 사람들이 이 쇼를 스쳐 지나갔다. 몇몇은 죽기도 했다. 이제는 그들의 얼굴도 잘 기억나지 않는다. 가물가물하다.

내 쇼가 예전 같지 않다는 건 나도 안다. 화려하던 전성기는 이미 지나갔음을 나도 안다. 무대에서 춤추기엔 내 육체가 너무나 허약하다는 것도. 오랫동안 성대를 혹사시킨 탓에 이젠 노래를 부르려 해도 쇳소리만 나온다는 것도. 나는 다 안다.

다 알지만 이 쇼를 감행한다.

왜냐하면 나는 이번 500회 특별 쇼가 내 마지막 무대가 될 것임을 직감하고 있기 때문이다.

그동안 인간들은 내 쇼를 잘 즐겼다. 그렇게 내게 유인됐다. 이제 나는 그들의 목에 올무를 걸 것이다. 아무도 빠져나가지 못하도록.

내가 준비한 덫에 당신들을 몰아넣을 것이다.

쇼 당일이 되었다. 평소보다 몇 배는 되는 사람들이 공연장을 찾았다. 스타들의 특별 무대가 분위기를 달궜다. 현장의 열기는 최고조에 이르렀다. 그리고 드디어 내 차례가 왔다. 모든 조명이 꺼지며 암전되었다.

쇼의 막이 올랐다.

나는 어린아이의 분장을 하고 등장한다. 귀엽고 엉뚱하고 밝게. 어린아이의 목소리로 노래를 부른다. 인간이라면 누구나 겪을, 아이일 때의 이야기를 들려준다.

잠시 뒤 무대가 암전되고 다시 등장한 나는 어느 정도 큰 소년이 되어 있다. 이젠 소년의 이야기다.

그리고 또 잠시 뒤 소년에서 청년이 된다. 또 중년이 된다.

내가 나이를 먹어 감에 따라 무대의 노래도 이야기도 달라진다. 나는 시간의 흐름을 무대에서 구현한다. 서사를 재현한다.

그렇게 나는 눈 깜짝할 새에 노인이 된다.

이제 본격적인 쇼의 시작이다.

나는 바닥에 발라당 눕는다. 혼자 일어서지 못한다.

엉엉 운다. 아기처럼 울지만 그건 탄생의 울음이 아니라 죽음의 울음이다.

똥오줌을 가리지 못한다.

하지만 어떻게든 살겠다고 음식은 입에 넣는다. 탐욕은 그대로다.

존재의 내리막길이다. 하지만 그 내리막길이 언제 끝날지는 알 수 없다. 너무 길다.

내가 구현하고자 했던 서사의 주제가 바로 이것이다. 호모 사피엔스의 미래. 그들이 감당해야 할 비극적인 생애.

그들의 생애는 다른 동물과 비교하면 너무나 부자연스러운 단계를 가진다. 전체 생애 중 찬란하게 빛나는 구간은 턱없이 짧다. 젊음과 아름다움은 찰나에 불과하다. 그에 비해 약하고 추하게 늙어 가는 구간은 턱없이 길다.

그렇다. 내리막길이다. 인간들은 삶의 대부분을 내리막길로 내던져지며 보낸다. 한없이 추락한다. 죽음을 향해 간다.

그러나 막상 잘 죽지도 않는다. 그래서 비참해진다.

미래에 과학이 발전하고 수명이 늘어난다고 해도 마찬가지다. 도리어 그땐 내리막길이 더 길어질 뿐이다. 그 길어진 추락의 시간을 더 비루하게, 더 비참하게 보내게 될 뿐이다.

인류 역사상 진화의 시간은 짧았다.

지금부터는 길고 지루한 퇴화의 시간이다.

이것이 나의 마지막 쇼다.

나는 인간이 늙음으로써 생기는 그 모든 비극을 내 몸으로
표현한다. 내 몸을 경유해 보여 준다.

곧이어 무대 위에 나 말고 다른 노인들도 등장한다. 이내
무대는 노인들로 가득 찬다.

이 무대는 곧 세상이다. 다시 말해 세상엔 오직 노인들만이
존재하게 된 것이다. 막다른 길에 몰린 것처럼 삶의 끝에서는
모두가 노인이 되어 있다.

무대를 점령한 노인들이 발라당 눕는다.

엉엉 운다. 밥을 달라고 한다. 아프다고 한다.

하지만 이들을 보살피고 돌볼 이는 존재하지 않는다. 전부
늙었다.

무대 조명은 점점 약해지고 그렇게 인류는 멸망해 간다.

쇼가 끝났지만 객석은 조용하다. 아무도 웃지 않는다.

무대 관계자들은 당황한 기색이다. 반면 나는 회심의 미소
를 짓는다. 이 순간을 위해 태어난 건 아닌가 싶을 정도다. 흐
뭇하다. 그래, 그러고 보니 나는 저주의 고수였다. 이제 쇼의
막을 내릴 일만 남았는데,

근데 잠깐. 뭔가를 본 것 같다.

객석에서 누군가를 본 것 같다.

나는 헛것을 봤나 싶어 다시 잘 살펴보았다. 하지만 어디서
도 그들을 찾을 수 없었다. 그러나 분명 본 것 같기는 했다.

그리고 분명 그들도 나를 본 것 같았다. 내가 무대에서 무슨 짓을 했는지, 모두 똑똑히 본 것 같았다. 그랬을 것이다.

정숙 씨와 사육사. 두 사람이 객석에 있었다.

무대에 막이 내려가기 시작했다. 눈앞이 캄캄해져 왔다. 나는 내게 가장 소중했던 두 사람에게 무엇을 보여 준 건지 그제야 실감이 됐다. 변명이라도 하고 싶었다.

그러나 쇼는 끝났다. 나의 노래도 끝났다.

무대가 암전되었다.

사위는 캄캄했고 나는 깊은 동굴 어둠 속에 웅크려 있는 것 같았다.

동굴 안에서 슬픈 메아리가 들려왔다.

많은 세월이 흐른 뒤
그들은 찾겠지
끌어안은 채 썩어 간
두 사람의 뼈를

슬픈 콰지모도 그가
에스메랄다를 얼마나
애타게 사랑했는지

저주받은 그 영혼이
어떻게 사랑했는지

나의 피와 살을 뜯거라
어둠의 독수리여
시간과 죽음을 넘어
하나가 되도록

고통스러운 내 영혼이
이 땅을 떠날 수 있게
간절한 나의 사랑이
저 하늘에 닿을 수 있게
저 하늘에 닿을 수 있게

춤을 춰요, 에스메랄다
노래해요, 에스메랄다
조금만 더 날 위해
죽도록 그댈 사랑해

춤을 춰요, 에스메랄다
노래해요, 에스메랄다

함께 갈 수 있다면

죽음도 두렵지 않아

……메아리는 조용히 멀어져 갔다.

*

정숙 씨의 부고가 전해진 건 그로부터 며칠 뒤였다.

이른 새벽이었다. 나는 망가진 몸을 이끌고 장례식장 건물 안으로 들어섰다. 분위기가 흡사 은행 같은 관공서처럼 느껴졌다. 슬픔과 애도와는 전혀 상관없는 곳 같았다. 마치 번호표를 뽑고 기다리다가 내 차례가 되면 일을 처리할 뿐인. 이곳에서 죽음은 그랬다.

정숙 씨의 빈소는 가장 안쪽에 있었다. 빈소로 향하는 복도는 어두컴컴했다. 냉기가 심했는데 저 너머에 있는 빛의 소실점을 향해 펼쳐진 터널 같았다. 나는 느릿느릿 그 터널을 걸었다.

숙취로 인한 두통에 머리가 지끈거렸다. 며칠간 술만 마셨다. 쇼를 그렇게 망친 뒤 나는 재기 불가능할 정도로 망해 버렸다. 직원들도 다 떠났다. 그건 예상했던 일이니 괜찮았다. 근데 문제는 이렇게 되어 버렸는데도 내 삶이 끝이 나지 않는다는 점이었다.

빈소가 가까워져 왔다. 나는 그 자리에 멈췄다.

도저히 못 갈 것 같았다. 갈 자신이 없었다. 무대에서 내가 벌였던 쇼가 계속 이어지며 정숙 씨의 죽음을 조롱하는 듯했기 때문이다. 역겨웠다. 모든 게 역겨웠다. 그중 가장 역겨운 건 물론 나였다.

돌아가야 한다. 돌아가자.

그 생각을 하고 몸을 돌리려는 순간 구토를 했다. 나는 바닥에 주저앉아 썩은 알코올과 음식들을 쏟아 냈다. 그런 내 등을 뒤에서 누군가 두드려 주었다.

"괜찮니?"

돌아보니 웬 거대한 외국인이 나를 내려다보고 있었다. 얼굴이 그림자에 가려 잘 보이지 않지만 피부가 어두운 색깔의 남자였다.

남자가 다시 말했다.

"키는 예전이랑 똑같구나."

남자의 목소리는 친숙했다. 하지만 아나운서처럼 또박또박한 발음이며 능숙한 한국어 실력에서 어떤 위화감이 들었다.

"누구시죠?"

내가 물었다. 남자는 가만히 날 보더니 말했다.

"너한테서 그게 사라졌구나."

"…… 사라져요? 뭐가요?"

남자는 품에 손을 넣더니 수첩을 꺼냈다. 그리고 볼펜으로 수첩에 무언가를 그린 뒤 보여 주었다.

~

"오랜만이야. 아니, 이렇게 말해야 하나? 오랜만인 것이다."
그리곤 선글라스를 탁 끼는 그 남자는 바로 타이슨이었다.

*

정숙 씨의 죽음을 처음 발견한 건 요양병원의 간호사였다고 한다.

아침에 병실을 점검하던 간호사는 낯선 광경을 목격했다. 병실 침대 위에서 정숙 씨와 사육사가 껴안고 있는 것이었다. 그들은 양팔 양다리로 서로를 감싼 채 조금의 틈도 없이 포개져 있었다. 마치 자신의 온기를 상대에게 전해 주려는 한 쌍의 짐승처럼.

간호사는 그 광경에서 느껴지는 형언할 수 없는 엄숙함에 잠시 가만히 있었다. 두 사람의 얼굴은 잠을 자는 듯 편안해 보였다. 오랜 겨울잠을 자는 짐승들이 그러듯이, 언젠가 다시 깨어날 날을 그리며 평온한 휴식을 취하는 것 같았다.

그러나 오래지 않아 간호사는 정숙 씨가 숨을 쉬지 않는다는 걸 깨달았다. 그러자 당연히 사육사도 정숙 씨처럼 숨이 멎은 상태일 거라고 예상했다. 두 사람은 똑같은 모습이었기 때문이다. 근데 아니었다. 사육사는 죽은 게 아니었다. 사육사는 살아 있었다. 단지 박제된 정물처럼 꼼짝도 하지 않을 뿐이었다. 살아 있는 채로 죽은 정숙 씨를 꼭 껴안고 있을 뿐이었다.

간호사는 정숙 씨에게서 사육사를 떼어 내려 했다. 하지만 어림도 없었다. 병원 사람들이 다 달려들어 보았지만 역부족이었다. 사육사는 흡사 그 자세 그대로 굳어 버린 것 같았다. 대규모 화산 폭발 이후 화산재 속 화석으로 남은 어느 연인처럼. 두 사람은 한 몸 같았다. 결국 119 구급 대원을 비롯하여 수많은 이들이 힘을 모은 끝에 겨우 사육사를 떼어 낼 수 있었다.

그리고 정숙 씨의 시신을 구급대원이 싣고 가는 와중에 사육사는 어디론가 사라졌다. 아무런 흔적도 남기지 않고 증발해 버렸다. 마치 오래전부터 떠나기로 작정했던 것처럼 말이다.

사육사는 어디로 가 버린 걸까.

정숙 씨의 빈소는 썰렁했다. 가족이나 친척은 하나도 오지 않은 듯했다.

나는 빈소 구석에 벽을 보고 앉아 있었다. 뒤를 힐끔 돌아

보면 빈소를 지키고 있는 타이슨이 보였다. 타이슨은 왼팔에 완장을 차고 있었다. 두 줄이 그어진 완장이었는데 그건 상주라는 뜻이었다.

사육사는 일찌감치 정숙 씨의 장례 준비를 미리 다 해 두었다고 한다. 장례 관련 업체에 모든 절차를 다 예약해 두었고, 그 절차를 책임질 상주도 정해 두었다. 그게 타이슨이었다. 타이슨은 사육사가 한 달 전에 편지를 보내와 자신에게 이 일을 부탁했다고 했다.

하지만 그래도 그렇지, 선글라스를 낀 흑인이 완장을 차고 상주 역할을 하는 건 어쩐지 부조리해 보였다. 근데 또 한편으론 어쩐지 자연스러워 보이기도 했다. 타이슨은 지금 미국에 있는 한국어 학원의 원장이라고 했다. 이제 '것이다' 말고 다른 서술어를 자유자재로 구사했다. 그는 내게 언어를 배우는 건 이미 지나왔다고 생각한 과거의 삶을 다시 살아 보는 것이라고 했다.

바닥 장판에서 따뜻한 열기가 올라왔다. 몸이 녹으며 노곤해졌다. 그처럼 나는 벽만 보고 있는데 곁에서 음흉한 웃음소리가 들려왔다. 흐흐흐흐.

중학교 남자애인 줄 알았다. 아니었다. 조작가였다.

여전히 중학교 남자애처럼 보이는 조작가가 내 옆에 서 있었다. 그리곤 대뜸 내게 어떤 책을 내밀었다. 나는 얼떨결에 받아들었다. 꽤 두툼한 책이었다. 소설책 같았다. 그리고 쑥스러워하는 조작가의 얼굴. 나는 잠깐 멍청하게 조작가와 책을 번갈아 보았다.

아. 그러다 뒤늦게 작은 탄성을 내뱉었다.

책 표지를 열고 책날개를 보았다. 작가 소개란에 있는 건 다름 아닌 조작가의 사진이었다. 조작가가 쓴 소설이었던 것이다. 순간 눈가가 뜨거워졌다.

조작가는 말했다. 이 소설을 쓰기 전 나는 몰래 그곳을 찾아갔어. 수십 년 전 약속한 날, 그 약속의 장소에. 그런데 그 사람이 기다리고 있더라. 하나도 변하지 않은 모습으로. 알고 보니 그 사람, 아주 오래 사는 사람이었어. 그리고 항상 나랑 가까운 곳에 있었어. 이제 나는 그 사람을 만나러 가려 해. 그 사람이 아주 오래 살아서 내 마지막 눈을 감겨 줘도 좋아. 나는 그 사람 곁에서 못생기게 늙어 죽을 각오가 되었거든.

돌아서는 조작가의 뒷모습을 보며, 나는 그 사람이 누군지 알 것 같았다. 아주 오래 사는 사람. 기꺼이 아픔에 무뎌지지 않기를 택한, 우리의 코끼리 키퍼.

그리고 조작가는 내게 소설을 남겼다. 책을 쥔 내 손에 살짝 땀이 배었다.

책은 어쩐지 너무나 가볍고 연약해 내가 함부로 쥐면 망가질 것 같았다. 하지만 동시에 책은 너무나 무겁고 벅차게도 느껴졌다. 손바닥보다 조금 큰, 이 작은 직사각형의 종이 뭉치가 너무나 거대하게 느껴졌다.

시야가 흐려졌다. 나는 몸을 일으켜 빈소 밖으로 향했다. 여기서 울고 싶진 않았다.

빈소에서 복도로 가는 쪽에 키 큰 여자가 있는 게 보였다. 앞에 포대기 같은 걸 메고 있었는데, 어깨까지 오는 단발머리에 차분한 인상을 주는 여자였다. 나는 그 여자를 지나쳐 복도로 가려고 했다. 그런데 그 여자가 내게 말을 걸었다.

"여기 있을 줄 알았어."

나는 여자를 빤히 바라보았다. 이십 대 중후반쯤 됐을까. 얼핏 평범해 보이면서도 그 담담함 속의 매력이 느껴지는 여자였다. 여자는 다시 물었다.

"잘 지냈어?"

누구냐고 물으려다, 입을 다물었다. 여자의 얼굴에서 나는 내가 한때 마음에 담았던 사람의 모습을 찾을 수 있었다.

"너 한 번 보고 싶었는데, 이번에 부고도 듣고 해서……."

"그랬구나."

입을 우물거리던 나는 농담한답시고 말했다.

"나만 늙고…… 넌 아직도 젊구나."

"방금 나 못 알아봤잖아. 나 많이 변했지?"

"아니. 넌 아직도 멋지고 아름다워."

“그래도 시간이 흘렀어, 그치?”

“응. 그러게.”

“콩 누나도 죽었어.”

“어…… 그렇구나.”

“나 너한테 하고 싶은 말이 있었어.”

“무슨 말?”

“미안하다는 말. 예전에 난 너와의 관계가 겁이 난 것 같아. 이래도 되나 싶기도 하고. 불안했어. 항상 자신 있는 척했지만 두려웠지. 그래서 널 밀어냈어. 미안해.”

“아니야. 괜찮아.”

“하지만 있잖아. 그때 너에 대해 갖고 있던 생각에는 지금도 변함없어. 예전에 내가 한 말 기억해? 내가 너한테 그랬지. 너는 일종의 씨앗 같은 거라고. 희망 같은 거라고.”

“……”

그때 포대기가 살짝 움직였다. 안에 뭔가가 있는 듯했다.

“아. 애, 내 딸이야.”

“딸?”

“응. 놀랐니?”

“아니……, 그냥…….”

“안아 볼래?”

뭐라고 할 새도 없이 포대기를 내게 안겼다. 나는 엉거주춤 받아들였다. 그리고 그 안을 보았다.

손바닥보다 조금 큰 생명이 그곳에 있었다. 콩 누나랑 똑 닮은, 아기 강아지였다.

어쩐지 너무나 가볍고 연약해 내가 함부로 쥐면 망가질 것 같았다. 하지만 동시에 너무나 무겁고 벅차게도 느껴졌다. 손바닥보다 조금 큰 이 작은 생명이 너무나 거대하게 느껴졌다.

"콩 누나 딸이었는데 이젠 내 딸이지. 이름은 사람 이름 같은데 좀 웃겨. 평범한 이름이야, 평범한 이름."

"뭔데?"

"최동석."

자신의 이름을 들은 강아지가 눈을 데굴거리다 날 응시했다. 그러더니 입을 벌리며 입꼬리를 올렸다.

"어? 웃는다! 널 좋아하나 봐! 웃잖아!"

나의 메말라 있던 눈에 물기가 차올랐다. 뜨겁게 흘렀다.

난 어린애처럼 울었다. 턱 아래로 굵은 눈물을 뚝뚝 떨어트리며. 엉엉 울었다. 타이슨이 다가와 내게 선글라스를 씌워 주었다. 그래서 더 마음 놓고 울었다.

조용했던 빈소는 나의 울음으로 가득 찼다. 영정 사진 속 정숙 씨는 금방이라도 동물원을 산책할 듯 해맑았다.

『인류 2호』는 웬 감자 원숭이 같은 유인원의 다음과 같은 서술로 시작된다.

호모 사피엔스의 특징 첫 번째, 다른 종을 괴롭힌다. 두 번째, 같은 종도 괴롭힌다. 세 번째, 세 번째는 음…… 이건 좀 더 생각해 봐야겠다.

아무튼 확실한 건 나는 호모 사피엔스의 세상과는 맞지 않는 사람이라는 거다. 아니 동물이라는 거다.

일단 나는 이 세상에 항상 배신당한다. 예를 들면 이런 식이다. 저쪽에서 주먹이 나올 걸 기대하고 내가 보를 내면 정작 가위가 나오고……

이렇게 소설은 유인원 화자의 목소리를 따라 진행되는데, 이놈 참 말이 많다. 온갖 걸 가지고 구시렁거린다. 매 파트마다 수다 주제도 있다. '감자 원숭이에 대하여', '이름에 대하여', '가족에 대하여', '말에 대하여', '동물에 대하여' 등등.

소설이 진행됨에 따라 화자는 성장한다.

유년기에서 소년기로, 소년기에서 청년기로.

또한 늙는다.

청년기에서 중년기로, 중년기에서 노년기로.

그 과정에서 가짜인지 진짜인지 진위를 알 수 없는 일들이 벌어진다. 우리는 객관적인 사태를 바라볼 수 없고 단지 유인원 화자의 목소리에만 의존하기 때문에 그게 진실인지 거짓인지 알지 못한다. 그저 읽어 갈 수밖에 없다. 우리를 이끄는 대로, 알 수 없는 곳을 향해 나아갈 수밖에 없다.

그렇게 드디어 소설의 마지막 문장에 다다른다.

그리고 나는……,

『인류 2호』 끝.

…… 끝?

이게 뭐야. 내 입에서 그런 말이 튀어나왔다.

'그리고 나는……'이란 문장을 마지막으로 소설은 그냥 끝이었다. 그리고 뭐 어쨌다는 건지 뒷말은 해 주지 않았다.

머릿속이 복잡했다. 나는 예전 그 동물원 컨테이너 안의 매트리스에 누운 채 조작가의 소설 『인류 2호』를 막 다 읽은 참이었다.

처음 책장을 넘길 땐 조작가가 나의 얘기를 썼다고 생각했다. 제목도 그렇고 소설의 주인공인 유인원 화자도 꼭 나 같았다. 하지만 얼마 읽지 않아 나의 얘기가 아니라고 판단했다. 지어낸 것들이 많다고 느꼈기 때문이다. 특히나 내가 해 본 적 없는 생각들이 서술되어 있어서 더욱 그랬다. 애초에 조작가가 내 생각을 알 리가 없지 않은가.

그런데 어째서일까. 소설을 읽어 나갈수록 그 지어낸 것들이 오히려 진짜인 것 같았다. 단지 그동안의 내가 인지하거나 의식하지 못했을 뿐. 소설을 읽음으로써, 내가 몰랐던 나를 읽는 것이다.

나는 소설을 처음부터 다시 읽었다.

다 읽고 한 번 더 읽었다.

다 읽고 또 한 번 더 읽었다.

읽으면서 내게 있었던 모든 일들이, 그 과거의 이야기가 새롭게 다시 쓰인다.

현실에서처럼 소설에서도 이야기의 막바지에 정숙 씨가 죽는다. 정숙 씨, 정숙 씨, 우리 정숙 씨. 소설을 읽고 나서야 나는 알았다. 정숙 씨가 우리에게 어떤 의미인지 이제야 알았다.

우리는 우리가 정숙 씨를 돌보고 보살핀다고 생각했다. 우리가 있기에 정숙 씨가 살 수 있는 거라고 생각했다. 그러나 아니었다. 사실은 정숙 씨가 우리를 돌보고 보살펴 왔다. 정숙 씨가 있기에 우리가 살 수 있었다. 약하기만 한 줄 알았던 그 모든 것들이 우리를 살게 했다. 나는 이것을 정숙 씨가 떠난 이후에야, 그 모든 이야기가 지나간 후에야 안다.

조작가는 『인류 2호』의 '작가의 말'을 이렇게 마무리한다.

　　이 소설은 그 자체로 인간이라는 종의 가장 긴 이름일지도 모르겠습니다.

　　호호호호.

'작가의 말' 다음 페이지엔 '도움 주신 분'란이 있었는데, 낯익은 이름이 보였다. 제인이었다. 문득 제인에게 모진 말을 내뱉은 게 후회됐다.

그런데 페이지 아래를 보니 제인이 직접 그린 그림들을 부록으로 싣는다는 말이 있었다. 무슨 그림인가 궁금한 마음으로 페이지를 한 장 넘겼다. 정체불명의 얼굴 그림들이 있었다. 어리둥절하던 나는 순간 벼락 맞은 듯 깨달았다.

그건 바로 내 얼굴들이었다. 아주 오랫동안, 수년 동안 그려 온 그림 같았다. 지난 시간 제인은 내 얼굴을 그려 왔던 것이다. 나를 읽기 위해, 이해하기 위해 곱씹으면서. 나는 멍하니 그 얼굴들을 보았다. 아무 생각도 들지 않았다. 더군다나 제인의 그림 실력이 나를 더 그렇게 만들었다.

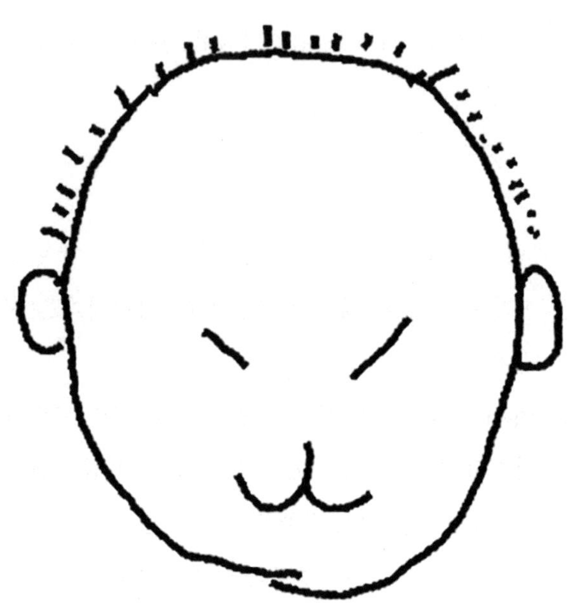

아니 이게 무슨 짓인가.

비슷비슷한 그림이 수십 장이었다. 제인은 분명 진지했을 것이다.

멍하니 그림들을 보던 결국 나는 웃고야 말았다. 누워 있던 매트리스가 들썩일 정도로 웃었다.

그러다 책의 가장 끝 페이지에 뭔가가 껴 있는 게 느껴졌다. 펼쳐보니 어떤 티켓과 함께 제인이 내게 남긴 메모가 적혀 있었다.

티켓은 항공권이었다. 아디스아바바 공항으로, 에티오피아로 가는 항공권이었다.

제인은 메모에 별다른 말을 하지 않았다. 대신 어느 노래 가사만 남겼다. 비틀즈의 「Lucy in the Sky with Diamonds」라는 노래라고 했다. 그 아래로 이런 가사가 쓰여 있었다.

Picture yourself in a boat on a river
배에 타고 강을 떠다니는 너를 상상해 봐

With tangerine trees and marmalade skies
오렌지 나무와 마멀레이드로 이루어진 하늘이 함께하지

Somebody calls you, you answer quite slowly

누군가 너를 부르고, 너는 천천히 대답하지

A girl with kaleidoscope eyes
만화경 같은 눈을 가진 소녀야

Cellophane flowers of yellow and green
노란색과 초록색의 셀로판 꽃들이

Towering over your head
너의 머리 위에 솟아 있구나

Look for the girl with the sun in her eyes
눈 속에 해를 품은 소녀를 보자

And she's gone
그녀는 사라졌어

Lucy in the sky with diamonds
루시는 다이아몬드와 함께 하늘에 떠 있어

Lucy in the sky with diamonds

루시는 다이아몬드와 함께 하늘에 떠 있어

Lucy in the sky with diamonds
루시는 다이아몬드와 함께 하늘에 떠 있어

*

가이드는 마지막까지 걱정스럽다는 듯 돌아보았다. 나는 멀어지는 그에게 괜찮다며 손을 흔들었다. 그리고 한 시간도 지나지 않아 완벽하게 길을 잃었다.

주위를 둘러보니 구릉과 나무들 빼곤 아무것도 보이지 않는다. 인간의 흔적 따윈 없다. 황량한 대자연뿐이다.

내가 구조될 확률에 대해 생각해 보았지만 가능성이 거의 없을 듯했다. 이곳은 대부분의 일반인들은 출입조차 할 수 없는 곳이다. 난 제인이 힘을 써 준 덕분에 이곳에 은밀히 올 수 있었으나 그것이 반대로 내 명줄을 재촉하게 한 셈이다.

그래도 일단 내가 왔던 것 같은 쪽으로 걸어 보았다. 하지만 방향 감각을 완전히 상실했는지 오히려 점점 깊은 구릉 사이, 빽빽한 숲속으로 들어가게 되었다. 거의 밀림에 가까웠다. 그 속에서 몇 시간을 헤맸지만 달라지는 건 없었다. 목이 마르고 현기증이 일었다. 몸이 한계에 이르고 있다는 게 느껴졌다.

술을 끊은 지 며칠이 되었지만 내 몸은 이제 손쓸 수 없을 만큼 고장 난 모양이었다. 지금까지는 그나마 술이 고장 난 내 몸을 지탱해 줬던 것일지도.

왜 여기에 온 걸까. 희미해져 가는 의식 속에서 스스로에게 물었다. 나는 무얼 기대하고 여기에 온 걸까.

더 이상은 무리였다. 그런데 다리에 힘이 풀려 한쪽 무릎이 꺾이는 그 순간, 어디선가 무슨 소리가 들려왔다.

아아아~~~~~~~

짐승의 울음소리 같기도 하고, 노래 같기도 했다. 위아래로 파도치듯 리듬감 있는 음성이었다.

아~~~아아~~~~~~

나는 반사적으로 그 음성이 들리는 쪽으로 달려갔다. 걸레 짝이 된 두 다리를 비틀거리며 옮겼다. 눈은 거의 감고 있는 채였다. 그러다 발이 지면을 딛지 않고 허공을 갈랐다. 몸이 확 앞으로 기울어졌다. 앞을 보니 절벽이었다.

중심을 잡기엔 늦었다. 내 몸이 절벽 낭떠러지로 내던져졌다. 까마득한 아래로 추락했다.

죽음의 문턱 앞에서, 그 찰나의 순간 나는 느낀다. 이제 끝이구나.

안녕. 호모, 안녕.

으엑! 억! 우악! 옥! 힉!

나는 죽지 않았다. 대신 추락하는 과정에서 절벽의 바위며 나뭇가지 등에 통통 부딪히다 바닥에 떨어지며 그 자리에서 기절했다.

얼마나 시간이 흘렀을까. 눈을 뜬 나는 다시 비명을 질렀다.

으아악!

아주 못생긴 늙은 유인원 하나가 날 내려다보고 있었기 때문이다. 나는 너무 놀라 눈을 비비고 다시 그 유인원을 바라보았다.

머리를 길게 기른 그는 꼭 장발한 타잔 같았다. 타잔. 아아아~~~ 음성의 정체가 그였다.

나는 그제야 그를 알아보았다. 정숙 씨가 죽고 어딘가로 떠났던 그가 지금 날 내려다보고 있었다.

주변을 둘러보니 그가 살고 있는 동굴 안이었다. 나는 언젠가 지금과 비슷한 상황이지만 입장은 정반대였던 때를 떠올렸다. 그때가 바로 이 모든 이야기의 시작이었다. 이 모든 이야기의 기원이었다.

몸 상태는 아직 좋지 않아 누워만 있어야 했다. 누운 채로 나는 유년기부터 겪었던 모든 일들을 되새겼다. 그런데 그 일들이 꼭 몇백만 년 전에 있었던 일처럼 까마득하게 느껴졌다. 즉 내가 만났던 모든 인간들은 이미 죽어 화석이 되었고, 나는 시간이 흐르지 않는 관 속의 미라로 존재하고 있는 것이다. 동굴 밖, 지구상의 인류는 더 이상 존재하지 않는다. 내가 최후의 인류다. 최후의 인류가 맞이하는 최후는 이렇다.

그런데 또 어떨 때는 반대인 것 같기도 했다. 내가 겪었던 그 모든 일들은 사실 앞으로 몇백만 년 후 미래에 일어날 일처럼 느껴지기도 했다. 즉 동굴 밖, 지구상엔 호모 사피엔스가 아직 나타나지 않은 것이다. 그럼 나는 어떻게 될까. 호모 사피엔스가 나타나고 문명을 이루며 내가 기억하고 있는 이들이 태어날 때까지, 그때까지 나는 과연 살 수 있을까. 아니면 그때 나는 화석도 남지 않고 먼지가 되어 있을까. 그렇다면 만약 내가 지금 이 동굴 벽에 그림을 그린다면, 혹은 어떤 문장을 쓴다면, 그리고 그것이 시간을 견딜 수 있다면 머나먼 미래에 누군가 그것을 읽어 줄까. 까마득한 과거 한 시절에 존재했던 나를, 상상해 줄까.

그런 생각을 하며 누워 있는 동안 그는 나를 돌보고 보살핀다. 내 입에 음식을 넣어 주기도 하고 잠을 잘 때면 춥지 않게 꼭 껴안아 준다.

그렇게 늙고 병이 든 나를, 늙고 병이 든 그가 살린다.

동굴 밖 세상이 어떤지는 잘 모른다. 며칠이 지나 몸이 나으면 스스로 동굴 밖으로 나갈 수 있을지도 모른다. 물론 지금 내가 누운 동굴 안은 한없이 어둡기만 하다. 그러나 나는 아직 죽지 않았다. 아직 끝은 아니다. 동굴 깊은 곳으로부터 무언가가 두둥실 다가온다.

오래전 누군가가 후 불은 민들레 씨가 지금에서야 이곳에 도달한다.

그리고 이야기는 다음과 같은 문장으로 다시 쓰인다.

그리고 나는……,

우리가 다시 태어나고 있다.

어떻게 인류는 괴물이 되었는가

안세진(문학평론가)

만약 '인류 2호'라는 제목만을 보고 이 책을 골랐다면, 지금 당신은 실망하여 책을 덮기 직전일 테다. 첫 페이지를 펼쳤을 때 가지고 있었던 설렘과 기대는 어느 순간 무색해졌을 것이고, 중반부를 넘어가며 급격히 어두워지는 전개에 불편함을 감출 수 없었을지도 모르겠다. 혹시 '호모 사피엔스의 비밀을 파헤치는 발칙한 상상력'이나 '종(種)을 뛰어넘는 따뜻한 휴머니즘 SF' 같은 것을 기대하고 있었다면, 유감이다. 여기에 당신이 찾고 있는 것은 없다.

사실 이 소설에는 없는 것이 많다. 먼저 매력적인 주인공이 없다. 에티오피아의 오지에서 발견된 우리의 '인류 2호'는 어떻게 보더라도 호감형의 외모는 아니다. 그는 음침한 저주를 마음속으로 중얼거리는 성격 나쁜 '감자 원숭이'일 뿐이다. 여기에는 흥미진진한 모험도 없다. 구색만을 갖춘 몇 개의 삽화가 적당한 서스펜스와 함께 산발적으로 돌출될 뿐, 주인공이 품고 있는 욕망은 모호하고 서사는 뚜렷한 구심점 없이 지극히 타율적으로 전개된다. 도대체 그럴듯한 러브라인 하나조차 없다. 룸메이트 '모글리'와의 짧은 입맞춤을 로맨틱한 순간으로 간직하기에는 그 뒤에 새겨진 주인공의 수치와 혐오가 너무나도 깊다. 준비되지 않은 채 이루어진 이종(異種)간의 성급한 접촉은 결국 모든 상황을 파국으로 몰아갈 뿐이다.

그렇다면 이 소설에는 대체 무엇이 있는가. **여기에는 인류가 있다.** 아주 추악하고 끔찍하게 다루어진 한 인류의 삶이 있다. 이 소설에서 우리는 현생 인류와는 조금 다른 모습으로 발견된 주인공이 18년의 세월 동안 말 그대로의 '괴물'로 자라나는 과정을 있는 그대로 목격하게 된다. 장장 400여 쪽에 걸쳐 이어지는 이 전기(傳記)에는 반복컨대 당신의 이목을 끌만한 매력적인 주인공도, 흥미진진한 모험도, 달콤한 사랑도 없다. 대신 그곳에는 왜소하고 망가진 몸이, 반복되는 착취의 굴레가, 코를 찌르는 혐오의 악취가 있다. 우리의 '인류 2호'는 어떻게 괴물이 되었는가. 처음부터 그것을 복기해 보자. 숨을 크게 들이쉬고, 천천히 따라오길.

*

　‘인류 2호’가 우리에게 발견되었던 최초의 순간으로 거슬러 올라가 보자. 좁고 어두운 동굴로 들어선 구조대의 눈에 가장 먼저 들어오는 것은 주인공의 이질적인 몸이다. 왜소한 신체, 초라한 이목구비, 짤막한 팔다리. 인간의 모습과 닮아 있지만 미묘하게 위화감을 불러일으키는 ‘나’의 몸은 즉각적으로 “장애를 가진 호모 사피엔스”(15쪽)로 분류된다. 정상적인 인간의 범주에 미달하는 “기형이거나 돌연변이”(15쪽)라는 의학적 판명은 그 시작에서부터 주인공의 삶을 가장 근본적인 차원에서 규정하고 있다. 이후 유전자 검사를 통해 그가 현생 인류와 다른 “신인류”(17쪽)라는 사실이 밝혀진 후에도 이와 같은 위계적 시선이 교정되는 것은 아니다. ‘종적 다양성’이라는 이상(理想)은 주인공의 실존을 인류의 진화 과정에서 발생한 이상(異常)으로 바라보는 규범적 내러티브 아래에서 너무나도 손쉽게 기각된다. 남아 있는 것은 갱신된 인류의 계보를 보다 꼼꼼히 규명하는 과학적 절차와, 당사자의 의사와는 무관하게 진행되는 지난한 명명의 과정이다.

　외부로부터의 폭력은 이토록 촘촘하게 어린 ‘나’의 삶을 에워싸고 있다. 그러나 다행스럽게도 아직 그러한 현실은 그가 살고 있는 작은 컨테이너 안까지는 침투하지 못한 것처럼

보인다. 소설 초반부 주인공은 아프리카 오지에서 그를 처음
으로 발견했던 늙은 사육사와 함께 경기도 소재의 한 허름한
동물원에서 생활한다. 동물원 구석에 놓인 간이 컨테이너에
서 주인공과 사육사는 차가운 된장찌개를 나누어 먹고, 식사
가 끝나면 집안일을 한 뒤 각자 잘 준비를 한다. 이 둘 사이에
'푸바오'를 연상케 하는 대단한 감정적 연대가 형성된 것은 아
니지만, 적당한 거리감을 두고 각자의 생활을 이어 나가는 그
들의 일상은 꽤나 안온해 보인다. 최소한 이들이 지내고 있는
"아홉 발자국의 세계"(58쪽) 속에는 주인공을 재단하는 외부로
부터의 왜곡된 시선이 없다. 저마다의 이유로 조금 쓸쓸한, 그
래서 조용히 서로의 곁을 지켜 주는 두 인류가 있을 뿐이다.

그들의 적막한 일상을 보다 다채로운 색깔로 꾸며 주는 것
은 바로 사육사의 아내 정숙 씨이다. 일흔에 가까운 나이에도
매일같이 양산을 쓴 채 동물원을 산책하는 정숙 씨는 그가 마
주치는 모든 것에 이름을 붙여 준다. "아무도 거들떠보지 않
고 심지어 더는 관리도 해 주지 않는 동물들, 나아가 이름 없는
풀"(50쪽)조차도 정숙 씨의 눈길이 닿으면 고유한 이름을 지
닌 특별한 존재가 된다. 이와 같은 정숙 씨의 명명은 — 마치
'나'에게 붙여진 숱한 학명들이 그러하였듯이 — 대상을 정해
진 범주로 규정하고 포섭하기 위해 행해지는 것이 아니다. 그
것은 차라리 "모두 다 특별하기에 사랑하지 않을 수 없"(50쪽)

는 그 모든 존재들을 개별적으로 기억하기 위해 붙이는 애정 어린 별명에 가깝다. 여기서 정숙 씨가 사실은 치매를 앓고 있는 노년 여성이라는 사실은 그리 중요하지 않을지도 모른다. 정숙 씨가 집으로 돌아와 나누어 주는 이야기 속에서는 언제나 "반짝이는 모자이크로 이루어진 무한한 우주 공간"(49쪽)이 열린다. 인간과 홍학, 너구리와 노란 꽃이 동등하게 뛰어노는 "뒤죽박죽이지만 아름다운"(49쪽) 그 존재론적 평면 위에서 '나'는 처음으로 인간의 언어를 배운다.

세 인물이 지내고 있는 컨테이너에는 하나둘씩 손님이 찾아온다. 발달 장애인 여동생을 둔 흑인 보디가드 타이슨, 말을 더듬는 늙은 언어학자 로빈, 근처 공장에서 일하는 이주 노동자 쏨차이…… 이른바 '정상'으로 규정되는 생애 주기에서 모두 저마다의 이유로 약간씩 비껴 있는 인물들이 작고 못생긴 주인공의 곁으로 모여든다. 사회로부터 소외되었다는 사실을 교집합 삼은 이 느슨한 공동체는 "동물원 가족"(77쪽)처럼 함께 모여 소풍을 떠난다. 눈물 없이는 들을 수 없는 오래된 이야기가 풀려나오고, 위로하듯 이어지는 춤과 노래가 그들을 따뜻하게 결속한다. 어느덧 시끌벅적해진 동물원의 풍경 속에서 '나'는 생각한다. 이런 휴일이라면 정말 몇 번이고 반복되어도 좋을 것 같다고. 어쩌면 모두가 웃고 있는 지금의 순간이 소설을 끝내기에 가장 좋은 타이밍일지도 모른다. 프리즈 프레임과 함께 적당한 비지엠이 깔리며. 가장 통속적인, 그러나 행복한 결말로…….

그러나 유감스럽게도 이야기는 계속 이어진다. 이제 '나'를 둘러싸고 있는 세계에는 금이 가기 시작한다. 그리고 그 벌어진 틈 사이로 외부의 현실은 속수무책으로 침투해 들어온다. 주인공의 원숭이 같은 모습을 흉내 내는 익명의 조롱과 욕설이 필터 없이 귀에 꽂힌다. 늙고 병든 부모에게 돈을 타내러 찾아온 아들 앞에서 정숙 씨는 마음의 문을 닫아 버린다. 그리고 결코 발설되어서는 안 되었던 단 하나의 비밀. 사육사가 아프리카의 오지에서 주인공과 우연히 조우했을 무렵, 어째서 그 여행에 아픈 정숙 씨가 동행하고 있었는지. 그 이면에 숨겨진 가장 어두운 진실이 서서히 주인공의 눈앞으로 다가온다. 그렇게 주인공은 지금까지 자신을 감싸고 있었던 이상적인 세계가 사실은 주변인의 선의로 지탱되고 있었던 지극히 부자연스러운 세트장이었다는 사실을 깨닫게 된다. 그것은 "평범한 인간의 본능"(81쪽)과의 단 한 번의 마주침만으로도 송두리째 무너질 정도로 연약하고 임시적인 환상에 불과했던 것이다. 진실을 알아 버린 이상 계속해서 그곳에 머무를 수는 없다. 그는 동굴에서 나와야 한다. "이제 동화는 끝난 것이다."(229쪽)

*

　동물원을 나온 주인공이 마주하게 되는 것은 비정한 현실의 모습이다. '너는 특별한 존재'라고 속삭여 주는 정숙 씨의 목소리도, 언제나 말없이 자신의 곁을 내주었던 사육사의 따뜻함도 없다. 오직 너 자신의 '쓸모'를 발견하여 우리에게 증명하라는 내면화된 신자유주의의 규율이 있을 뿐이다. 그 속에서 주인공은 어떠한 경쟁력도 찾을 수 없는 초라한 자신의 모습을 재발견하게 된다. '감자 원숭이'를 닮은 이목구비는 인간들의 미(美)적 기준으로는 순전한 혐오만을 불러일으킬 뿐이며, 128센티미터의 작은 신체는 얼굴을 가리면 마치 "어린아이나 왜소증과 같은 장애가 있는 인간"(223쪽)으로 보인다. 그에게 이와 같은 신체적 결함을 벌충할 만한 별다른 능력이 있는 것도 아니다. 인간을 압도할 만한 지성도, 침팬지의 그것과 같은 '원시적'인 힘도, 동물의 마음을 읽어 내는 초능력도 없다. 그나마 한 가지 특징이 있었다면 노래하듯 말을 한다는 것. 그러나 그 일말의 독특함마저도 사회화의 과정을 거쳐 교정되어 사라진 지 오래다. 지구상의 유일한 존재이기에 종족 번식조차 불가능한 이 "식충이"(127쪽)는 대체 이 잔인한 사회에서 어떻게 스스로의 가치를 증명할 수 있을까.
　'인류 2호'는 스스로의 몸을 신약 개발을 위한 실험체로 팔

아넘기기로 결심한다. 실험에 성공한다면 완전한 자유를 얻는
다는 조건으로 그를 연구해 온 센터의 위원장과 일종의 계약
을 체결한 것이다. 이제 그의 몸은 그동안 정복하지 못한 현생
인류의 각종 질병들을 해결하기 위한 미지의 자원처럼 활용된
다. 그는 매일같이 인근 병원과 유전공학센터에 출근해 피를
뽑고 디엔에이를 추출하며, 때로는 장기의 일부를 떼어 내는
위험천만한 수술을 감행하기도 한다. 몇 년간 성과를 거두지
못하고 지지부진하게 이어지던 생체실험은 주인공의 유전자
를 활용해 인류의 비극적인 불치병인 알츠하이머를 치료할 수
있을 것이라는 가능성이 밝혀지며 새로운 전환점을 만나게 된
다. 해당 사실이 공표되자 전 세계에서 폭발적인 열광이 터져
나온다. 주인공이야말로 "인류의 희망"(268쪽)에 다름 아니라
는 칭송이 사방에서 들려오고, '감자 원숭이'의 얼굴을 미화하
여 본뜬 캐릭터 상품이 불티나게 팔려 나가기도 한다.

　　세간의 스포트라이트는 주인공에게 짧은 고양감을 선사하
지만, 그것이 스스로의 존재에 대한 진정한 긍정이 될 리는 만
무하다. 매일같이 이름 모를 약물을 투여 받고 유전자를 채취
당하는 그의 현실은 사실상 임상 실험체로 이용되는 동물의
처지와 크게 다르지 않다. 그의 몸은 시종일관 타자화되어 오
직 현생 인류를 "진화"(269쪽)시키기 위한 도구로만 다루어지
고 있는 것이다. 차라리 이 모든 과정에 걸쳐 주인공의 몸에 새

겨지는 것은 지워질 수 없는 착취의 흔적이다. 생체 실험이 진행될수록 주인공의 육체는 피폐해진다. 피부는 푸른빛으로 변색되고 배는 풍선처럼 부풀어 오른다. 강한 약물이 투여된 날에는 한 발자국도 움직일 수 없어 대소변마저 속옷에 흘려보낸다. 못생겼지만 나름의 귀여움이 있었던 '감자 원숭이'의 모습은 더 이상 찾아볼 수 없다. 대신 실험 부작용으로 부풀어 오른 배를 부여잡고 있는 보랏빛 몸뚱이가 당신의 눈앞을 걸어다닌다.

나날이 추악해지는 자신의 모습을 벌충하듯 주인공은 '아담회'라는 컬트 조직 활동에 몰두하게 된다. '에덴'이라고 불리는 도시의 외진 거리에서는 매주 주말 저녁마다 가장 무도회가 열린다. 사회에서 '소수자'라고 불리는 이들이 변장을 하고 모여 평소에는 말할 수 없었던 자신들의 이야기를 털어놓는 일종의 카니발이 벌어지는 것이다. 그러한 에덴 거리에서도 "가장 독특하고 특별한 사람들"(291쪽), 이른바 "소수자 중의 소수자"(293쪽)들이 모여서 별도로 결성한 비밀 조직이 바로 '아담회'이다. 가장 차별받는 사회적 약자로 스스로를 정체화하고 있는 '아담회' 멤버들의 분노가 향하는 곳은 그 모든 핍박과 멸시를 초래한 차별적 사회 구조가 아닌, 엉뚱하게도 그들 근처에 위치한 에덴의 다른 소수자들이다. 주인공이 초대받은 '아담회'의 분위기는 사회에서 소외된 이들끼리 함께 모여 웃음 짓던 그 옛날 동물원의 풍경과는 다르다. 서로의 곪은 상처에 등급을 매겨 가며 각자의 소수자성을 비교해 대어 보는 소수자들 사이의 위계와 반목만이 남아 있을 뿐이다.

'아담회'에서의 주인공의 영향력은 순식간에 강해진다. 온갖 생체 실험을 겪으며 추악하게 망가진 주인공의 몸이 어떤 '인간'도 감히 범접할 수 없는 강력한 소수자성을 체현하고 있는 까닭이다. "그 누구도 나보다 소수자일 수 없었다. 소수자가 권력인 이곳에서 그 누구도 나보다 강한 권력을 가질 수 없었다."(312쪽) 주인공은 손쉽게 교주의 자리를 꿰찬다. 마치 노래와도 같았던 주인공의 목소리는 이제 "인간이라는 종에 대한 분노와 혐오"(313쪽)를 선동하는 웅변조의 고성으로 변모한다. 그와 더불어 주인공을 둘러싼 모든 상황 역시 파국으로 치닫는다. 실험은 실패로 돌아가고 여론은 완전히 돌아선다. 막대한 빚만을 남긴 채 위원장은 자살한다. 내부의 평화를 깨뜨렸다는 이유로 '아담회'에서마저 린치를 당하고 쫓겨난 주인공은 부서진 몸을 이끌고 정처 없이 도시를 방황한다. 보랏빛을 띤 토사물이 질질 흘러나온다. 알코올 향이 섞인 악취가 새어 나온다. "역겨운 것과 몸을 섞으며 역겨운 것이 되어"(338쪽) 간다. 그렇게 우리의 '인류 2호'는 완전한 괴물이 된다.

*

　이미 망가질 대로 망가진 주인공에게는 대체 어떤 삶이 남아 있을까. 늙은 주인공은 무대 위에 올라 학대받은 자신의 몸을 한낱 오락거리로 전시한다. ‘호모 쇼(homo show)’라고 이름 붙여진 그 무대에서 주인공은 매일 밤마다 과장된 몸짓으로 “인간의 가장 추하고 어두운 모습”(348쪽)을 따라하고 조롱한다. 어쩌면 그는 괴물이 된 자신의 몸을 제물로 바쳐 자신의 인생을 송두리째 망가뜨린 현생 인류 전체에게 강렬한 증오와 악의가 담긴 마지막 저주를 걸고 있는 것일지도 모른다. 그러나 어차피 공연장을 찾은 관객들은 그러한 복잡한 사정에는 큰 관심이 없다. 그저 주인공의 우스꽝스러운 모습을 보고 낄낄대며 입안에 팝콘을 쑤셔 넣을 뿐이다. 안타깝게도 지금 주인공이 서 있는 무대는 “기형이나 장애 있는 인간들을 전시하고 구경하는”(344쪽) 유서 깊은 ‘프릭 쇼(freak show)’의 그것과 구분되지 않는다.

　이것이 『인류 2호』의 대장정을 거쳐 우리가 마주하게 되는 인류의 모습이다. 그는 늙고, 병들고, 망가졌고, 배신당했다. 동물원에서 실험실로, 그리고 프릭 쇼의 무대 위로 이어지는 끝없는 학대와 착취의 궤적은 그로부터 모든 것을 앗아 갔다. 그는 완전히 비어 버린 것처럼 보인다. “모두 고갈되고 소모되어 버렸다. 내 안에는 아무것도 남아 있지 않았다."(362쪽) 무대가 끝나면 허덕이듯 술을 마시고 사랑 없는 섹스에 스스로를 내던진다. 주인공은 이제 "더 이상 호모에 대해 깊이 생각하지 않는다."(364쪽) 증오도 분노도 모두 사라진 채 오직 짧게 끊어지는 문장만이 죽은 듯 덩그러니 남겨져 있는 텅 빈 페이지는 이 소설에서 우리가 마주하게 되는 가장 절망적인 풍경이다. 이처럼 『인류 2호』는 한 '신인류'에게 새겨진 학대와 착취의 흔적을 조망하며 우리가 인류의 발전이라고 믿어 왔던 그 모든 것들이 사실은 타자에 대한 폭력을 거름 삼아 이루어진 "길고 지루한 퇴화의 시간"(381쪽)에 불과하였다는 사실을 폭로한다.

그러나 이 비극적인 일대기가 『인류 2호』의 전부는 아니다. 비록 나는 그것을 지나칠 정도로 가혹하게 읽어 냈지만, 이 소설에는 순전한 악의로만 치부될 수 없는 따뜻한 장면들이 군데군데 보석처럼 박혀 있다. 망가져 가는 '나'에게 밥을 먹이고 끈질기게 그 곁을 지켜 주었던 주변인들의 지난한 돌봄의 궤적은 어떠한가. 비록 돌이킬 수 없었던 실수와 후회로 점철되었을지언정 마지막까지 잡은 손을 놓지 않았던 정숙 씨에 대한 사육사의 사랑은 어떠한가. 길고 긴 에움길을 돌아와 마지막 순간 '나'에게 안겼던 그 작고 연약한 생명의 무게는 어떠한가. 어쩌면 그러한 기억들이야말로 이 지옥 같은 세계 속에서 주인공을 끝까지 살(아남)게 만들었던 원동력이었을지도 모르겠다. 때 묻고 더럽혀진 상태로나마 가장 마지막까지 남아 있었던 신생(新生)에의 희망일지도 모르겠다.

500회 공연을 마지막으로 '호모 쇼'를 은퇴한 주인공은 자신이 처음 발견되었던 에티오피아의 밀림으로 되돌아간다. 깊은 숲속에서 발을 헛디딘 주인공은 까마득한 절벽 아래로 굴러 떨어져 의식을 잃는다. 정신을 차린 주인공의 눈앞에 놓인 것은 정숙 씨의 죽음 이후 행적을 감추었던 사육사의 얼굴이다. 그렇게 소설은 다시 원점으로 돌아온다. 모든 이야기가 시작되었던 태초의 동굴에 주인공은 다시 누워 있고, 늙고 병든 사육사가 익숙한 풍경처럼 그의 곁을 지킨다. 지금까지 벌어진 모든 일들은 마치 수백만 년 전의 과거나 수백만 년 뒤 미래처럼 아득하게 느껴질 뿐이다. 어쩌면 여기에서부터 모든 이야기를, 아니 모든 인류를 다시 시작할 수도 있을지도 모른다. **우리는 괴물이 되지 않는 방식으로 인류의 역사를 다시 써 내릴 수 있을까?** 무슨 일이 벌어질지는 아무도 모른다. 그러나 기다려 보자. 어쨌거나 "모든 이야기에서 가장 중요한 건 결말"(157쪽)인 법이니까. 지금 두 인류는 동굴에 누워 있다. 이제 곧 구조대가 찾아올 것이다.

작가의 말

　돌이켜 보면 나는 항상 고인류에 대해 관심이 많았다. 머나먼 옛날, 호모 사피엔스의 첫 등장. 그 시초를 상상하곤 했다. 그것은 한편 최후에 대한 상상과도 닿아 있었다. 예컨대 네안데르탈인이 멸종하기 직전, 마지막으로 생존했을 단 하나의 개체에 관하여. 그 개체가 느꼈을 고독함과 막막함에 관하여. 그런 상상이 나를 이 소설로 이끌었다.

　인류 종에 대한 지식은 EBS 다큐 프라임의 「사라진 인류」 시리즈를 참조했고, 소설 속 등장한 침팬지 워쇼 일화는 한겨레신문의 남종영 기자님이 쓰신 「침팬지 마음에 상처를 준 동물 실험」 기사를 참고하였다. 이외에도 나를 인간으로 길러 준 분들에게 배워 온 지식이 소설의 바탕이 되었다. 감사하다.

나는 소설이 무엇인지 아직도 잘 모르지만 적어도 이것 하나만은 안다.

소설은 인간이 쓴다.

하나 마나 한 말장난이라고 생각할 수 있겠으나 나는 진심으로 이것이 중요하다고 생각한다. 근데 표현을 바꿔 이렇게 말해볼 수도 있을 것 같다.

소설이 인간을 쓴다.

그래서 어떤 소설을 쓰는 일은 곧 어떤 인간이 되는 일과 다르지 않은 것 같다. 그리고 그것은 절대 혼자서 할 수 없다. 자기 혼자서 인간이 되었노라 주장하는 인간이 있다면 그는 필시 인간 같지 않은 놈일 것이다.

이 소설을 쓰며 내가 이전보다 조금 더 인간 같은 인간이 된 것 같다. 많은 분들 덕분이었다.

처음 소설의 초고를 마주하고 함께 『인류 2호』의 이목구비를 그려 주셨던 섬세한 정기현 편집자님, 그리고 이후 『인류 2호』의 인생과 그 궤적에 동행하며 희로애락을 같이 해 주신 눈 밝은 강소희 편집자님이 특히 그랬다. 두 분은 (원하진 않으

셨겠지만……) 어쨌든 나를 조금 더 인간 같은 인간으로 만드
시는 데 일조하셨다. 한편 예리하게 소설을 읽어 주신 안세진
평론가님 덕분에 나는 지금보다 더 인간 같은 인간이 되어야
겠단 결심을 한다. 감사하다.

인천에 있는 최동석 씨와 정숙 씨는 말 그대로 나라는 인간
을 낳고 길러 주셨다. 나는 앞으로도 소설을 쓰면서 그분들이
얼마나 위대한 일을 했는지 말하기 위해 노력할 것이다. 감사
하다.

막막한 밤하늘만 보던 나를 어두컴컴한 동굴로부터 꺼내
준 사람이 있다. 인간이 다른 인간을 사랑하는 일에 관해 알려
준, 밤중에도 나를 비추어준 별. 별이 있어서 나는 인간과 사랑
과 소설을 믿게 되었다. 감사하다.

다른 인간을 필요로 하지 않는 인간이 되는 게 미덕인 것
같은 요즘이다. 이에 나는 소심하게 반기를 든다. 나는 말하고
싶다.

우리는 서로가 서로를 더 필요로 해야 한다고 말이다.

그러기 위해선 소설을 읽는 일도 매우 중요하다고 말이다.

또 그 소설 중에서도 이왕이면 『인류 2호』를 읽으면 좋다
고 말이다.

　문득 나는 말을 좀 줄여야 한다는 생각이 든다. 그래서 마지막으로 나 말고 다른 작가가 쓴 ‘작가의 말’ 속의 한 문장을 다음과 같이 인용하며 끝맺어 본다.

　이 소설은 그 자체로 인간이라는 종의 가장 긴 이름일지도 모르겠습니다.
　<u>흐흐흐흐</u>.

인류 2호

1판 1쇄 찍음 2026년 1월 5일
1판 1쇄 펴냄 2026년 1월 19일

지은이 최재영
발행인 박근섭, 박상준
펴낸곳 (주)민음사

출판등록 1966. 5. 19. 제16-490호
주소   서울특별시 강남구 도산대로1길 62(신사동)
       강남출판문화센터 5층 (우편번호 06027)
대표전화 02-515-2000 | 팩시밀리 02-515-2007
홈페이지 www.minumsa.com

ⓒ 최재영, 2026. Printed in Seoul, Korea
ISBN 978-89-374-4869-0 03810